张天一 著

遗珠

那些被
时光收藏的
老行当

当代世界出版社
THE CONTEMPORARY WORLD PRESS

图书在版编目（CIP）数据

遗珠：那些被时光收藏的老行当 / 张天一著.
—北京：当代世界出版社，2017.3
ISBN 978-7-5090-1191-1

Ⅰ.①遗… Ⅱ.①张… Ⅲ.①中篇小说—小说集—中国—当代 ②短篇小说—小说集—中国—当代 Ⅳ.①I247.7

中国版本图书馆CIP数据核字（2017）第036362号

书　　名：	遗珠：那些被时光收藏的老行当
出版发行：	当代世界出版社
地　　址：	北京市复兴路4号（100860）
网　　址：	http://www.worldpress.org.cn
编务电话：	（010）83908456
发行电话：	（010）83908409
	（010）83908455
	（010）83908377
	（010）83908423（邮购）
	（010）83908410（传真）
经　　销：	全国新华书店
印　　刷：	北京天宇万达印刷有限公司
开　　本：	710毫米×1000毫米　1/16
印　　张：	16.5
字　　数：	229千字
版　　次：	2017年3月第1版
印　　次：	2017年3月第1次
书　　号：	ISBN 978-7-5090-1191-1
定　　价：	38.00元

如发现印装质量问题，请与承印厂联系调换。
版权所有，翻印必究；未经许可，不得转载！

青年人笔下的老行当传奇——《遗珠：那些被时光收藏的老行当》序一　周光学

接到天一的电话，要我为其书稿写个序，甚为欣喜与不安。

天一是我十二年前教过的学生，看到自己的学生有今天的成就，从心底替他高兴；但又有些许不安，因为水平有限，生怕不能全面准确地将文稿所表达的思想意蕴与理性思考表达出来，好在天一一再宽慰，才勉为其难，便跟随心灵的步伐，抒写内心真实的感受——

读完书稿，便为之一震。

成熟老练的笔法将我带回了陈旧日子的厚重之中。我惊叹于如此有文化底蕴与历史年代感的题材。不同行当所独具的特色，如画卷一般在眼前徐徐展开，随之而来的是各个行当中独有的精神风貌及不同坚守的价值取向，更吸引我的是天一赋予其中，对人性，对世事，对世界万物轮回的思考与体悟。

难得这样年轻的生命可以承载这样深邃的思索，就如当初教天一时的那种震撼：有灵性，有个性，有才气，能坚守住时代变迁中珍贵的记忆和独特体验。

有时候观览市面上的畅销书，五花八门却有一种共通的肤浅与浮躁。正是这种华丽的吹嘘和躁动，让我怀念一种有形的诚实，像土豆一样憨厚，像莲藕一样朴实，像老酒一样历久弥香。正是满眼的浮尘和不实感，让我急于寻找一种有根的生存，像麦田一样稳重,像日月一样持久。我想我找到了,找到年轻生命中最质朴最厚重的感觉,还有老日子里各行各业奇人的精神居所。

老行当陌生古老,却亲切实在,在天一的笔下,对每一种行当的写作都放在广阔的时代背景下,将人物的命运与时代特定的背景紧密联系在一起。既有对老行当知识细致入微地描摹,又有一波三折、一唱三叹的回味,更有看过后大彻大悟的感慨。

老日子中的纯粹真挚更加弥足珍贵。

剃头匠人对于手艺的坚守与虔诚,人性中的善良与正直;收藏家身上单纯超脱的灵动之气,泰然处世的人生哲学;老日子里,捕鱼人对于自然规律的尊重与守护,对世事轮回的顿悟。人们身上的"呆板""傻气",是时代烙印,更是单纯生活中人性之美的映照。

看天一的文字,不仅仅从老师对学生的期待角度,更从一个70后对老日子怀旧的独特情愫角度出发。我有感于天一简洁有力的笔法、朴素自然的文风,更怀望之前简单纯净的日子。

时间的粗化,意味人生的恍惚、知觉的紊乱。我如此感谢天一,将这些东西一点点雕刻下来,放在时光的洪流之中,给予人莫大的安慰。

作为一个有历史责任感、使命感的90后写的有关老行当的怀旧书,本书值得品读。

这笔下的浮世，嘎嘣脆！
——《遗珠：那些被时光收藏的老行当》序二 胡爱萍

一个毕业多年的学生，突然有一天，拿来一大沓子作品，说要让老师给写个序。这真是身为教师的职业幸福。我的这份幸福，是张天一给予的。

他是我八年前的学生。说是我的学生，其实我并没有教过他一节课。那时他上高二，我是学校文学社的负责老师，编辑一本校园文学刊物，每月一期，作品完全是学生原创。高中学生能够在课程学习之余，坚持写作的，少之又少；能够写出让我眼前一亮的作品的，更是凤毛麟角。那时我们学校一个年级有两千余学生，张天一就是这两千分之一。

一个创作高产的年轻人，还记得天一拿来一本一本的文字给我看。是白色无格的普通作业本，那么厚的本子，写满了字。字迹内敛又略带飞扬，让人印象深刻。我就是在那个时候，读到了他的一些作品，有散文，也有小说，其中就有《微雕人》。无论从语言、结构，还是人物的塑造上，都日臻成熟。我好像从这篇小说里，看到了一个青年作家的未来。

他的小说语言，很劲道，耐咀嚼。读起来，像嘴里嚼着一粒粒油炸蚕豆，嘎嘣脆。短句子多，有时还成偶出现，带有浓郁的传统说唱艺术的味儿。一对一答之中，像两个人拉家常，又像说书人讲古，字字句句，起得干净，落得爽利。每一句，似乎都找准了读者的某个穴位，只让人读得浑身每一个毛孔都熨帖。

用词用句，古雅而有质地，连贯而不黏腻。行文如清流激石，淙淙有声，语流自然，语势贯通。不读还罢，一读之下，欲罢不能。

张天一笔下的人物，都活在浮世的底层，有浓郁的烟火气，却没有丝毫的世俗气。有令人动容的人生故事，有令人敬仰的处世品行，还有一手令人惊叹的绝活技艺。他们身处闹世街区，却大隐于市。读完之后，会觉得猛然一回头，似乎街角那些个理发的、烙饼的、卖豆腐的、修钟表的，都不可小觑，他们不是身怀绝技的世间高人，就是浑身故事的闹市隐者。他们靠自己的手艺过活，技艺精，人品正。曾经沧海，心安情宁，外人看到的只是风浪过后的平静，却不知这人的一生就是一部小说一场戏。他们参透了世事人心，看淡了山水风云，将传统文化与现代文明的碰撞交织一肩挑起。人人都是一座富矿，经得起深挖细掘。个个活得明白，敞亮，浑身有股利落劲儿。对世态人情，对生死天道，明白得很，通透得很。

读这本集子，你就像听故事，自在、满足。惯看人间悲剧，哀而不伤，只留一声叹息；笑看人间喜剧，乐而不淫，竟有满眼泪光。每个故事的主人公命运多厄，这厄运反倒成全了他。于生于死，皆是朴素平常心，无所谓达观或超然，就那么自自然然。看似漫不经心的情节，却蕴了极巧妙的初心；细品之下，又觉羚羊挂角，无迹可求。让人读得解颐，读得扼腕，读得怅然若失却又回味悠长。

不多说了。天一，上小说！

目录

磨刀匠
001

笔匠
007

捕鱼人
017

吹糖人
025

茅山号子
035

拉洋车
041

老中医
057

霓裳羽衣舞
063

皮影戏
081

烧饼铺子
093

算命先生
101

收藏家
121

剃头匠
127

打铁花
135

鞋匠
141

目录

吃喝
149

钟表匠
155

变脸
167

纸扎匠
185

微雕人
193

鬼手
205

磨刀匠

■ ■ ■

"磨剪子嘞——戗——菜刀——"

我高中时候的学校,后面是一个居民区,我时常听见一个拖着长腔的吆喝,时间很固定,下午第一节课中间,约莫十四点一刻左右。当那个点儿,英语大叔的一个喘息片刻,便悠悠传进来那捣乱的吆喝声。大家集体憋着笑,只等英语大叔的回应。他似乎也较上了劲。于是乎,一句英语落下,一声吆喝惊起,相杂相合,很是逗趣。那个时候有很多有趣的事情,偶忆当时,不经意滤过这个桥段,那午后滑稽的中英混合,伴着我们放肆的哄笑,便把彼时欢歌的青涩岁月定格。

我闲时和几个朋友去那居民区吃饭,围过那吆喝者的观,听过他不经意的交谈,我印象最深的是,他从一个叫刘家沟的地方来。后来又去过几次,不巧,再没见过那人,大概消失了吧。这种蜗行在繁华都市的古老行当,消失并不奇怪。刘家沟,好美的名字。在我的想象中,那里定有青石板铺就的老街巷,汉白玉砌的小桥,悠悠流淌水质明澈的小河,遍地兰花随处可见,君子兰、蝴蝶兰、白玉兰、吊兰、剑兰……刘家沟民风淳朴,居民安乐,老幼得养,世代生息,生命不止。我把中国传统文化中最古朴恬幽的精髓都加诸其中,这想象中的刘家沟,存在于任何可能的中华大地,可以是中缅边境的雨林,可以是物华天宝的天府,可以是南北统一的中原,可以是钟灵毓秀的江南,可以是人杰地灵的齐鲁,可以是豪放开朗的关东,可以是万古流芳的京城……南北贯通,中华神州。想象中的刘家沟,做我理想中的乌托邦。

我记得那老人姓乔,刘家沟的乔老头。我身边的人,与他有故事,值得我用笔记。我记不清了，如果模糊了，只当我说故事。

乔老头来的时候，先吆喝上几嗓子，居民区里的人便知他来了。行至小广场，从自行车上卸下一只马扎。他的东西很是奇特，马扎要比一般的大一倍，自行车是黑色的生铁质，那种八十年代以前的大梁型号。坐下来，点根儿香烟卷儿，盘起腿来就这么在广场中央坐下。他起初的那几嗓子很是起作用，钝了的菜刀，生锈的剪刀，切不了菜，裁不了布头，都被送过来了。都是些老婆子，还有被老婆子赶着来的老头子，问起到哪里去，挥刀舞剪，道："疤瘌乔那儿。"动作很吓人。疤瘌乔，年龄相仿的都这么称呼。额前横卧一道蚕疤，秃着脑门儿，那道疤就愈加显眼。特征缀姓，疤瘌乔就喊开了。来他这里的大爷大妈，嘴上闲不住。疤瘌乔在一边刀光剪影，也要和他说上几句话。一杯茶的工夫，锋利如初，亮透寒光。交上五块钱，便回去了。

这天下午稀罕，来了个年轻人，姓王名山。年轻人生的敦厚，四方大脸，小眼浓眉，按理说应该是个精神饱满的小伙儿，可眼前的样子，眼皮耷拉着，头发垂下来，一副颓丧模样，像20世纪的汉奸。然而又觉得他可怜，惹人疼，不经意间总显得局促不适，一双眼眼神飘忽不定，似乎在寻一个心安。他手里握把菜刀，却不亮出来，背在背后，只是站在别人身后看，显得局促。等人走得差不多了，他才站过来，把菜刀往疤瘌乔眼跟前一放，那意思是我要戗菜刀，也不说话。疤瘌乔刚接过来这把刀，就觉得腕子瞬间重了许多，再看这刀，无尖儿无棱，全圆的刃儿，仅刀背就比一般菜刀厚出一倍，足赤的分量，不能不重。看这刀成色，不是时下市场里的不锈钢生铁刀，为的求银透雪亮求视觉效果，这把刀身锈迹已经覆住刀的本身色，全一色的黑红。疤瘌乔中食指在刀身反打一个敲响，厚重的闷出一声，便没了动静，不是脆金属绵长的清凌音。疤瘌乔心中有了数，遇到好对头，这是把钢刀，要费大力气。

疤瘌乔对王山道："年代虽久了些，但是把好刀。什么时候的？"王山道:"我妈……"话到一半又改口道:"我爸娶亲结婚时候的,这不是今天要剁些碎骨头,用得上了,才想起来。"他把关于他"妈"的话省掉了,不知何意。疤癞乔道:"后生,这刀要费些功夫,你稍微一坐。"疤癞乔起身,王山坐下,看乔老头如何捣鼓。

  疤癞乔拿只半月圆铲,戗下一块块刀面凸锈,哗啦哗啦,像一块块结实的痂。等戗出了本色,拘一捧水浸湿,放在磨光机下打磨。那刀像只努力挣脱的黑鲶鱼,乔老头憋得脸通红,似红面关公,双手努力摁住,不至于成了天外飞刀。火光四溅,飞火流星。足足卯了半个时辰的力气,才停了这档。回头看这刀,已是刀锋尖利初成形。疤癞乔又在洋车后牛皮袋里翻出一块磨刀石,比原先在外面的磨刀石显得黑重,灰的色,周凸中凹的槽。那刀由疤癞乔握着刀身,在磨刀石上正反反正地打磨,推过去,还归来,又放过去半个时辰的功夫。疤癞乔起身时,双手像被抽掉了筋,麻木无力。

  流上几捧清水,冲掉灰渍,抹布沿着刀刃拭干,再看这刀已是另一番模样:尖锋背厚刃绯薄,杀人不见血光号,紫微微,蓝洼洼,霞光万道,瑞彩千条。疤癞乔递刀给王山,连他也禁不住赞叹道:"好刀!"王山包好刀,留下五块钱便要走,却被疤癞乔从后面叫住,道:"十块。"王山听后不干了,心想,难不成普天之下的人都与我为敌,普天之下的事儿都于我不顺。王山道:"都是五块,为什么到了我这里反成了十块?你是讹我年纪轻吧?!"疤癞乔也看得出他事有不顺,说出的话也别出心裁,意有所指。疤癞乔道:"你,手中的这把刀是块好料,成材之前须得经万砺千磨,承受得自然多,代价自然高。"

  一语惊醒梦中人,王山赶紧掏钱,恭恭敬敬奉钱上去。

  天降大任,苦志劳心。

  转过天来,还是疤癞乔在小广场抽烟等活儿,王山那青年又来了,这次是另一番饱满模样,梳得宽阔的飞机场头,红光饱满,衬衣仔裤黑皮鞋,一副未来领导的派头，走起路来都呼呼生风，很是得意。

　　这次是把剪刀，和上次不同，王山主动和疤癞乔搭话道："我爸剪布头用的剪子，嫌钝。"疤癞乔照单全收，按工序打磨。磨着磨着疤癞乔来了疑问道："你爸剪布头，你妈做什么？"王山这回来明显态度不同，把眼前的老头当隐于世的夷吾先生看待，也就心扉大敞，并不隐瞒道："我妈没了。"轻叹口气道："我爸又找了一个，就昨天的事，那菜刀剁肉就是给那女人吃的。混账东西！"疤癞乔听出是人家家庭内部的事儿，也就不回嘴。各家事，各家管；各家事，各家烦。王山很快揭过上面的话题，长叹一声，更加引得疤癞乔的注意，似乎下面要出口的话关乎天下。王山道："这世道……笑贫不笑娼，从妓不从良；有钱就是爹，有奶便是娘；权贵道路广，真才难安邦；铜臭比花香，青年浮世何方向？"

　　疤癞乔这边一听，呵！这青年，有学识，够抱负。引一段警示箴言回他道："八月中秋薄雾，路上行人凄凉。小桥流水桂花香，日夜千思万想。心中不得安宁，清早览罢文章。十年寒窗呆书房，方显才高气质狂。"

　　旁边路过一个半大青年，好事儿，听罢这一老一少的古话连篇作对吟诗，冷不丁骂一句道："他妈的，都什么年代了，还有这等没绝种的国宝。稀罕！"话留下，人离开。老少二人相视尴尬。

　　清者自清，浊者自浊。

　　王山挽开袖子，左臂脉处一道镰刀疤，王山道："与这个世界格格不入，错了位，体验不到世界的喜与悲，只能用疼痛体验世界的疼痛。这疼痛，疼得委屈。"疤癞乔并不觉得讶异，一抹自己脑门上的卧蚕疤，心想道：路还长。开口只道："看不起自己的人，连哭泣的权利也没有。"

磨刀戗剪

笔匠

．．．

像只红火火的蝶,扑啦啦打着旋子掉在哑二爷的身上。哑二爷倏忽被惊醒,睁开眼,一片烈焰焰的火红色。树叶丛中透过正午的阳光,耀眼。

到午头了,是该回去的时候了。"丁零零……"哑二爷从成群的孩子中寻小福全的身影,一面寻他,一面又要照顾笔摊的生意。尤其这个时候,孩子们一窝蜂似的放学,买笔、修笔的人多。哑二爷只和钢笔、毛笔、铅笔打交道,在他看来,圆珠笔不入流,求速不求效,保值不保量,像溜冰的轱辘鞋,踩不出脚踏实地的深坑,孩子练不了手。糖豆豆、甜果果、酸粒粒之类的零食,那是校门外商店里老张头的生意,搁他这里寻不着。

不消一会儿,笔摊前便围满了学生娃。有的是有所需有所求,有的却是看热闹。对刘家沟的学生娃来说,哑二爷绝对是个难以抵制的诱惑——他长着大毒瘤的难看的脸,他比小拇指还要长的指甲,他在笔身上雕龙画凤的手艺。他永远是刘家沟孩子走不出的象牙塔。

小福全来了,他便从人缝中挤进人圈,探着一双水汪汪的大眼睛,宝石一样。他把书包往玻璃罩的笔摊前一搁,盘腿坐在哑二爷身边,就么静静地看哑二爷修笔雕花,什么话也不说。哑二爷呵呵一笑,看他一眼,继续忙他的。他是哑巴,除了笑,说不出个啥来。等放学的孩子们稀稀拉拉走得差不多了,哑二爷把木底玻璃框的摊儿用绣兰花白素布一盖,这就收了摊,连把锁也不用拧,领着小福全便回家吃饭了。

刘家沟,蓬莱仙岛腹地的一个胡同儿,这里的人朴实,传了仙家的好风气,不拿,不偷,不是自己的东西,拿在手里烫手。在刘家沟,绝对不需有夜闭门户防偷患盗的忧虑。可谓真正的路不拾遗，夜不闭户。假一赔十，如假包换。

这天午后，哑二爷摊前来了个镇外人。

来人浓眉大眼塌鼻梁，鼓腮大嘴蛤蟆相，四方大脸络腮胡，项带大金链，指套金玉扳指，鲜活活时代版黑旋风。开的白车来，车屁股冒着熏天黑烟。

来人下车，声如洪钟，大叹一声道："可算找到了！"径直两步跨到哑二爷笔摊前，从西装怀里掏出一个木裹红漆镶金图的盒子，无须多问，哑二爷心里猜到十之八九。哑二爷双手接过盒子，慢慢打开，那盒子里黄绒包款，正中央躺着支灿灿全金笔，笔帽笔腿处各嵌红白钻一颗，正宗的官商礼品笔。哑二爷不曾见过这等尊贵的霸王笔，伸出大拇指，作赞叹状。那黑旋风应该是听惯了奉承恭维，立刻显出一副高高在上的霸气，相比哑二爷受宠若惊的谦卑，显然高出一等。

来人道："这是外来货，去年夏天买来作礼的，押住了，一直没出手。现在派上用场了。嘿，赶得倒是巧，坏了毛病。我在城里千寻万觅也找不着个修笔的。也不怪，这年头，您这行当赚个饱饭钱都为难。听说这胡同儿上有位哑巴笔匠，想不到这行当还真没灭绝，就是您，找您可真不容易。"

十次车祸九次快，百只坏笔在笔尖。哑二爷拔开笔帽，这支霸王笔同样不例外笔尖儿开了叉。金笔尖儿都能折弯，哑二爷不觉叹何物如此力度之大。细看，那笔尖儿中央仍嵌颗碎钻，鼓起肚子显成色。钻克金，情理之中。

哑二爷用铅笔在纸上写道："这笔我修不了。"黑旋风正得意，一看眼前的白纸黑字，脸瞬间拉了下来，急忙问："咋？"哑二爷低头又写下一行字道："这笔岔了尖，得刨钻，怕您心疼，舍不得。"那人略一寻思道："保大局，刨！舍得！"哑二爷又竖大拇指，赞他有魄力。想不到那黑旋风却打开了话匣子，道："干个啥不都得有代价吗？拿我这项目说话，就为了拿它下马，老爹病危躺医院了，我都没落下个空儿去看看。"黑旋风显出铁血柔情的愧意道："死了都不记得儿子长个啥样。"黑旋风又道："再拿这支金笔说话，做送礼活动，不用来写字儿，还叫个啥笔？但不管用作啥，就是派上用了，值！"黑旋风叹口气道："人嘛，就得对自己狠一点儿。您说是不？"

　　金质笔尖儿，打直需淬火。真金不怕火炼，待哑二爷把那笔尖儿淬在酒灯上时，那笔尖儿却熊了。真金被淬掉了金漆镀，露出煤黑铁色。哑二爷拍拍黑旋风，黑旋风探头细看，恼羞成怒，破口便骂："外面金闪闪，里面黑黢黢，蒙住老子的眼，骗老子嘛！"哑二爷继续淬火修笔，等打直了笔尖儿，又汲了一管水，一款秀娟的字整齐地在纸上排列下来："别活得太假。"那人坐下来，像丢了魂儿，黑旋风成了病尉迟。哑二爷又写道："世上没有好人坏人之分，只有罪人，区别在于是否承认有罪。"

　　那黑旋风看后，收起笔，扔下一张大钞，匆匆回到车上。临走，摇下车窗，探出头来道："我去医院看我爹。"

　　冰箱、空调、洗衣机种种样样的家电都有的修。坏了，一个电话，一条短讯，或售后服务或专职修理，送货上门，快捷方便。可是，若要在车水马龙的大街上、摩肩接踵的商场里寻那么一位旧行当修笔的，却是大椿树上的凤凰——听说过，没见过，仿佛是另一个世界的故事一般。

　　刘家沟上的这位，应该算得上个稀罕种。

　　文渊出自学堂。刘家沟的文化千年一脉，朴雅琉秀，和哑二爷手艺人的风格搭配得贴切。就是把哑二爷唤作文化人也并不过分。哑二爷的老祖父是清朝进士，辉煌时，算得上刘家沟屈指可数的门面人家。家门影响，哑二爷的父亲在西学东渐的时候并没有登上新学的船，因此后来成了被解放的对象。砸烂地主老财的狗头，到了哑二爷这一辈，家中物什由私充公，也一直背着地主的名儿，没受到国家的优待。又因为先天失语，混世求生也坎坷碰壁，潦倒落魄如丧家犬。好在年轻的时候，多读了家中传下来的几本书，习得一手好字，靠给刘家沟红白事写联题字艰难度日。屋漏偏逢连夜雨，人到半百，又生了疯红瘤，长在左脸上，像个猩红的喜蛋。

快六十的人了，仍无妻无后。他家这一支，眼看着要断后。唏嘘者有，叹惋者有，却统统懂不得他心中的百年孤独。他每天都去桥头那边的小学，蹲在角落里看孩子们放学。夏天遮住脸半边，冬天头顶瓜皮帽。怕那些孩童见了他的真貌鬼哭狼嚎，自己求个笑眼泪光。

穷困不终生，总有转运时。小福全的出现，就是哑二爷的转运时。

一个冬天雪后的傍晚，他在刘家沟小学的校门口捡了一个襁褓中的男娃，四周无人，哑二爷便把那男娃抱回了家。回到家哑二爷在襁褓中找到一支龙雕顶嘴的漆红钢笔。借着微光，哑二爷用那支笔在纸上写字，泄出湛蓝蓝的墨迹。哑巴竟然叹出了声："蓝宝石一般的颜色。"那处女声像玻璃相互摩擦时的尖利。哑二爷也为这声音呆愣，干张着嘴巴，想再找回那舌动喉振的感觉却无从开始。哑二爷给这男娃取名，小福全，福禄双全。

哑二爷后来再看那支笔，笔身雕龙尾处再雕半颗碎心，才知道这是支对笔。有游浅水的龙，就有落鸟巢的凤。那时起，哑二爷才决定摆摊修笔，也有了刘家沟笔匠的故事。

这年秋天，刘家沟新来位姓刘的教书先生。三十岁刚出头，不大也不小，正值好年华，革履西装金丝镜，很显干练。据说是主动请缨，从城里调配下来的，不求富贵，奉献基层，难能可贵。这样精神的人，有，不多了。说来也巧，刚好做了小福全的任课先生。顺理成章的，慢慢和哑二爷混了脸熟。

这位刘先生每天回办公室的路穿过那片枫树林，自然要去哑二爷的笔摊坐上一会儿。大多时候，都是刘先生向哑二爷讲小福全的事情，报喜不报忧，哑二爷坐在一边静静地听，乐得合不拢嘴。

当老师的，和笔杆子打交道的机会多，多则易损，损则需修。有时候，刘先生在哑二爷那里买笔，哑二爷不收他的钱，权当是小福全的报答。后来，刘先生来摊子上的次数越来越少，即使他路过笔摊也停不下步子。是不是小福全不听话？哑二爷心里没个底儿。这天放学，哑二爷拿着预先写好的条子拦在刘先生回去的路上，刘先生一看条子便乐了，只好道出原委："我每次搁您这儿买笔、修笔，您老都不收我的钱，您这是逼我欠债。您怠慢了我，我咋好意思再来？"哑二爷一笑，惯有地伸出大拇指，赞他有骨气。回头又写张条和他玩笑道："概不赊账。"

　　这天礼拜天，学生休息，哑二爷笔摊的生意冷清许多。太阳厚脸皮地转着脸儿，盯了哑二爷一整天。傍晚时候，那太阳才变得羞涩，涨红了脸要下山去了。哑二爷也到了收摊回家的时候，对面学校里走出一个人来，踉踉跄跄，步伐错乱，分明是醉了酒。细一看，竟是那刘先生。

　　"二爷，留步。"一口酒气扑过来，像刚从酒缸里泡了澡。哑二爷站住脚步，刘先生接着道："我今天不修笔也不买笔，我……我给你看样东西。"他也顾不上教师的身份，盘腿就地坐在哑二爷面前，又左右看了一圈，一副诡秘的样子。见四处无人，方才从口袋里掏出一个粗布小包，一叠一叠地掀开，露了真身。

　　哑二爷认得这东西。一支古旧的标杆儿长细笔，电镀铁笔尖儿，油漆木笔杆儿，顶戴一只孔雀翎。不是上了年龄的人，还真叫不上这笔的名字——蘸笔。蘸笔在二十世纪初期风行过几十年，哑二爷年轻时候用过，很是钟爱。旧时候，这种笔很便宜，笔尖儿一毛钱三五个，笔杆儿一毛钱两三个，把笔尖儿插在笔杆儿上，蘸了墨，就能写字作画。笔画可粗可细，色调可浓可淡，用似钢笔，胜于钢笔，笔尖儿弹性尤佳，写字宛如篆刻，做漫画更是栩栩如生有韵味。风靡一时之后，终于被自身笔与墨脱节的缺点所累，被钢笔取代。不过，在老一辈人那里,却留下难以磨灭的印象。曾经有个同年代的老人在哑二爷面前这样比较:"毛笔太传统,时嫌迂腐;钢笔太张扬,诱发含蓄;铅笔太水性,过于轻浮。唯有蘸笔,朴实无华、淡雅如许。"

哑二爷伸出大拇指,对刘先生的蘸笔表示欣赏。

那刘先生却哈哈醉笑,道:"我若能真像您倒也好,说不出话,说不出直话,说不出实话,也不会祸从口出,待在这里。"哑二爷一脸的疑惑相,那刘先生反倒说开了,一抛为人师表的矜持,潇洒道:"什么主动要求下调,我那是被逼下来的。"哑二爷听到这里便不再说话了,那刘先生收不住口,继续道:"上头的人爱听奉承话,不爱听实话,笔下无阿谀之风,无汲汲之气,太直太锋利,人往高处走,我往低处求。"男儿有泪不轻弹,只因未到伤心处。那刘先生借着酒劲,竟然说到簌簌掉眼泪。等到哭停了,酒也醒了一大半。

再看哑二爷,哑二爷已经用那支蘸笔蘸墨写下一行字:"写完了蘸的墨,再蘸新墨,才能续写下去。"刘先生长叹一口气,头发耷拉下来,吊在额前,道:"守法昭昭忧闷,强梁自在欢歌。损人利己骑马骡,正直公平挨饥饿。修桥补路的瞎眼,杀人放火的儿多。路漫掩涕兮,自在心德。"哑二爷又写下一句话道:"生气却不犯罪,莫把怒火带到日落。"

刘先生抬头,看看已经隐藏了一半的那张红彤彤的太阳脸,破涕为笑,站起身抖擞抖擞便回去了。

刘家沟的孩子在学校里都要写书法。书法自然离不开毛笔,和筝弦拉马尾粗硬最佳不同,毛笔尖儿的毛须细软。写书法的人常和毛笔打交道,中间流传着黄鼠狼尾巴上的毛扎毛笔最好。

小福全上书法课的时候,哑二爷专门去河岸边熏了一窝黄鼠狼的洞,用黄鼠狼尾巴毛给他扎了一支竹竿缀红穗的黄毛笔,又在笔杆儿处雕了只出水蛟龙。

上书法课后没几天,小福全带着一位叫珍珠的大眼睛女孩来到笔摊前。那女孩说要买毛笔,哑二爷让她在笔摊里选,小女孩都看不中,非说要一支和小福全一样的黄毛笔。哑二爷咧嘴笑了,脸上的瘤子被带着往上提,这是在为自己的手艺感到自豪。哑二爷在纸上画了个"?",珍珠羞得脸红扑扑,把那双大眼睛衬得更明亮。哑二爷总觉得这双眼在哪里见到过。珍珠站在一边低着头在胸前绞手指,就是张不开口。

小福全从一边站过来,拍拍她的肩膀,像哥哥一样安慰她,又对哑二爷道:"我钢笔上的心和她的钢笔上的心能合成一个。"哑二爷初听这话并没察觉到什么不妥,细一琢磨,才觉出其中的不一般。忙叫那女孩拿出钢笔来看,果然笔尖儿处攀只起舞的凤凰,凤嘴处衔着笔尖儿,凤尾处挂半颗碎心,和小福全的那半颗配得恰到好处。

一连好几天见不到哑二爷的影儿,买笔的孩子都跑去外面的商店了。刘先生问小福全,小福全也说不知道,只是早中晚的时候,哑二爷都会做好饭,然后便不知去向了。珍珠说看见了,好几次都看见哑二爷在河岸边熏黄鼠狼洞,肯定在为她扎黄毛笔。翡翠也说看见了,好几次见哑二爷一个人在她家酒馆里喝酒,喝醉了就摔碟子砸碗,然后就抱着头哭。

哑二爷再回到枫树下的时候,真的为珍珠扎了一支黄毛笔,竹竿缀红穗,和小福全的一个模样。哑二爷觉得那笔上还缺点啥,要过珍珠的钢笔,比着葫芦画瓢,在黄毛笔杆儿上雕只起舞的凤凰,凤尾处挂半颗碎心。他这次雕刻太用力,心中千钧雷霆闪电,轰隆噼啪,哗哗下起大雨,汗如雨泼,浸湿额头。平生不曾如此。等他雕完那只金鸾凤,"啪"折断了那截指甲。

哑二爷拭了把汗,把毛笔递给珍珠。珍珠拿钱给他,他怎么也不收,只是捧着珍珠的那支钢笔再仔细端详一番。珍珠以为他喜欢,说:"想要就送给你。"哑二爷摆摆手,嘴角一抹惨淡的笑容,然后用那支凤笔在纸上写下一行字道:"不是自己的东西不能拿。"这支凤笔和当初用那支龙笔时候的感觉一样,舒泻如流,蓝湛如天,哑巴又有了说话的冲动:"和蓝宝石一样的颜色。"

到了冬天,红枫落尽。哑二爷在枫树下倚着睡着了就再没有醒来。孤独终老。

鎏金箍银

捕鱼人

■ ▪ ▫

  黄河入海口，古渔村，大渔周。千百年历史变换，历经风雨沧桑，依然屹立在入海口湾畔。

  这大渔周在千年前黄河下游未蓄沙前就有了，年代之久远，大抵可以和河姆渡并肩流长。原系大渔周村民仅有周姓，究竟周姓何时在古城兴起，有待进一步考证。后来，迁来搬走的人口流动，流来了百家各姓，赵钱孙李魏楚韩张。但主姓周家依旧做尊家姓，村里渔民也尊崇着周家人世代相承的打鱼规矩，没人敢破，也没人愿意破。

  周家户族里有这么一户，户主在兄弟中排行老五，人称周五爷。论辈分，周五爷是村里的长辈。周五爷年轻时读过几年书，识得百千字，他读的是礼仪道德的传统书，刚好和大渔周千百年来的常理规矩融得相宜，在村里也显得德高望重。村里家长里短，邻里红白都少不了他。

  周五爷膝下原有两子，大宝与二宝。后来，大宝不幸夭折，二宝变成了独苗。这二宝生得相貌奇特，短小粗壮，面膛枣红，镶两只铜铃大牛眼，长两只招风耳，样子很是老成，年十八已有壮年相，像个小关公，同龄人称他作"宝二爷"。

  二宝高中毕业后，从镇上回到村里，跟着父亲出海学打鱼。二宝相貌虽生得老成，人却并不精明，只擎着傻笑。人家夸他，他笑；骂他，他笑；损他，他笑；赞他，他笑。在学校是这样，回了村里也是这样。如今的年轻人追着时尚这条狗的尾巴拽口头禅，各式各样——"雷""晕""郁闷"。二宝同样拽住一条尾巴，在学校里灌了一耳朵"郁闷"带回了村子。二宝回来时，乐呵呵地冲周五爷道："爹，我回来了。"周五爷知道是他，只是"唔"一声，算作回应。二宝见周五爷并没有多大反应，自己便立在一边傻乐，两排洁白的米粒牙，映着阳光煞是惹眼。二宝乐了一阵，似乎总觉得忘了说什么，鬼使神差地补一句道："郁闷啊。"

倒是轮到周五爷郁闷了，这孩子什么情况？

捕鱼人家有诸多忌讳，像古时女子易婚大不韪一样，这些忌讳不行也忌口。

譬如说有一次，二宝随周五爷去本族串门，那人家正在烙饼，见这爷儿俩进了院子，女主人赶忙从厨屋里迎出来。女人只顾着和周五爷说话，忘了手上的事。二宝鼻子尖，闻到了焦煳味，张嘴便道："糊了。"女人一拍额头："哎呀，锅里烙着饼呢。"说罢，转身要进厨屋，二宝随口道："该翻过来了。"话一出口，那女人欲进厨屋的腿便挺在了门槛上。二宝尚没有反应过来，头上就重重挨了周五爷一巴掌。女人见状，连忙赔笑圆场道："没事，没事，孩子嘛，刚回来还不懂，不过这饼确实该'揭'过来了。"二宝这才恍然，"翻"不是"翻"，是"揭"。渔人家求吉利，出海的船当然不能"翻"。后来，二宝发现类似此种文字游戏的还有诸如"死"是"游"，"下水"是"推前"，"出海"是"出门"……即使日常生活小事也有说法，船靠岸，向东南；大鱼取，小鱼还；下雨天，没炊烟；船出海，撒把盐……都是最简单朴素的祈愿，为的是渔民在海上平平安安。

三月回暖，花开草长。二宝曾经在书上读到过三角洲的黄河刀鱼在这个季节洄游产卵。说也奇怪，村里的渔民竟没有一户人家在河滩上下网，贪这不用出海的便宜。二宝想活该没文化，村里人不知道这次早春渔事，单便宜了他一个人。想着，二宝头一次体会出知识改变命运这话的妙处。这几天，二宝一直在谋划着独自行动，连周五爷他也瞒着，心想着给他一个惊喜。周五爷有察觉，却不知他在忙些什么，只说他这几天忙得很，人也飘忽不定，肯定有事情。周五爷这么问二宝，二宝只一个傻笑一句"郁闷"便顶过去了。时间一长，周五爷没放心上也就忘了这一茬。

有一天，许家二狗气吁吁地跑来对周五爷道："坏了，坏了，二宝在河滩上正收网呢，捕了几篓子的刀鱼。"周五爷一听，这还了得。祖上传下来的规矩不能毁在这小子手里！周五爷随许二狗匆匆赶到河滩上。二宝见周五爷来了，很是高兴。本以为周五爷会赞他几句，孰料周五爷把几只鱼篓通通踢翻了个，把鱼全给倒进河里放了生。二宝急了，冲着周五爷喊道："爹，你弄啥……"话没断尾，周五爷一闷头就打下来，斥道："洄游产卵的鱼娘你也抓？若是当初你娘有人拦着，能生得出你？"二宝想还嘴，话刚到嘴边，周五爷又骂道："读了十多年书，仁心哪儿去了？"

夏满芒夏，水深鱼肥。二宝随周五爷出海，远极处海天一色不分，接洽成一块天青色幕布，和五嫂的素衣一个料底子的颜色。波浪一扑盖过一扑，风吹起船帆像鼓起的裙摆，似乎哪里见过了。又是想五嫂了。

二宝坐在船上所见处连着所想处，所见所想糅在一起，边开口对周五爷道："我娘要是还在就好了。"这句话钢锥一般扎进周五爷心缝里，然而，故去的人毕竟若东流水，周五爷心头颤一下便回到现实中，笑着道："怎么，想她了？"二宝傻笑。那笑里头明显透着稚嫩。周五爷看着儿子这张脸，心里柔软说不出。周五爷手里拾着渔网，渔网上的钢球撞在一起，脆鸣悦耳，倒是唤醒了他。"这孩子太轴"的念头撞进周五爷脑子里，撞进去就下不来。和二宝一样。他着实木讷些，笑着往南墙上傻撞，不知反顾，出了包流了血也不知道反思悔改。周五爷这么想着，心里满是愧悔，毕竟性别所限，他七尺男儿发不出母性的温情。他又不甘嘴上承认二宝愚钝，逢人便夸："二宝聪明着呢。"村里的人知而不言，只迎合着周五爷的话，"二宝聪明着呢。"渐渐成了村里茶余饭后用来取笑开涮的料子。

周五爷拾好网，一把撒下去，没等收就看见有鱼翻了白肚皮，瞪了眼儿的死鱼接二连三地往上冒，白浪头一样向上开花。周五爷纳罕，一回头差点儿蹶进海里。二宝竟然在向海里撒药。

周五爷气得浑身虚软,一阵阵冷汗直往上冒,他上前一把攮过那药,竟是村里人闻之色变的"三步倒"。周五爷一脚把二宝踹进海里。二宝在海里扎了个猛子才从水里探个脑袋出来,像浮萍底探出头的蛙。周五爷忙喊道:"别喝水!"二宝本就没呛水,仍旧吐出一口水来,然后气愤道:"爹,你这干啥?"周五爷骂道:"你这王八羔子,脑子空就空,你咋还脑子里灌水了?往水里撒药,亏你做得出来。"二宝使劲伸直脖子辩驳道:"多捕点鱼,有错?"周五爷道:"毒死的鱼,你就不怕毒死人?"然后"唉——"的长叹一口气便不再说话。待他把二宝拉上船,方才语重心长道:"竭泽而渔,则明日无鱼。"

没过两天,村外不起眼的角落里堆出两座白花花的鱼山,坟头般大小,全是死鱼,阳光下也没有白光粼粼的美感,只令人感到死鱼散发出的白色腥气,与死亡的白色晦气。

捞鱼的人捕了两船的死鱼,心里很是忐忑。上岸后就来找周五爷,周五爷深明就里,自然知道那两座鱼坟山的死鱼定是二宝"三步倒"办的好事。周五爷阴沉着脸,隐隐感觉到事情的严重性,简单两句把二宝毒死鱼的事情说明了,要他莫张扬,事情他会处理。来人听了他的话便匆匆走了。周五爷深知那些鱼留不得第二天,夜长梦多。又不能外扬,只等二宝回来。

周五爷倚门远望。适时,夕阳隐匿最后一抹余晖,瞬时,似乎便拉开了夜幕。周五爷打了个嚏,回身抄了一件藏绿军大衣披在身上,拿上手电筒去寻二宝。

倒是也巧,二宝同许二狗和李胖砣刚从镇上买了船帆布回来,急着给船换新帆,赶着明天一大早出海。三人七拐八拐,刚巧撞见那两座鱼山。"这谁家的,收成可是够丰。"许二狗赞道。"可不是,足够我们好几趟的忙活。"李胖砣附和。

两人钦羡地盯着,眼睛里泛着光。后来赶来的二宝刚巧听见二人的对话,他脑子灵光，小心思一转，在身后冲二狗他们喊道："这是我家的，都别动。"二宝说完，又给自己圆场道："我爸够懒，还没收回家里去。"二宝记得，前两天自己和父亲把海上打上来的毒鱼全埋了，他本来就觉得可惜，突然冒出来的这两座鱼山，让他像丢了耗子又看见鱼的猫，全然沉浸在失而复得的满足感之中。他哪里知道这些鱼也是他自己的杰作，只是这杰作到了后来才显出原形。像牡丹亭少女的画，用的是隐形白墨。

许二狗和李胖砣听了也相信，两人并没有回身，也没有回头，许二狗赞叹地对李胖砣道："厉害，周五爷厉害着呢。"李胖砣听了拼命点头，似乎关乎周五爷的话都是真理。

二宝冲他们两个喊道："今晚别回了，野外烤鱼吃，我请客。"两人立定，转过身去同时摇头。然后忙他们的活去了。二宝热情，跑过去邀他们，他们仍旧连连拒绝。二宝无奈，把帆布丢给李胖砣要他帮自己换帆，李胖砣责无旁贷地应了。二宝跳下船，笑呵呵地往回走烤他的鱼去了。只抛下一串得意忘形的笑，那笑声潇洒肆意，直往深海面扩散，慢慢消散。

等许二狗和李胖砣忙完船上的事，天也已全黑了下来，黑得出奇，没有星斗，没有光亮，只岸边一息荒凉的火光一闪一闪。二人知道有火光的地方肯定是二宝烤鱼的地方。二人忙活了一晚上，肚子饿得咕咕叫，便循着火光去找二宝吃烤鱼。

等寻到二宝，二宝早死了，嘴里还叼着一条未咽下的烤鱼。

周五爷丧子，一夜愁白了头发，憔悴了脸庞。村里人出于安慰，仍旧说二宝的好话。"二宝聪明着呢。""二宝聪明着呢。"周五爷听了这话不干了，自语道："聪明，他哪里聪明？"沉默了一会儿，又道："他是聪明，聪明人死在聪明上。"

焗锅

吹糖人

■ ▪ ▫

  黄老三额角剃出两个上凹月弯弯，前平额留出朵孔雀屏半圆刘海儿。他这面孔，铺两片豆腐块儿就是活生生的京剧丑角儿。可惜他戴了副文化镜，却是黑白两色，白色透着只好眼，黑色遮着一只半瞎眼，这副模样即使戴上眼镜，当然也不会显得很文化流。"文化抬高身价"和他更沾不上边儿。他长得这么"可爱"，孩童们不听他训"少壮不努力，老大徒伤悲"的话，也不怕他"狼来虎来鬼怪来"的吓唬。孩童们乐意围着他，更乐意围着他的糖人铺子。

  太行路大街桥南面的丁字路口，往里伸便是斜楞胡同。东营城市新，不比老城，胡同民巷交错纵横。这儿的主干道大街，仿现代派的城市规划，没有半点儿自我内涵，现代中国的城市普遍意识似乎愈时尚，愈现代，愈都市。全然的模仿。

  斜楞胡同属城中村，所住多半是外来人口，房屋租来换去，人口新旧交替，和当下时代发展一样，赶个时代效率。社会底层人的活计，像吹糖人就只能贴着地面匍匐前行。黄老三赶口，摊子摆在路口的"丁"字头上。

  我们举家来斜楞胡同的时候，他不知道已经坐了几年的庄了。

  斜楞胡同里的房价已经符合了最低需求，黄老三仍旧住不起，仍旧挑着扁担在车鸣楼立的钢筋水泥中穿行。踏着晨曦晃悠悠地来，衬着夜幕晃悠悠地走。斜楞胡同里的人拿他给自家孩童做反面教育。"吹糖人的都来了，再不起床上学要迟了。""不用功念书，将来像那'独眼龙'一样吹糖人。"黄老三心敞，并不放心上，竟也自嘲着拿自己涮孩子，"不读书了，将来跟我学本事"。这是大人的顺口话，心中并不乐意，那些个孩童却心里都盼得切。逢休沐，黄老三的身边总围了一层一层拜师学艺的孩童。他们爱极了这令他们垂涎的糖人。黄老三却不提收徒拜师的茬儿了，眉头一缓，笑嘻嘻地撺掇那些孩童们："去，要钱去，回家找你妈要钱去，买糖人。"

黄老三新近觉得那只右眼上的翳又重了一层，从镜子里用左眼看右眼，简直像一只撒了白灰的死鱼眼，那只滑稽的双色眼镜更不便摘下来了。黄老三一边想着眼睛的事，一边一步一忽闪地挑着担子往斜楞胡同走。他住的地方离斜楞不算近，刚担出了破晓，又担起了旭日，那扁担悠呼呼地打着起伏，很轻松的样子。

今天休息日，他估摸着今天该有个好赚头。

从老远就看得到斜楞胡同口白渺渺地飘着一团雾气，包子王边忙着端笼屉边从白雾气里探出个脑袋，冲黄老三打招呼道："没吃呢吧？等会儿，给你端笼包子。"黄老三还没卸下扁担，旁边的鞋匠刘也凑了上来，指着他的眼镜道："就是好玩，像被打肿了一只，打出个黑眼圈。"黄老三用天生的嬉皮脸伴上嬉皮腔，唐老鸭一般道："懂什么，这叫黑白分明。"

逢我出门买早点，一听他的嬉皮腔就爱得不得了。哦，卖糖人的来了。我接过小笼包就匆匆往家跑。黄老三同样不放过我，在我背后冲我喊道："嘿，小天哥儿，回家拿钱去，买糖人。"

我回家后总有这样那样的事绊住脚，父母或者催我温书，或者教我诵读。

等我被"咣、咣、咣"的锣儿从书本中唤出来，我才复又想起我的糖人儿来。父母管教严紧，从他们那里讨钱出来买糖人，须又费上一番口舌。

我循着锣儿匆匆往胡同口跑，心里揣着只兔子般急慌。胡同口黄老三的摊已经被孩子们裹了好几层，我扒开一个口挤进去。"嘿，天哥儿来了。"黄老三正忙着手里的活儿，听话音，仍旧抬起眼瞥我一下，懒懒一笑，道："你来晚喽。"

已初晌，微风暖洋洋。黄老三抬眼信手，或说或笑，那副双色眼镜蛤蟆一般半趴在鼻梁上，露出那只白内障的死灰眼，孩童们看了却并不惊骇，个个腆着肚皮，伸着脖子，砸着嘴巴，即使买到了糖人也不离开，站在一边看热闹。顽劣的还会投机捏他几粒糖豆往嘴里塞。黄老三看见了也不愠恼，只乐道："小成胖偷吃糖豆一颗。"众孩童都乐得哈哈笑。

黄老三身后撂光板扁担，左侧搁加热的炉具，右侧放装糖料和工具的红漆柜。柜把手上绑个大草把子，上面插着做好的糖人和那只招风锣，还有彩风车，风一吹"扑啦、扑啦"地转。前面铺张半平方米的大理青石板，一块圆形木转盘。大理青石板用来画糖人，在上面平铺，从上面揭盖。木转盘分为大小不等的若干个区域，分别挥墨写着"葫芦""大公鸡""关公""猪八戒"等主题人物。转盘中央固定一个指针，转盘旋转起来再停下，指针指哪个格子，就得哪个奖。奖品越大，格子越窄，最大的格子就四个字：糖豆一颗。那糖豆比纽扣大不了几分。

转转盘是付过钱之后的消遣，黄老三只当是和孩童游戏，不额外加钱。十之八九，那群孩童领到两颗糖豆，少有好运气的。

兔子妹妹递过来两块钱，道："我要一个小兔子。"黄老三接过钱顺眼溜了她一眼。只看得到白色镜片下左眼，右眼遮在墨镜下，看不清。见得黄老三往手指尖吹一口凉气，扭身快速从正在加热的糖稀中抠出一小团，略抻揉，然后挑在一只空心塑料管上，塑料管另一头含在嘴里吹气，吹起个棕色糖气球来。这时，见他眼疾手快，眼到手到，一气呵成捏出兔耳、兔嘴、兔尾巴。出了形状，再涂上彩，红眼睛，红嘴巴。铜锣一声响，小兔子活了。

小黑妞抢着递上两块钱来，道："我要画的，黑包公。"黄老三看都不看一眼就接过钱，放进胸前的帆布包里。和斜楞胡同里的孩子熟得很，他不用看人，道："画黑包公？小黑妞吧！"众孩童听了都笑。黄老三用油毡子先在大理青石板上蹭一下，蹭出个反光亮，然后变戏法般掏出一把精致的小铜勺。舀上少许糖稀，微微倾斜，糖稀缓缓成流，黄老三此时如猛然惊醒，手往上一提，就成了一条线，摊在石板上，漾成一个圆。开始画糖人，手腕翻飞，如书笔墨，似绘丹青。包公渐在大理石板上现了身。等凉了定型，用糖稀在糖人身上点两个点，竹签贴上便把包公提了起来。正欲鸣锣，似有不妥，又用彩糖给包公画了镰刀月牙。往草把子上一插，铜锣鸣响，大功告成。

……

等到了傍黑，孩童渐疏，黄老三摊边冷清了。该收摊了。他掏出一条黄白手帕，伸进墨镜下去拭那只半瞎的眼。包子王在旁边道："该去医院瞧瞧了。"黄老三眨巴眨巴眼，拍了拍那只装钱的帆布包，道："哪能花了孩子上学的钱？"见黄老三要回去了，包子王赶紧拾起一屉包子给黄老三，道："带回去给孩子们吃。"黄老三推脱着离开，道："要不得、要不得……"等他走远了，包子王自语道："这人……"又赶紧追上去，扔下包子急忙跑回来。那根扁担原地顿了顿，终于还是呼扇扇地走远了。

天下熙熙，皆为利来；天下攘攘，皆为利往。下至百姓，上到官场；强盗地痞，土匪流氓。斜楞一带新出了个地头蛇，姓苟，苟啸天。肥头大耳水桶腰，私底下人被唤"苟大头"，在斜楞一带欺行霸市，专欺无证游击的小商小贩。这天便欺到了黄老三的头上。

这天，"苟大头"一行三人静悄悄地往斜楞胡同里进，没怎么张扬。等进到胡同底才折身回来，一个一个地刮油水。都是些商贩，胆子小得很，一个个都屈了首，破财消灾，花钱免事。苟大头在斜楞里的路顺风顺水，料想不到在胡同口遇到了瓶颈。

黄老三头也不抬，一改往日的嬉皮腔，一脸严正，道："小本买卖，正儿八经，没有纷争，不用保护，没钱给你。""苟大头"一拧横肉眉，嘴里咬牙挤出一个字，道："砸！"顿时炉烟四起，糖渣纷飞、碎屑横飞。黄老三的铺子转眼成了烂摊场。"苟大头"扬长而去，剩下黄老三风雨不动地安坐着，好像与他不相干。他咋就能坐得住呢？包子王走过来，欲言又止，最后只是叹了口气，去拾掇一地的烂摊。鞋匠刘边回望走远的"苟大头"边走过来，告密一般的口气，生怕别人听见给自己缠麻烦，道："花钱买清静，你给个他三五十打发走算了，这种人，你跟他较什么劲嘛？"黄老三听这话，歪着脖子，抬起头来，用那只好眼狐疑地瞅着他，似乎这人不曾相识。末了，黄老三往那只黑白滑稽镜片上一点，道："看见没有，黑就是黑，白就是白，混淆不了。这叫啥？这叫黑白分明！"

"你哎——"鞋匠刘托声长调，走了。那边，包子王收拾起了还能收拾的，担在扁担上，冲黄老三道："老伙计，回吧，回去歇两天。"黄老三"唔"一声，若有所思，静坐良久才走。

两三天的功夫，黄老三又回了斜楞，操持起老行当来，他这次来得凶，也让人心生担忧：插糖人的草把子上插满了大脑壳的糖狗——明晃晃地向"苟大头"叫板。这些大脑壳糖狗，黄老三不卖，全拿来分给了孩童。孩子们欢喜，又无知，跳着咯噔步，嘴里嚷着"苟大头、大头狗"跑散了。

劝不回头的。包子王、鞋匠刘、满街的小商贩都悬着一颗心等后话，心里十之八九的都有了底。果不其然，天一擦黑，黄老三的摊又被苟啸天带人砸了个底儿朝天。

如是，黄老三含沙射影，苟啸天砸摊报复，往后又发生了两次。结果竟然是苟啸天没坚持下来。出人意料。"苟大头"这次单独过来，在黄老三摊前悠悠点了一支烟，在摊前坐定了，夹着烟的手指着黄老三，对身后的一帮喽啰道："看见没，什么是汉子，这他妈就是汉子，真汉子！""我上敢啸天下敢欺地，没服过人，这次服了。"未等黄老三回敬言辞，他便转身走了。那以后，苟啸天这个地头蛇每次出洞，都绕开斜楞胡同。

黄老三乐了，指着那滑稽的眼镜，冲着鞋匠刘又来了一遍，道："这叫啥？黑白分明！"

苛政甚虎，官厉民怨。斜楞胡同里的商贩所惮甚于"地头蛇"的，只有"马路流氓"了。

"城管来了！"平地一声吼，如晴空一声雷。见得众商贩似秋风落叶，如决堤江水，四处奔逃，瞬间乱作一团。等城管进了胡同，差不多已是人去巷空。当然，也有走霉运的，多是些腿脚不灵光家什麻烦的，更有慌不择路的，眼睁睁往枪口上撞。方才慌乱中，黄老三掉了眼镜，一双半瞎的眼在地上找，摸索了半天才找到。以往黄老三每每都能成功脱险，独这次成了瓮中鳖。他匆匆戴上眼镜，择路便走，越走越感觉不对劲，才发现那方向正通向胡同深处。斜楞是条死胡同，又不能往回退，活生生被扎了口袋，被城管没收了家伙。这可是釜底抽了薪，比起苟大头的砸摊毁货，没能给他丝毫从头再来的希望。连着半天的收成，那帆布包也未幸免。

往后几天，黄老三一趟趟往城管大队跑，始终没有结果。官告民，隔层纸；民告官，隔座山。

从那以后，黄老三别了斜楞胡同。不知是找到了新的街巷出摊，还是彻底别了糖人这门手艺。有人说他回了乡，只是没人知道他的乡在哪里。

第二年冬天的一个傍晚，下起了大雪。才又见黄老三，他故地重游，来斜楞走一遭，来看看他的老伙计。风飒飒地吹，卷起雪来，像白毛鬼，他从太行大街远处走来，等到了眼前，才认出来是他。他没担扁担，孑然一身。还戴着那副滑稽的眼镜，脸却瘦削了许多，棱角更分明。

他站在斜楞巷口，包子王见了他这副模样，啥也没说，端屉包子上来，道："快趁热吃。"黄老三张张嘴，没说出话来，只是摆摆手。

鞋匠刘刚要收摊，回头看见了他，老半天才认出来，上来道："你的糖人家伙没从城管那里要出来？"黄老三叹口气，最后一次指了指他那只滑稽的黑白眼镜，道："这叫啥？睁一只眼，闭一只眼……"

后来，再也没见过黄老三，糖人似乎也稀罕了。

焗碗

茅山号子

■ ■ ■

七十三八十四，阎王不叫自己去。

赵四奶奶挨过了七十三的坎儿，现在来到八十四的门外。赵四奶奶几乎老到不能出门，眼花了，耳聋了，腿脚不灵光了。有来看她的后辈，都要趴在她的耳朵边大声叫喊，她才听得到。她只是轻轻说一声："八十四了。"三个指头循环着用，比画出她的年龄来。牙床咬着嘴唇，像个陷进去的面团。早就掉光了牙，这样也好，不塞牙缝。剩最后一颗牙时，赵四奶奶不爱惜，反倒嫌弃，原因是塞牙缝。这好玩儿，一颗牙也能塞牙缝——赵四奶奶爱吃藕片。

赵四奶奶人很瘦，枯瘦如柴。这与赵四奶奶的饮食和生活习惯有关，忌荤口，吃素，尤爱抽烟，这是赵四奶奶皮包骨头的主因，宁可不吃喝，缺不了她的烟袋锅，嗜烟如命。不抽烟卷，没劲儿。从头到脚一身的沙皮褶子，烟熏的黑面色，松弛如旧报纸，没见过一片的光鲜，偶尔破皮流血，算是见了新鲜皮肤。别的老太太都胖嘟嘟、慈蔼蔼，门外坐下，便是一尊笑佛。赵四奶奶来不了这个，平常时候窝在床上，很少出门，碰上赵四奶奶出门晒太阳，不比见鬼的概率大，坐下便是个地狱小鬼黑无常。赵四爷爷在的时候，家里需要打理，赵四奶奶也勤快些。赵四爷爷死后，风雨一生的两个人，突然缺了一半，怅若孤鸳，也没了活下去的心思。眉毛胡子一把抓，铺盖单褥一窝床。抽烟的女人本就邋遢，而今更破败，满屋子的凉气，满屋子的阴森，外面看进来，黑漆漆，一团团，偶尔听得到几声咳喘，那是阎王爷在召唤。整个屋子成了黑窖，也不在意了。

一辈子就这么交代了？不，还有遗憾。有遗憾，所以活着。

这年冬天出奇的冷，十月下旬就变了天，风飒飒地吹，叶瑟瑟地飞。赵家孙子赵玖灵来送晚饭，从赵四奶奶的老宅里出来。玖灵在门外站了一会儿，听赵四奶奶咳得紧，他叹口气，裹紧衣服，顶风回去。回到家，玖灵这样对父亲赵伍常道："奶奶病得厉害，都咯出血来了，怕是忍不过这个冬天。"赵伍常一脸的为难。赵四奶奶的犟，钢板一般不弯曲，宁死也不愿意搬到自己的安乐窝来，病也不看，话也不说。赵四奶奶早就没了活的念想，一心盼着去和那九泉下的赵四爷爷做伴。村里的人都知道赵四奶奶三番五次从医院跑回老宅，都了解，也就说不了赵伍常不孝不养的碎语闲话。尽了老人的心愿，赵伍常好吃好喝地供着赵四奶奶，给她逝前片安。

深冬时候，玖灵从城里买回一台录像机。料不定赵四奶奶是哪一天的事，留下音容笑貌，定格生命色彩，用来回忆。

老宅正对门架好录像机，把赵四奶奶搀出来。老人颤巍巍由阴转晴蹒跚到阳光下。这时的赵四奶奶，一身黑色棉衣棉裤，裤脚处用黑巾裹起来，成一个倒锥。佝偻着腰，半睁着眼，像只盛夏刚破土的知了猴。手里提着那支烟枪，仍要不时填进嘴里嘬几口。久违的阳光，久违的暖意，赵四奶奶情不自禁伸了个腰，打了个欠。刚见老太太有了起色，却突然掉头回转，连续几声重咳，咯出几口脓血。赵伍常忙上前，要扶她回去。但门前架了个新玩意儿，却让赵四奶奶见了，老太太来了兴致，不愿回去，偏要上前去打探一番。

这瞧瞧，那看看。玖灵拍摄的视角里有赵四奶奶狐疑而好奇的大眼，遮住了整个画面。赵四奶奶拾起烟袋锅，在这新玩意儿的底座敲了敲，开口道："这是个啥？"玖灵把录像机向赵四奶奶详略说了一遍，录音，录像，人进到里面，存下影像，存下记忆。赵四奶奶又问道："能留下东西？"玖灵连连点头。赵四奶奶哼哼唧唧着转过身去，往屋里走，把一句"谁也别进来"扔在门外，反锁了门。留下赵伍常与赵玖灵父子二人面面相觑，猜不透老太太葫芦里卖的什么药。

门"吱——呀——"一声开了，再看此时的赵四奶奶，可谓惊艳。

只见赵四奶奶头戴珍珠彩凤冠,身穿牡丹绣龙凤紫金袍,脚踩狮子头高花鞋,套着金项圈,钉着珍珠坠,擦着胭脂拭着粉,粉面红唇,人鬼难辨。玖灵立即被吓到,以为赵四奶奶发了疯病,忙问赵伍常道:"奶奶这是怎么了?"赵伍常也正吃惊着,细一回想,有了眉目,边催玖灵赶紧录下来边道:"这是要唱号子。"玖灵道:"什么号子?"赵伍常道:"你爷爷活着的时候经常对我说,你奶奶嫁过来的时候,是从大运河上划着船唱着号子过来的,穿着一身紫金彩凤袍。到咱家后,你奶奶就再没唱过了,你爷爷生前总是嘱托我一定要让你奶奶唱个够。这是人要走了,要把号子留下。"

那边,赵四奶奶已经开了腔。出口开花,哪里想得到这干瘪的躯体还能迸发出这样鲜活的声音。时而短促有力,时而清脆丁零,时而温柔绵长,时而野性粗犷。似鸣钟,似低语,似训斥,似禽鸣,每一声都唱出无雕琢的质朴,每一声都唱出无雕饰的自然,每一声都唱出向上的劳动力道。明亮悠长,尾音远远地一甩,又一甩,抑扬飘逸间,天地都活了,阳光都碎了,岁月都停了。

"打起号子不费难,牛角扳弓两头弯;二十四个车拐随轴转,十二只脚板跟车翻。"野性的车水号子。蓝天白云,青青秧苗,临水田畔,男女相伴,快乐劳作。挽起袖子,卷起裤管,唱着车水歌,体验劳动情。踏板带出水声哗哗,号子唱着语音朗朗,传遍空旷的田野……

"太阳下山黄又黄,栽秧栽到田中央;男人闹着开秧门,弄脏姑娘花衣裳;姑娘不闹也不嚷,含羞脸红露就塘。"柔情的栽秧号子。男儿的狂傲,女儿的柔情,在劳动号子中回旋抑扬。劳动的美,情爱的美,至善至美,犹闻天籁。

"旧社会农民实在苦,穿的破衣睡的草铺;从早起身忙到晚,收的粮食交地租;苛捐重税又逼命,天下哪有穷人路?"旧社会的穷人号子,痛说穷人苦与泪,骂得残酷旧社会。

"号子一打声气开,顺风刮到九条街;玖灵高邮穿城过,扬州邵伯转过来；号子尾巴甩三甩，甩过江去甩到苏州无锡来；小小号子不中听，江南江北我兜来转去兜得快……"

因了赵四爷爷当年听她唱号子，赵四奶奶结缘赵四爷爷。赵四奶奶的泰州，赵四奶奶的里下河，赵四奶奶的茅山号子，嫁到赵家，统统都扔下了。成家过日子，身在异乡，没人唱和，也没了唱的兴趣，自此绝口不唱。一个绝口，一辈子过了。几十年里，苏北里下河的茅山号子也是起起伏伏、每况愈下。临走了，留下这口一辈子的绝唱，了了一桩心事，也算瞑目。赵四奶奶唱着唱着，声音渐渐低了，一口鲜血喷成花，一头栽了下去。

赵四奶奶老宅对面的一棵老梧桐，上面有巢，一只野鸟朝远处飞走了。歌停了，人也死了。

制鼓

拉洋车

■ ■ ■

  社会在发展，时代在进步，机动车渐渐取代了人力车，如今的人力车，大概也只有自行车了。民国时候有种人力车，那时候的人称之为洋车。民国时候的洋车，不是简单的交通工具那么简单，洋车在民国，是身份尊贵人的交通工具。贵人们出门逛街访友，一招手道："洋车。"当今社会叫出租车也这么个叫法儿。拉洋车，更是一种职业，贫苦人民赚钱养家的职业。比起交通工具与谋生工具而言，洋车的意义对底层人民更重要。现如今，洋车早没了影子。和旧时候的洋车是贫苦人民的象征一样，现在大街上骑的自行车，也定是生活并不宽裕者的象征。当然排除那些有返祖倾向的贵人，自行车在他们那里，退化成锻炼身体的工具，或者环境保护主义者倡导低碳的伙伴。人有怪癖，总爱说点儿过去的故事。

  您泡壶茶，也别嫌烦，听点已成黄花的旧事罢。

  公交、出租、地铁……起先老北京城没有这么多花样繁多的交通工具，那时候，有牛车，有马车，有驴车，有骆驼，后来有了拉人的洋车。现在在影视剧里还能看得到。洋车，全名东洋车。在老北京，叫洋车；在天津卫，叫胶皮车；在上海，叫黄包车，上海话谐音"王八壳"。拉车也不一样，人跟人有区别：有的人，早上六点出车，晚上十点回来，挣两块钱，不够吃饭；有的人，早上八点出车，傍晚六点回来，挣五块钱，刚够顾家；有的人，上午十点出车，下午两点回来，挣八块钱，会干活；有的人上午十二点出车，十二点半回来，挣一百块钱，他把车给卖了。人比人，气死人。拉车人也分三六九等，每个人条件、水平、做事的方式不一样。

最次的是"拉车废",最狠的是"拉车贼"。

故事先从"拉车废"说起。

老北京城有家皮姓人家,祖籍河北保定乡下庞口镇。这天,皮家掌事的侄子皮顺从乡下进城来,投奔他大爷。镇上闹蝗灾,迫不得已,给咬到北京城来。朝廷有人好办事。一路走来,北京城逛了一圈,正愁没手艺没技术没有谋生之路。看大街上咕噜噜跑的洋车,有了主意。俗话说,亲戚不如财货贵。皮家掌事对这个乡巴佬侄子很是看不起,轻蔑地问他道:"你能做什么?你又想做什么?"有事求人,先低一头。皮顺笑脸相迎道:"嘿嘿……我……这个……干啥都行。我看着那个马路上跑的那个小箱子,箱子里坐个人,两个小轱辘,前头一个人,拖着两根木头棍,满街拉着跑,那个我能干。"皮家掌事一听,知道是拉洋车这没出息的活计,半讽半问道:"拉洋车啊?"皮顺鸡啄米似的点点头。皮家掌事本就不喜欢皮顺,趁早了打发他走,爽快答应道:"那就找一辆吧。"

皮家掌事有一个开车场子的朋友,带着皮顺过去,一引荐道:"这是我乡下来的侄子,叫皮顺。乡下闹蝗灾,没辙了,上我这来投奔。您看有没有闲着的车?"话说完溜达到一边喝茶去了。这车场老板叫赵守财,小个子,平头,小眼睛,浅眉毛,看面相就知守财奴一个。赵守财上下打量皮顺一番,直咂牙花子,有车都挣不出钱来,不愿意给他车。倒也怪不得赵守财势利,皮顺穿着确实让人跌眼镜:六月三伏,戴着棉帽子。穿一件百十来斤的厚棉袄,腰里面系一麻绳子,麻绳泥泞,比铁条都结实。脚下两只鞋,一只靰鞡,一只毡疙瘩,靰鞡还没帮,毡疙瘩没底。没有鞋带,用麻绳凑合,加起来有二十来斤重。尤其腿上的一条大棉裤,应名儿叫棉裤,里面没多少棉花,都给泥浆子泞上了,白天穿着是棉裤,晚上脱下来能顶门,当门杠子使,一般刀砍不动。还不能脱下来,年纪轻轻就犯老寒腿。

赵守财这么一打量,一寻思:什么车给他能挣出钱来?打心眼儿里不愿意给他车。又一合计：不行，皮家掌事介绍来的亲戚，端着面子，往后帮忙的机会还多着，不能破了他的面子，不如简单敷衍，卖个人情给他算了。戴上面具，换了笑脸，转脸跟皮家掌事道："哎哟，皮爷，您抬举，给我送人赚钱，都不是外人。只是，我这里车都有主了。"皮家掌事本来赔着笑脸，一听这话，黑了下来。皮顺也在那里干着急，眼巴巴地看着皮家掌事。赵守财转口又道："不过……"顿了顿，看皮家掌事脸色转晴才道："要是真想拉车，我这房上有一辆车，你让孩子看看，要看着合适，就拉走吧。"赵守财自有他的小九九，刚好房上陈放几年的一辆破车，正愁处理，刚好趁这时候，卖了人情，又处理了垃圾。既然有求于人，别人又出手相助，就是帮倒忙，皮家掌事也不能推脱，自找的麻烦。行，弄下来吧。

  弄下来，看这辆车。两个车轱辘，一个有胶皮，一个没胶皮。车厢板都快散了。两根车把，就剩下一根了。没办法，既然是有求于人，不能当面拒绝。搬回家吧。这车这辈子没白活，有生之年还坐了回车。拉回家，皮家掌事便不再过问了，皮顺只能自己个儿修理。胶皮没了，缠上一圈麻绳。车厢板散了不要紧，找几根钉子定起来。钉子买错了尺寸，买成一寸五的大钉子。尺寸错了不打紧，从上往下钉下去就成，可这皮顺脑子不灵光，非要从下往上钉。车座上立马之支起半根钉尖子。露出顶尖子也不打紧，砸弯了就好，皮顺懒得，拿麻袋盖上了事。两根车把，少了一根，绑一根扁担。又在前面绑一根拐棍，当横梁。一切修理妥当，那边皮家掌事过来，手握紫砂茶壶，小嘴抿着。看一眼，一口水喷出来，心想：这玩意儿能坐人？可自己借来的东西，又不愿意说坏，违心道："成啊，顺子，有手艺，看把这车修理的，有着手艺呐。"皮顺也不傻，心里骂道："成个屁！这车能出门拉人？叫你你坐？"人在屋檐下，不得不低头。皮顺只有少说多听常点头的份儿，无奈挤出一脸苦笑，算作回应。就这么着吧。

  没办法，有了车就得出车，不然要让皮家人当他赖着吃白食。

第二天，皮顺真的出车了，就拉着这辆拼凑的四不像破车，早晨五点天不明就出车了。他越来越感到皮家人看他的眼神不对劲，他受不了，早些走吧，省得成了眼中钉。第一次出车的恐惧心理，加上这辆掉渣的破车，皮顺要脸，可不敢上街正大光明去丢。人家拉车的，都是街头等车站等，皮顺找一死胡同蹲着等。把车顺到树后面，找一旮旯，脸冲着墙蹲着，不敢见人。先不说皮顺的掉渣车，就单说皮顺这样拉车做生意，一辈子也拉不到客，挣不到钱。

可气运来了，挡都挡不住，还真有天上掉馅饼的事。

真有不开眼的。正午十二点，死胡同里的门打开了，里面走出一位主，闫祥，闫三爷，皮货行的老板，正打算坐火车去天津提货。闫三爷提着大箱子，在门口站下，抬脚刚要出胡同，抬头看见皮顺蹲墙根那儿。呵！以往都要走出去，今天倒好，拉洋车的在门口候着。闫三爷心里高兴，得来全不费工夫，叫过来吧。抬手向皮顺打招呼道："洋车、洋车。"皮顺这会儿正蹲在墙根儿寻思往后的活计，心里一团乱麻。听见有人叫洋车，以前没拉过洋车，心里正乐想，这大地方可了不得，这人叫嘛名的都有，怎么还有叫洋车的？正想着，闫三爷走过来了，用脚杵杵他，对他道："嘿、嘿、嘿……"皮顺抬起头，一脸茫然地看着闫三爷问道："干吗？挡你路了？"闫三爷问道："这洋车是你的吗？"皮顺没好气，说话也直，道："不是我的还是你的？"闫三爷道："这怎么说话呢？"没跟他一般见识，接着问道："拉人吗？"皮顺不耐烦道："不拉人还拉畜生？"闫三爷改口，按行话道："拉座吗？"皮顺道："不拉座干什么来了？"闫三爷心里那个气呀，拉车的能跟坐车的这么说话？闫三爷真不想坐他这车，又不愿意走远路，只得压着火道："我去火车站，多少钱？"皮顺道："六十。"闫三爷急了，骂道："他娘的，你是来打劫的还是拉车的？"皮顺接着道："你要给六十，我把这车都给你。"皮顺是真想卖了这车回老家去。闫三爷见皮顺这话说得逗，气也消了，接着道："火车站，开个实在价。"皮顺道："一毛五。"闫三爷一听更乐了，这人缺心眼儿吧，往常怎么也得一块五。这便宜得占上，连忙对皮顺道："把车顺过来吧，把车顺过来吧。"

皮顺把车顺过来，闫三爷一撩长褂，迈步上了车。闫三爷摆正衣摆，板板正正往下坐。车座上都露着钉尖子，肯定坐不了。闫三爷大叫一声，站起来比坐下去还要快，伸手屁股后面一摸，都是血！当时就傻了眼。闫三爷掀开麻袋片，钉尖子突兀地露了出来，破口便骂道："他娘的，太缺德了！怎么有钉子呀？"皮顺又是直言直语道："没钉子就散了。"闫三爷把一只手上的血往麻袋片上蹭，一只手捂着屁股道："怎么不砸弯呢？"皮顺开口道："我不会。"闫三爷听了直翻白眼，这话说的，活生生气死个人。闫三爷心想，这孩子不会真个是缺心眼儿吧？罢了，罢了。无奈道："好赖这车坐着便宜，谁让我捡了一毛五的洋车！得得得，我来给你砸吧。"下车捡一块砖头，三下五除二把那钉头砸弯了。盖上麻袋片，继续坐下。坐下来就觉得不对头，身子怎么是歪的？闫三爷问道："你这车轱辘大小不一样吧？"皮顺回头道："没看见一边缠的麻绳吗？一高一低。"闫三爷想，也别说别的了，一毛五的车能好哪里去？忍着吧。开口对皮顺丧气道："走吧，走吧。"

皮顺转过身来，连着大棉裤，把腿抱进拉车位，要起车了。往常拉车的车夫，起车之前，都要回头陪个笑脸，道："先生咱要走了，您可坐好了。"皮顺倒好，直接就往上抬，加上他个子高，闫三爷也没留神，直接就躺下去了。皮顺也没个察觉，拽着车把就往前走。一般拉车车夫，都是迈着四棱小碎步慢慢向前跑，皮顺是一颠一颠往前蹦。没办法，棉裤太沉了，迈不开裆。跑是跑不动了，兔子一样"哒、哒、哒"的压切面。闫三爷在后面可是受了罪了，忙喊道："这是抽羊角风怎么着？"皮顺蹦得正带劲，根本不应他。蹦了一段路，停下了，回头对闫三爷道："您下来吧？"闫三爷道："干吗呀？"皮顺道："扁担掉了，要修车。"闫三爷道："得勒，你把扁担给我抱着吧，你继续拉你的车。"闫三爷心里那个恨，做趟车还要抱着扁担，没办法，就图的这一毛五的便宜车费。皮顺继续拉车，刚出了主街，才想到他不知道去车站的路。他是拉洋车的，回头向客人问路怎么开得了口。俗话说，条条大路通罗马，路的尽头是站，皮顺这样想着便沿着大马路直接奔北去了。

  皮顺前边一蹦一颠地拉车，闫三爷后边一起一伏地受罪。皮顺还开口对闫三爷废话道："坐我这车有好处，打不了盹。"闫三爷哭笑不得，心想，不就一毛五的车钱嘛，我跟你泡上了。掏出小手绢来盖在脸上假寐。皮顺一边嘀咕，一边蹦着拉车向前。打上午头朗日当空，到了傍晚天擦黑，皮顺就没找见火车站在哪里。皮顺心里发虚，心想，我的个娘呀，这个火车站到底在哪儿？

  遇见一个十字路口，正常拉车的都会冲行人大喊道："劳驾，借光。"皮顺不，他是在心里嘀咕：我把握着距离喱，撞不上你。等到了眼跟前了，为时已晚，那行人倒霉了。"咣当——"把那主撞一大跟头。那人起来就骂道："不长眼啊你？！没看见我吗？！"皮顺这时候还说实话，道："没瞧见？没瞧见能撞那么准？"那人火冒三丈道："原来你诚心的啊？"抬手抽他左脸一个大嘴巴子。立时，左脸盖了个五指红印。那人打完撒了气，抖擞抖擞衣裳，走了。

  皮顺正捂着脸在那里抹眼泪，后面有人搭手拍他肩膀。皮顺转过身去，又是一个嘴巴抽过来，右脸也被盖上了红印。皮顺这回恼了，无缘无故又挨一嘴巴，刚要还手，却看这人面熟，细看竟是那闫三爷。皮顺怒道："您打我干吗？"闫三爷揉揉腰，一脸痛苦道："干吗，你想摔死我啊？"原来皮顺撞人的时候，连带着把车给丢了，闫三爷给扣在车底下，摔得着实不轻。抬首看看手表，已经快六点了，火车早误了点。闫三爷这回是真生气了，皮顺的车是不能坐了，提起皮箱来就走。皮顺在后面追过来道："你还没给钱呐？"闫三爷想想更气，气的是自己个儿图小便宜，这一毛五的车钱是把自己给害惨了。伸手掏出一块大洋来扔在地上，头也没回地走了。

皮顺这边，看着闫三爷渐渐走远，眼泪吧嗒吧嗒掉下来了。乡下家里颗粒无收，投奔亲戚遇势利眼，拉洋车遭人打。心里这个委屈，翻江倒海一般，跪倒在大街上，不禁失声痛哭起来。

等哭够了，心里也渐渐平静了，生活还要继续。皮顺弯腰捡起那一块大洋，包起来，揣在怀里。拾起洋车，独自往回走。已是灯火通明，回望万家灯火，何处是我归所？

皮顺还是在北京城生存了下来。靠拉洋车生存下来。

皮顺慢慢靠苦力赚了点钱，离开了皮家掌事大院。皮顺单独在外面赁了一个小屋，也换了新车，每年还能往河北乡下家里寄点儿余钱。只是，这时的皮顺和初来乍到的皮顺判若两人，从"拉车废"长成"拉车贼"。

别看现在皮顺就一辆洋车，可皮顺心里面装着的拉车手段可不简单。一行有一行的真经，拉洋车这里面道道多着呢。拉扯贼的手段，挣的钱可多，不次于做生意的小老板。来说说皮顺的几个耍手段的故事。

刚开始，皮顺当拉车油子的时候，车也干净，穿得也漂亮，人家拉车都找有人的地方，哪儿有人车往哪儿搁。他专找没人的地方，哪儿没人他往哪儿搁。把车拉到胡同里边，站在胡同口里等座儿，专挑胡同里出来的人。胡同深处出来个大胖子，双下巴流汗似流水。提个大皮包，扛着铺盖卷，走道慌里慌张，眼睛四处看，一看就知道是出门的人找车。正往外走，皮顺赶紧笑脸相迎上去，比亲爹还亲道："呦——大爷，我可把您等来了。"这胖爷正被这突如其来的认亲惊得没回过神来，皮顺这边话说着已经上手把胖爷的皮包、铺盖卷接到手里来。胖爷可不认识皮顺，可这胖爷本来拎着行李出来就是打算找车的，既然车自己找来了，就接过话荐下了台阶，好像认识皮顺道："那我可谢谢您嘞。"皮顺笑脸盈盈道："您这是说哪家的话，能伺候您是我的福气。"胖爷在车上坐稳了，皮顺也把行李码好了。这胖爷在后面坐着，看着皮顺抬起车把来，就知道这是拉洋车的行家。皮顺抄车把，一手在前一手在后，这叫阴阳把，就是防着胖人把车撅起来，打了天秤摔到人。胖爷知道这是行家，俗话说精人讹人，心里自然有了提防。

走着走着，皮顺和胖爷聊上了，皮顺问道："您这是去哪儿啊？"胖爷道："火车站。"皮栓恭维道："您这是要出门。瞧您满面红光，这是财源大发啊。买卖越做越好，日进斗金啊，我都替您高兴。"胖爷听皮顺会说话，心里也气顺。人都不傻，胖爷心想，捧话后面是狠话，老捧我，待会儿要价的时候可受不了。不如提前谈好价，胖爷问皮顺道："到火车站多少钱？"皮顺打哈哈道："哈哈哈，瞧您，伺候您是我的福分，谈什么钱呐？"皮顺越往后抻，胖爷心里越打鼓，直道："别别别，别说这个话啊，待会再矫情起来多事……多少钱？到底多少钱？"相较之下有档次，皮顺继续恭维道："昨天也是您这么一位有钱的大爷，也是去火车站，人家给了三块钱。"胖爷心里"咯噔"一下子，心想，按这点路来说，两毛钱足够。转头又想，要归要，给归给，我绝不能给你三块，保险起见，先送到地方再说。胖爷心想，要把价钱划下来，不能直接给低价，就得往低了贬。胖爷道："你这车慢了，再快点，我赶时间。"皮顺回道："呵呵，大爷，不慢了。您说慢那是跟您家汽车比，这要是跟牛车、驴车比，这是快的。"

在几年之前，初来北京城的皮顺绝不可能有着一副滑调油腔，生活练人。

一边往前走着，老顾着说话，没顾得前面有人过马路，撞上了。在以前，皮顺只有挨抽耳光子的份儿，现在皮顺处理这种紧急事件，圆滑许多。皮顺赶紧道："哎哟，大爷，您瞧瞧，您瞧瞧。您一慌，我一忙，撞上了。"这话说得可有水平，不知不觉间把皮球踢给了被撞人——您一慌，最大责任分摊，便是一人一半。这被撞的人吃亏，都不愿多理论，直接骂道："去你的吧。"甩手就是一个嘴巴抽过来。皮顺眼疾手快，一低头躲了过去。那抽耳光的手刚好打在车把上，本来力道就大，打人反打己，打得手跟猴屁股似的通红，钻心的疼。皮顺窃喜，赶紧鞠一躬，笑着赔不是道："您看，您消消火，我给您赔个不是。您别生气，我们拉洋车的都是小买卖，家里上有老下有小，一家人就指着我吃饭呢，一家老小的性命都在您手上了。"举拳难打笑脸人，被撞的人说不出什么，也不忍心打皮顺，这么就把皮顺放过去了，相安无事。

搁在从前，皮顺早就被打倒在马路上哭鼻子了。

皮顺拉车继续往前走，还不忘回头向胖爷炫耀，给自己贴金。皮顺道："您看着没，这也就是我能过得去，这要是真换了别人，就吃官司了。"胖爷不说话，心想，你捅的娄子，当然要你解决。想法没说出来，给皮顺留着面子。到了车站，抽下脖子上的毛巾擦汗，那架势不比搬砖的动作小，表示他出了大力气，累。胖爷下车，掏出一块怀表看时间，离火车开车还剩五分钟。也没心思和皮顺讨价还价了，打价的功夫，车都开了，三块就给他三块吧。没零钱，掏出一张五块的，等着皮顺找钱。现在的皮顺拉车早就拉油了，对这事见得多了，要是找给他钱就不算他的能耐。皮顺先把钱接过来揣进怀里，装傻笑道："哈哈哈，您看，您这是头一份，齐大个儿当头，还没挣钱呢。您要是能等，我回城给您换零钱去，完了给您送来。"胖爷那个气，连连摆手道："不要了，不要了……那剩下的两块钱也归你了。"好猎人终究是斗不过好狐狸，胖爷没多说，提起行李匆匆赶火车去了，可心里那个气哟。

钱到手了。

生活总是这样，完全不相干的人能连在一起，完全对立的生活态度，能一先一后地归结在同一个人身上，把坏人变成好人，把好人变成坏人。

皮顺噩运的降临，和接下来要说的这趟车看似没有关系，可认真刮，总能有千丝万缕的联系，没有无果的因。这天下午，皮顺把车拉到火车站，找个地方坐好了等着。瞧这边过来一个人，戴着眼镜，文质彬彬，一看是念书人，不拉，给钱都不拉。瞧那边挂着拐棍,大额头,穿西装。有知识的,不拉你。专门找从外地初来北京,刚下火车,两眼一抹黑的外乡人。一般这种人特征明显,背着大口袋,下车愣愣地站着,左看看,右瞧瞧,跟傻子似的。皮顺见这种人,和自己初来北京时一个模样。按理说,皮顺应该有恻隐之心,可他不心疼不手软,不宰羊的狼不是好狼。毕竟,要生活。那人是城南典当行刘四爷的哥哥,刘安。刘四爷是城南的大户,仗着权势上下打通关系,黑白通吃,称霸一方,平头百姓在他眼里草芥一根。这刘安有五十来岁,一脸的憨厚,因为在山东老家无所事事,刘四爷便把他从乡下叫来帮忙,赶巧碰上吃肉的皮顺。

　　皮顺把车调过头来,在刘安背后一拍他肩膀道:"嘿,我说……"刘安吓一跳,回过头来,见是个拉车的车夫,没设戒心,问道:"干吗?"皮顺一脸正经,问道:"刚下车?"刘安回道:"刚下车。"皮顺一听这,再看刘安两眼的晕昏,知道来生意了。皮顺道:"上车。"刘安心想,刚下车就上车,遇见好人了?刘安早没了思想,完全听皮顺的指挥,抬脚上了皮顺的车。皮顺问道:"您上哪儿?"刘安道:"俺上琉璃厂。"皮顺倒吸一口气,嘴里嘀咕道:"琉——璃——厂——"脑袋斜拧着,斜眼朝天看,假装思考了一会儿,突然道:"您在通县怎么没下车呢?"皮顺故意诓他。刘安心里发了慌道:"俺的亲娘,下错站了。"连连拍脑袋咒骂自己道:"一直提醒着不要睡觉不要睡觉,还是睡过了站。"皮顺顺水推舟道:"遇见我算你运气好。我拉你去。"说着就要走,刘安连连叫住他问道:"那……那得多少钱啊?"好容易遇见相助的贵人,不好意思拒绝,说出这话显得底气不足。皮顺一拍胸脯,道:"十块。"情归情,理归理,刘安不干了,听皮顺的要价,吓都给吓得从车上下来了。刘安道:"俺打山东到这里是四块。"皮顺抬眼看看天色为时已晚,眼珠一转,计上心来,话上口来,吓唬他道:"等天黑下来,警察老爷出来巡街,见你一个人在外面站着,活活打死你。不知道城里街上不准站闲人?"刘安左右看看,还真有巡逻的警察,刘安害怕，心想坐着他的车走算了，可话说回来，十块钱太贵。刘安为难了，用商量的口气对皮顺道："十块钱太贵了，两块行不？"实话，打火车站到琉璃厂，两毛钱就能干，两块钱都是大赚。皮顺二话没说，干脆道："上车！"

刘安重又上了车，皮顺抬起车把就走。皮顺一边拉着车，脑子里一边琢磨着还能怎么从刘安身上刮下油水掏出钱来。走出一里地去，皮顺回过头来对刘安道："准备好钱。"刘安道："还怕俺赖账？放心，准备好了，等到了地方就把车钱付给你。"皮顺回过头来呵呵一乐，轻蔑道："乡巴佬了吧，到前边过桥，要买过桥票。"莫须有的收费，又不是今天的长江大桥、黄河大桥，那时候的桥清一色的水泥石墩桥，哪来的过桥票。就是皮顺想出的骗人讹钱的辙。刘安不愿意出，可既然坐上车了，就等于压了契，不买也得买，刘安问道："多少钱？"皮顺轻轻一吧嗒嘴，轻松道："四块。"刘安道："俺的亲娘，那俺还不如回山东。小哥，你放下俺吧。"到嘴边的鸭子，哪能让他飞了？皮顺哪里肯，根本就没停，回过头来安慰他道："那咱们就试试，看能不能闯过去。"这叫欲擒故纵，先卖个人情。皮顺把车拉上逆行道，继续往前走。逆行而上，当然过不去。到桥跟前，警察举白旗，拦下来呵斥道："回去！"皮顺哎哎点头，赔上笑脸，把车往回拉。拉回去一段路，对刘安道："看看吧，城里不比乡下，规矩多着呢。不买过桥票，就是不让过。"这样一个来回，刘安反倒觉得对不住皮顺，解开腰里的裤腰带，从拧成结的裤腰带里掏出四块钱来递给皮顺道："那咱买过桥票。"皮顺接过钱来揣进怀里，把车放下，避着刘安的视线，到一边捡一张没人用的电车票，拿回来交到刘安手上。刘安不识字，哪知道那是什么票，只知道买来了过桥票就能过桥，宝贝一样紧攥在手里。皮顺掉回车头，又把车拉回原来的顺行道，低头往前拉着上了桥。上了正常顺行道，警察当然不过问。刘安可不知情，不知道皮顺在里面做的文章，路过警察旁边，还在警察面前挥挥手炫耀道："俺有票哩！俺有票哩！"警察心里暗骂道："这神经病吧！"

等下了桥，皮顺回过头来笑嘻嘻对刘安道："咋个样，有票警察就让过桥。"刘安"嗯嗯"着连连点头。没走几步，找一拉车的小孩儿，给那小孩儿五毛钱，指指车上的人道："把他拉琉璃厂去。"轻轻松松，皮顺钱到手了。即使是五毛钱，小孩儿也赚，满口应下来。把刘安的活儿接过拉着就走了。小孩儿没心眼，路上和刘安闲聊，把皮顺一路上的手段都给捅了窟窿，把刘安气得牙痒痒。

"拉车贼"拉车，每天干半天就能活得滋润，天长日久自然能赚下不少钱来。皮顺晚上回家，洋车往家一搁，换上西装，穿上皮鞋，戴上墨镜，顺得头发油亮，喷上香水，提起文明棍，充有钱大少爷，妓院、舞厅、歌厅里出入消费。对舞女、妓女吹牛皮道："我父亲开银行，办赌场，家里趁钱麻袋装。"流连在醉生梦死的大世界里，整个人慢慢在灯红酒绿中沉沦下来。得皮顺的话说："人就得这么活着。"像是才找到生活的真谛。

老北京有这么一个舞女，叫桃妃，水性杨花朱唇丹，风花雪月胭脂白。虽然人是烟花柳巷的人，可心已经归了寻常社会，就因为看透了人情冷暖的烟柳生活。可要突然回到正常社会，好比从水乡到了黄土地，没有钱绝对适应不了。就想着找个有权有势的人做个靠山，倒是真的被皮顺的话诳上了，信了他，非要随他从良享福去，一天到晚地缠着他。皮顺和桃妃逢场作戏还行，真到了真感情上只能敷衍了事。话说来也巧，这桃妃原先是刘四爷的小相好，自从看上了皮顺，就对刘四爷闭门谢客。刘四爷对此一直耿耿于怀，暗地里查访与他争桃妃的是哪家权贵，可一直没个消息，哪里想到皮顺这位大少爷是个拉车贼、冒牌货。

这天晚上，皮顺带着桃妃吃夜宵。夜宵完，他也叫洋车，叫来一辆洋车，两人相跟着上了车，往桃妃的住处去。到了目的地，皮顺和桃妃下车，叫洋车在外面等着，等把桃妃送回去下楼来，对那拉洋车的车夫道："前门大街多少钱？"那车夫道："五毛钱。"皮顺一听，火气上来了道："他妈的，明明两毛钱的车程，要五毛，仗着天黑讹人啊？你知道我是干吗的吗？"刚要开口道出自己的老本行，话到嘴边，仍要顾着虚荣的脸皮，转而道："我是皮家大少爷。"这边皮顺正讨价还价，没察觉身后来了几个黑衣人，这几个人正是刘四爷的暗哨，专门等桃妃的相好，守株待兔了几个晚上，终于等来了皮顺。这些人只做事不说话，把皮顺乱刀砍死。那拉洋车的车夫，早吓得魂飞魄散，端着洋车头也没回地逃命去了。

这时，身后走过来两个人，正是那刘四爷和家里的大管家刘安。刘四爷端详着皮顺，挖尽心窝子，也看不出这是哪家的少爷，也想不出在哪个宴会或者酒场见过这人。转过头来指着皮顺对刘安道："你可曾见过此人？"刘安仔细看了看皮顺，这西装革履的青年，眼熟，却始终没认出来。终于摇摇头撇着嘴道："不认识。"就像一场烟花，璀璨光艳后，连影踪都出卖掉了。

已经没有人认得他了。

制秤

老中医

■ ■ ■

山西晋中昔阳大寨镇有位神医——常百草，医术高明，德高望重，镇上人赞他"伤寒杂病药到病除，疑难杂症妙手回春。"常百草在街上开百草医馆，坐堂就诊，永远慈面含笑，一副菩萨相，这状貌病人看了心安无忧。常百草看病，都会开具医治之法，即使绝症也会设法延长病人性命，绝非学院派医生一句"该吃吃，该喝喝"应付了事。那不是医生，是生死判官。如果常百草摇头摆手，病人所患必无药可医，人没得活。病人死了，大寨镇人绝不会归咎常百草无能，他们便这样信奉，不是常百草医术不精，是这病到了绝地，人也到了时候。常百草对诊费也放得宽，先医病再付钱，钱在命之后。病人没钱，不妨，后来宽裕了补上。一直拮据不富，常百草也不催，由他自觉，借钱还上他也收下，纳不上诊费便不了了之，只当作是行善。医德有训：财不抵命。

这天，乔家三少乔梁，带着一行人火急火燎地来了，身后是躺在架子车上的三少奶奶乔王氏飞燕。飞燕顶着个大肚子，身下汩汩地流着高粱红的黑血，染红了身下的架子车。早产。常百草却一推手，坚决道："不医。"乔家老爷子立时"扑通"一声跪倒在常百草面前，身后乔家三兄弟齐刷刷双膝跪地。乔梁开口道："叔父，怪只怪小侄当初没有听您的话，现在出了事，叔父可不敢撒下手不管，母子俩命啊。"原来，当初常百草把出飞燕怀孕两个月的喜脉时，也查出了飞燕的心疝病，最多一年的活头，劝乔梁把孩子流掉，胎争母气，只会缩短了飞燕的寿命。乔梁却不肯。乔家兄弟三人，老大得了女儿，政府查得紧，不敢要二胎，老二家结婚至今，始终不见有动静，估计是老二无能了。乔老爷子便视飞燕肚中的孩子为乔家传宗的根。乔家人当初违背了常百草的医嘱，死活要生下这孩子。死活死活，真到了要死要活的地步。

任乔家人苦求，常百草脸上不为所动，心中却波澜起伏。常百草心里清楚，飞燕这情况，进了产房注定只能一个活下来，他不管怎样选择，都是在杀人弃命。若照飞燕这样失血下去，迟早要双命归西。常百草经得起乔家人的苦苦哀求，却经不住飞燕的声声哀嘶。

常百草吩咐乔家男人留下，女人随他进了产房。乔家男人在外面看着换洗的血水盆进进出出，一块块纱布全都浸满血。母子保一的选择是不可免了，不必去问乔家人的决定，他们的决定常百草心里有数。医者父母，常百草需尽一回父母责任，自主弃留。飞燕此时尚留一际气息，捏住常百草的衣角听她耳语……

"哇——"一声啼哭，那男婴见了世。飞燕嘴角凝笑，垂眼慢慢闭上。常百草一世行医，所见垂死无数，已是习以为常，可这回常百草却愣住了。那可是他手中的一条性命，一条原本可以保住的性命。当乔家男人庆祝后继有望时，常百草却哽咽难耐，趴在飞燕身上号啕大哭。

从那以后，街上的百草医馆关了门，常百草不再行医。

常百草禁医以后，大寨镇上大小病症便都转到了县城的医院。

县城医院里面，永远看不清医生的脸。慈祥的、冷峻的、平静的、势利的、冰凉的，张张脸都被个白色的大口罩掩藏住。

县城的医院有永远办不完的手续，伴着永远缴不完的手续费。一点一点抽丝剥茧，直到把病人口袋掏空。更有一点要人命的，命不抵财。不缴费，不看病。说要命，一点儿不假，乔老爷子便死在这档子上。

乔老爷子半夜心脏病突发，捂着胸口在床上挣扎抽搐，像只刚被钓上岸的鱼，嘴里不时公鸡打鸣一般嘶叫。乔老太太知道心脏病又犯了，吃了护心丸也不顶用，忙唤大儿子乔鹏开了汽车过来，火速送往县城医院。到医院已经进了手术室，护士出来要家人签名负责，管乔家要手术费。乔鹏一掏口袋，才发现赶得匆促没拿钱出来。问乔老太太，乔老太太也是身无分文。和医院商量，却商量不通。医院要钱，乔家人要命，各取所想，难达一致。乔鹏打电话给老二乔飞，乔飞拿了钱搭上车，火速往县城赶。

乔老爷子又被推出了手术室，搁在手术室门口晾着。医生护士没了踪影，大晚上的，各自回去。乔鹏和老母亲看着乔老爷子垂死挣扎，却无计可施，眼睁睁看着乔老爷子断了气。天一亮，蒙上一块白布推走了，进太平间享太平去了。乔家人找医院理论，医院道："我们这里人死的多了，死就死了。不缴费不治病，这是医院规定，医生也没辙。"

乔家人在县医院的传奇遭遇却没完，发生在乔飞女人乔韩氏身上的，更离奇得没谱。

乔老太太连续两年上庙烧香，求子邀福，寻偏方找怪医，韩玉萍总算大了肚子。玉萍临盆头几天便住进了县医院。临盆那天是初一早上，新开始的日辰，从头到脚都是新的。乔家人图吉祥如意，医院也讲求恭喜发财。乔家人在临产室等候的时候，护士走出来对乔家人道："产妇要生了，你们准备准备。"乔家人各自点点头，目目相视，乖乖地"准备"。乔飞向护士点点头，表示乔家人准备好了迎子纳福。护士见这群乡下人木愣呆讷，也不好说什么，转身进了产房。没多久，又换了一个护士出来，对乔家人说了相同的话道："产妇要生了，你们准备准备。"乔家人这次更加坚定，一齐向护士点点头。乔飞道："准备好了，孩子的名字都取下了，男孩就叫石头，女孩就叫欣悦、翠花。"乔家人不明就里，哪里明白医院还有红包潜规则一说。"我是孩子来到世上第一眼见到的人，总该表示表示。"这是后来那接产的医生说的原话。护士见糊涂的乔家人悟性太浅，又不好道破，再一次空手回了产房。

第一声啼哭划破清晨的宁静，乔家添丁。

玉萍生完孩子，身子正虚弱，手里抱着新儿乔欣悦。初为人母，总是难耐喜悦，却隐觉身体不适。伸手探摸，肛门竟然被医生缝上了。

常百草听完乔老太太的苦诉，第二天重又挂起"百草医馆"的招牌。

医者父母。

祛痣

霓裳羽衣舞

■ ■ ■

（一）

太阳露脸之前，山上还氤氲着缥缈的雾，山棱石角也只看见个黑压压的轮廓。不知觉间，太阳出来了，照亮了这个世界，睁开了它的眼。睁开眼，郎朗的朝阳，一张圆圆的脸，被万事瞩目，瞻望着，瞻望着，羞了脸，红彤彤的。昨晚下了一场雨，雨后的通山道上，青翠如染，绿得滴水。刘根生所到之处，一定悄悄来过撒花的仙姑，沾着清凉的水滴，浸在石砌的甬道上。一大片的落英缤纷，一大片的如痴如醉。

刘家老太爷是位旧儒。

读书人的迂腐，读书人的清高，喜欢养花。一大早刘根生便被刘老太爷遣上南山去采药。老太爷有哮喘，山上有味草药，灵光得很，老太爷趁根生每周末在家不上学，就让他到山上去采。去便去，临走前刘老太爷总还要训番话，老人言，处世源。根生十四岁半的年龄，哪里懂得刘老太爷的仁义礼信，只任他去说。"天有三宝，三光为宝，日月星。地有三宝，三柔为宝，水火风。人有三宝，三品为宝，精气神。"刘老太爷年轻时候，身手矫健，年龄到了这步田地，腿脚也不灵光了，精气神退减，仍旧要传衣钵。跑了儿子，便到了孙子根生这里。似乎根生吃了，刘老太爷便饱了。刘老太爷那边似乎还没有停的意思，继续卖弄他的文识。刘老太爷头摇几圈拨浪鼓，再看根生，已是睡得口水直流。老头儿一个脑瓜蹦弹下去，那边欲滴的口水便砸在了地上。根生一激灵，背着竹篓便跑了。

刘根生高兴了顺嘴一首歌儿，刚一张口，嘴里叼着的狗尾草便掉了。真人版的狐狸和乌鸦。细听，有杂和的曲，不是自己的歌。根生循声看绕山的河，远远过来一只船，是船夫的曲子。船到山脚下，打个旋子，向村子去了。船上有人，一男一女。男的西装革履，女的扎个马尾。镇上来人了。根生看那女孩长得匀称，船划远了，也看不真切，想象中是个美人。桂棹兮兰桨，望美人兮天一方。根生折一片花瓣，夹在唇上，甜丝丝的。管他来的什么人。继续上山去了。

太阳斜上东南，根生高坐在一棵桑树上采桑葚。满嘴的紫红，牙齿也染了紫，像吃人血的吸血鬼。嘴角一抹撇上去，画了个京剧脸谱的赭条。正无意间，树下来了巧妮儿。巧妮儿姑娘十五岁，生的一张鹅蛋脸，唇红齿白，一对干脆的麻花辫垂在胸前，活生生一个美人坯子。巧妮儿四处张望，没有踪影，寻不到那猴崽子。巧妮儿心里一急一跺脚，两片薄唇里哼哼出不满的怨声。巧妮儿正要下山，有东西掉在头上，桑葚。巧妮儿以为遇见精怪的野兽，正担心地忖度着，却下起了桑葚雨，巧妮儿护着头跑出老远来回头看，根生正跷着二郎腿朝他嘻嘻笑。巧妮儿脸气得桑葚一般紫色，正要冲他发脾气，才想起有事在先，整理整理脾气对根生道："根生，你快下来，家里有事要你快回去。"根生吃到一只酸果，整个脸扭曲成丑陋的脸谱，好容易从嘴里挤出一句话道："星期六不上学，哪来的事。不是我家老太爷等急了他的药？"巧妮儿见根生酸得直抽凉气，心里正欢喜，叫他不老实。她又清楚根生的脾气，越是取笑，他越是顽劣，骨子里的叛逆。不如好声好气与他说。巧妮儿道："你们家里来了人，听我妈说是老太爷的干儿子，要你去见干爸。"根生听罢，连连摆手道："不去不去，孙子做的已经不自在了，凭空多出一个干爸来，没工夫再装儿子。"刘老太爷平日里对根生严苛，管教从不手软，该上戒尺绝不省力气。根生表面上对刘老太爷恭敬顺从，离开身边，照样顽劣放肆，做他的孩子王。

巧妮儿见他这样坚决，连连好气道："好根生，你快下来吧。"根生不睬她，一边挥手，一边采葚。巧妮儿没办法，转身怏怏往回走。没走出几步，尖叫一声，被一根藤条绊倒。方才直立立的一个人，突然倒下去，根生知道出了事。一个纵身，从树上跃了下去。巧妮儿余光中见他下了树，知道如意算盘打响了，站起身来，却是安然无事，扬起一张胜利的笑脸。巧妮儿捋着胸前的辫子，刚要说话，却见根生抱着脚腕蜷在地上，疼得倒抽凉气。巧妮儿心里"咯噔"一下，知道根生出了事。玩笑开大了。

巧妮儿背起根生采药的竹篓，搀着根生一瘸一拐下山去。一路上，根生似乎并不在乎脚上的伤病，不停地骂她奸诈。巧妮儿见他苦中作乐，也就懒得同情他，对他说："怪就怪你没本事瞎逞能。"根生再找话来辩，巧妮儿再回话数落他。打了一路的嘴仗，相伴一路的鸟语花香。

在南山村，刘家和王家宅子相列而座。王家老太爷生前和刘老太爷相知交好，后来有了两家指腹的娃娃亲，有了发小挚友的干兄弟。刘王本族人在两家中各有包含。两家成了金兰世家，除却姓氏，少分彼此。

刘家老宅门前蹲两樽石狮子，狰狞威严，是儿子刘建国在京发达后，给家里竖的。狮身后的壁帖，红瓷底绿瓷字落款的一排字：仁孝威武。本是刘老太爷的题字，原样仿模瓷下来。刘老太爷在刘建国身上没烙上他的印子，反倒把刘建国逼出南山村去了京城闯世界。刘建国在京城安身立命，成家立业，有了根生。而立之年突然有寻归属的归根心理。已为人父的刘建国，带着根生回了南山村，望一眼白发高堂，平添了子欲养亲不待的恐惧。刘建国便把根生留在了南山村，解二老的孤寂。

根生抬脚迈进门槛，便见正堂门外女人小孩围了一堵墙，都是刘王两家的妇女小孩。正堂屋内看不见，全给他们堵住了。不知谁喊了一声："根生回来了。"话音刚落，刘老太的责骂声漫过人墙滔滔袭过来："疯也没个点。掉河里淹死你，跌下山摔死你，出了事叫我怎么向你爸妈交代？"待刘老太从人墙中挤过来，见到巧妮儿搀着根生的模样，知道出了事，责骂声连珠炮似的又打过来，却是刚中带柔，怨中带愧。

刘老太太道："唷——我的儿啊。我说什么来着，叫你收了那野劲儿，硬骨头皮实筋，那是自己身上的，亏了身子自己也得担。我的儿唷，快来给我看看。"刘老太太打骂他两句他心里倒舒服，根生偏偏忍受不了刘老太太待他这样腻。他哪里吃得透老太太的心思，众目睽睽，又来了客，刘老太太是要向外人说：这孩子离了父母，在我这里没吃下苦头。根生道："没事，下山的时候崴了一下。"刘老太太掀开根生的裤脚，脚踝已经肿起一颗大鸡蛋。刘老太太看着看着，心疼得眼泪扑簌簌掉下来。巧妮儿站在旁边，她心疼老人，赶忙蹲下身去给老人拭泪。见老人掉泪，巧妮儿也掉下泪来。女人都是感性动物，掉泪会感染，喜怒哀乐，全在外面。巧妮儿自责道："四奶奶，怪我不好，怪我不好，怪我和他玩笑……"话没说完，被根生打断道："关你什么事，去去去，去搬张椅子来我好坐下。"根生知道刘老太太的脾气，他是老太太的心头肉，如果知道了缘由，回头一定要责骂巧妮儿，不如中间截下来。巧妮儿把老人扶起来，看了根生一眼，也没言语，小手轻轻揉揉泪眼，去搬椅子了。

这时，人群中间让出一条道来，刘老太爷挂着文明棍走在中间，两家男人也走出来，后面便跟着那两位客人。一男一女两人，就是早上坐船过来的那两位。根生正面打量这两人。男人有四十多岁，个儿头非常高，这身骨架子搭配藏青色的西装，米黄衬衣打底，短发剑眉高鼻梁，一双黑瞳邃如深海，显得人格外精神。尤其一张峻瘦脸，看不出皮上粘肉，像张铁皮硬生生糊上去，一身的精干。身边的女孩，根生很是喜欢，十三四岁的模样，柳眉娇眼，粉腮红唇，马尾支起来吊在空中。白衫仔裤帆布鞋，看打扮便知是城市里的姑娘。这姑娘打从屋里出来，见了根生，便红扑着脸，低头在那里搅手指。

齐大个儿看着刘根生便笑了，问刘老太爷道："干爹，这孩子可听话？"

刘老太爷道:"乖着呢。"齐大个儿一笑,那笑中有看穿的胜利,对根生道:"好着呢,和当年的建国一个模样。"

六七十年代,赶着上山下乡的社会大潮,齐大个儿由京城下到南山村,接受贫下中农再教育,插队在刘老太爷家。那时,齐大个儿吃不了这份苦,举步维艰,多亏刘老太爷拿他当亲生儿子般待,他才挺下来。后来,那个疯狂的年代结束,齐大个儿得以返京。返京后,他始终记着刘老太爷的好。齐大个儿返京后没几年,便收留了只身来北京闯天下的刘建国。后来,根生出世,齐大个儿还亲手抱过他。时光如水,转眼间当年怀中呱呱哭泣的婴孩已长成翩翩少年郎,让人慨叹白驹过隙。

巧妮儿搬张椅子过来,放在根生身后,根生刚要坐下,瞥见刘老太爷苦着一张脸,根生心中袭来一阵不祥。在刘老太爷那套主客礼节观念中,绝对不能在长辈入座前坐下,更何况是京城来的贵客。没等根生开口解释脚伤,老太爷便一杖打了下来,刚好打在那只肿起的鸡蛋上,他大叫一声,没撑住,倒刚好坐下了。这还了得。刘老太爷吹胡子瞪眼,举杖又要打,根生赶忙把头扭向一边,等待新一轮的骤雨暴风。谁料想,那只杖停在半空,抡杖的胳膊,被刘老太抢先一步托住。心疼孙子又着急,嘴上便说不清楚,只道:"死老头子,也不知道心疼人,就知道打打打,这都快要了命了。"

齐大个儿当年住在刘家,没少见刘老太爷夫妇斗嘴吵架上全武行,时过多年,依然这样,也没多想,上前便去拉架。内政问题须自行解决,哪有外人插手的理。刘王两家大人见状,怎能让齐大个儿这京城来的客人上手帮忙,不由分说,纷纷上前搭手帮忙。只有半大的顽童在一旁看热闹,拍手鼓掌,各自为自家父母加油助威。不知谁的脚踩了谁的脚,一声哀叫。不知刘老太爷的拐杖落在了谁的身上,一声惨叫。不知谁又踏到了根生的伤脚,一声嚎叫。争吵声,狗叫声,小孩儿哭声……

刘家大院里，一时乱作一团。

巧妮儿手脚利索，把不知所措的茉莉扯到一边，静看这场大混战……

晚饭前，齐大个儿一直待在刘老太爷的书房里。无事不登三宝殿，齐大个儿既然来了，定有事所求。原来，齐大个儿在官场闯下乱子，很快要接受调查。茉莉年龄尚小，置身事外，即便东窗事发，也与她无关。可齐大个儿心虚，怕连累到她。父亲英雄儿好汉，父亲枭雄儿混蛋。影响不好，总要遭人冷眼。想来想去，靠得住的，只有南山村的刘老太爷一家，这才焦头烂额中带茉莉来了南山村。

齐大个儿对刘老太爷道："我还是及早回去，省得教人家说我畏罪潜逃。"

刘老太爷道："你还回去做什么？"刘老太爷到了这地步，也是帮亲不帮理。

齐大个儿道："一人做事一人当，回去了结，免得心里背着。"齐大个儿是个敢于担当的人，宁可引颈受戮也不做缩头王八。

刘老太爷只觉得他可惜，可惜了一步错步步错。刘老太爷道："那你今晚就走吧，趁早。及早想办法把窟窿补上。孩子留我这儿，我当亲孙女待。你快走吧。"刘老太爷说完，喊巧妮儿把茉莉送进书房来。齐大个儿趴在刘老太爷耳边一番低语，说罢，没等茉莉进来便跨出了刘家大院。留下刘老太爷在那里，料想大个儿可能要蹲监狱，老太爷老泪纵横。大个儿晚饭都没来得及吃上一口，便匆匆出了刘家的院子。刘老太爷伤心得话说不出来，只连连说："作孽！作孽！"

晚饭过后，巧妮儿把茉莉带到王家，在自己屋里添张床，茉莉便跟着巧妮儿歇了。自始至终，茉莉都是一脸愁容，一双眼睛总湿润润地噙着泪，像被大雨刷过的眸子。巧妮儿第一眼便爱上这女孩。可她一直不开口，巧妮儿便不敢问，似乎城里人都这样含蓄幽深，脑子里藏着暗花隐叶的奇妙。

夜渐深，巧妮儿下床去熄灯，见茉莉还睁着眼睛，轻唤她一声，她机灵地眨眨眼，闭上了，却是一行泪爬下脸颊。巧妮儿以为看花了眼，她应该睡了，灭了灯，上床睡去了。

第二天，巧妮儿和茉莉一起过来刘家吃早饭，根生也跛着脚下床来。老太爷还没起来，这时候他才敢放肆。根生直直盯着茉莉看，茉莉感觉余光中根生在看她，悄悄抬眼一瞧，四目相对。茉莉肉白的脸中央漾起圈圈红晕，热辣辣的烫，火烤一般，迅疾埋下头去。巧妮儿一巴掌打过来道："盯着人家看个没完，不像话。"根生不忘报脚上的仇，说话气她："真好看，就是比巧妮儿好看。"巧妮儿没咽下去的一口水喷出来，看看茉莉，一脸的尴尬。女孩子的比较当中，切忌说实话，尤其是美貌的比较。这种竞争，只会越挫越勇，万不可道破。巧妮儿赌气，起身便往外走，正撞见进门的刘老太爷，老爷子的话便是军令，违令者斩。老爷子道："哪里也不要去了，早饭便在这吃了。"话说完，茉莉一只手拉住巧妮儿，这手冰凉如冽泉。巧妮儿回头看，茉莉一双大眼睛眨眨地看她，这空灵的眸子，寒冰也融了。没等巧妮儿说话，茉莉便把巧妮儿拉回了桌边。刘老太爷也坐下，根生便被捆绑住了手脚。

两位老人不住地往茉莉碗里送菜，可茉莉始终不开口，两位老人也不问。趁茉莉出去一趟，根生耐不住问刘老太太道："这姑娘怎么不开口说话？是哑巴？"刘老太太一筷子打在根生头上，并没有骂他没礼貌，只说："吃饭。"刘老太爷闭目，冷眉紧锁，长叹一声道："作孽！作孽！"巧妮儿衬在一边，在两位老人脸上溜了一圈，明白过来。根生小爷的乌鸦嘴验了真：茉莉是个哑巴。

茉莉留在了南山村。平日里，根生和巧妮儿去学校，茉莉便留在刘家，刘家自有刘老太爷这位先生教她。刘老太爷的藏书颇丰，茉莉没事儿就抱着书看，并不觉得无聊。

时光在南山村里徜徉，恋上了巧妮儿夜夜奏给茉莉的乡思曲，迟迟不肯离去。一晃儿,半年过去了,齐大个儿的事情还没有结果,茉莉身上的城市浮华却已被南山村的毓秀之气冲洗干净。卸下伪装的容颜,红的唇,白的脸。

这天晨起,又是周末,三人都在家里。刘老太爷一大早便起来,晨起吐故纳新,益寿延年。这时,他已在那把雕花红柚木太师椅上躺下来,旁边开着他的收音机,里面一会儿节奏明快地唱歌,一会儿呆板严正地讲新闻。阳光晴好,他也来了兴致。叫根生过来,要查他背书。根生应一声,回身进屋去拿书。扭头别过老人,嘴里怂怂起来道:"什么年代了,还有私塾先生这一套。"顺带一句道:"老古董。"这一句刚巧被缝补的刘老太太听到,刘老太太戴着花镜抬起头问道:"说什么呢?"根生扯个谎:"爷爷指使我找本古董书。"这才圆过去。在刘老太太那里,根生可以皮,可以顽,可以野,却不可不敬。刘老太爷当然知道根生背着他的猖狂,却不去揭穿他,当年的刘建国便是这样,因为他管得太紧便一气之下,背井离家。刘老太爷对刘老太太耳提面命:"只要不作乱子,由着他的性子去。"一个红脸,一个白脸。

根生出来,立在刘老太爷面前由他查。巧妮儿和茉莉各端张小凳,在老人左右而坐,仰脸看根生如何过关。根生此时好比闹天宫的孙猴子在佛祖面前,这副乖巧模样很少见。逗得巧妮儿和茉莉暗在心里笑。刘老太爷逐个地查,根生卡壳时,巧妮儿便猫在一边做口型,根生有了口风,进展颇顺。

根生背着背着书,刘老太爷的收音机竟然咿咿呀呀唱起了戏。

"天阙沉沉夜未央,碧云仙曲舞霓裳。一声玉笛向空尽,月满骊山宫漏长。"

根生背不下去停下来,要老太爷关掉收音机。茉莉却突然站起来,眼放光,似乎通了电的灯泡,指着收音机里的唱腔,兴奋地对三人打手语。可三人谁也不明白其中意思。茉莉急得满头汗气吁喘,转身进了刘老太爷的书房,三人大眼瞪小眼,干愣着等后话。茉莉纤指一扬,不自觉起舞翩翩。她一身素白,舞点轻盈，像只采蕊的白蝴蝶，像只点水的白蜻蜓，像只引吭的白天鹅。云飘到刘家大院上空，便停住了。巧妮儿跑回家去，取来那枚横笛，和着茉莉的步调吹曲子。似鼓点，似骤雨，似鸟鸣，一声尾音长甩，把那笛鸣甩到九霄云外。云又动了。

屋里面电话响，两个女孩被打断。

两个女孩香汗满额，相视笑着。根生仍旧未回过神来。刘老太爷在太师椅上闭目养神，已经睡过去。

电话是齐大个儿从京城打来的。刘老太太挂掉电话，一朵花在爬满皱纹的额头上绽开。刘老太太高兴，迈的步子也蹒跚不稳，巧妮儿、茉莉见老太太出来，上前一边一个把她搀过来坐下。北京那边，齐大个儿过了关。处理完后续的事情就来接茉莉回北京。刘老太太见刘老太爷没反应，以为老头子在装睡，就乐呵呵骂了两句："死老东西，还假装睡，大个儿……"话说着推了刘老太爷一把，老太爷两只手枕着椅子垂下来，在空中吊着。刘老太太被一个晴天霹雳直灌天灵盖，脑中"嗡——"的一片空白。手颤巍巍伸过去探他的鼻息，早断了气。

刘老太爷的死，把刘建国和齐大个儿一起从京城拽回南山村。齐大个儿考虑着带茉莉回京，刘建国则思量着带刘老太太和根生进京。刘老太爷的丧事一毕，没出过南山村的老人少年都要接受离开南山村的现实。茉莉还好，本是异乡客，浅薄异乡情。刘家的那老人和少年却不同了，离了根的蓬蒿，天涯处处是凄惶。老太太被搀上车之前，就已是老泪纵横。另一个泪眼婆娑的人是巧妮儿。巧妮儿不忍看他们走，一大早便上了南山，躲到夕阳下山。车未出南山村，从南山上传来断续的笛声。茉莉知道这吹笛的人是巧妮儿，茉莉却听得出那笛声中的呜呜咽咽，那笛声中的心碎，她也跟着掉眼泪。茉莉循声找巧妮儿，手指南山，拉一把根生要他看。根生瞥一眼，早知道那是巧妮儿，对茉莉没好气道："哭什么哭？"把头转向反方向的车窗外不去看，不出声地哭。

巧妮儿目送着两家的车渐行渐远，看不见了，收拾收拾情绪，下山去了，留下斜阳拉长的落寞身影。

到了刘家门前，已是人去楼空，只剩下空落落的刘家老宅。

（二）

毫无征兆的，一片雪花飘下来，这个冬天的第一场雪来了，铺天盖地地洒下来。栖在枝头的麻雀，振振翅膀，箭一样地射出去。

刘根生背着巨大的落地窗，埋头奋笔。世界缩小到一间房的大小，外面何时披的素裹银装，他不知不晓。天渐渐黑下去了。墙上的挂钟碎碎念划圆步，划到六点钟的时候，"当当当"把根生拉回现实。根生抬起头，抖擞抖擞酸麻的手，一个不小心，被那雪白的世界夺去了眼球。"呵，下雪了。"根生自语道："今年的雪来得早。"抬手看看表，时间紧一些，更无暇欣赏，披衣推门出去。

茉莉每次找根生，都由赵大脑袋帮着打电话传讯。她说不了话，只能由他代劳。赵大脑袋是根生的大学同学，和根生的关系近，有些话说起来方便。根生大学毕业后，代替刘建国打理生意，赵大脑袋毕业后托根生给他找事做。刚好茉莉所在的歌舞团缺乐手，根生便把他荐过去，赵大脑袋就成了茉莉的传话筒。

赵大脑袋前几日代茉莉来电话，说他们的一个老朋友到了北京，约他们今天见面。根生百般追问，才知道是巧妮儿来了。根生挂掉电话，点上一支烟，在阳台坐了许久。隔壁刘老太太在那里咳。刘建国夫妇还没有回来，除了黑夜便是寂静。根生给刘老太太送杯热水过去，才拾起电话回赵大脑袋。

根生说："到时候和巧妮儿见面，我们一起去，帮我挡一挡。"赵大脑袋哪里明白他们的事情，问："怎样挡？"根生之前从没有向赵大脑袋说起过巧妮儿，他现在心里纠结，只当是找人谈心，才把与巧妮儿的事说出来。

第二天见面，根生推门进屋，身上落满雪花，遇暖渐渐地化掉了。根生在茉莉身边坐下，巧妮儿还没到。面前摆着一壶茶，有几个空玻璃杯。茉莉一一倒满了，然后茉莉向根生打手语。

巧妮儿半年前就到了北京，在舞蹈学院念书，前些日子才和茉莉联系上，要见他们。根生送一小口茶，认真地盯着茉莉看。乳白羊毛开衫，碎花紫围巾，解开了马尾，一袭黑瀑长发倾下来，更显一张脸的苍白。根生说："你气色很难看，回头带你去医院查一下。"茉莉一拧蚕豆鼻，似乎向他撒娇，又似乎气愤。根生读得出她嫌他不专心，补充说："她早来了北京，为什么现在才来？"开口便是埋怨，显然是在贬巧妮儿。见他生巧妮儿的气，茉莉连忙摆手。巧妮儿推门进来，在门口四处环顾。茉莉站起身来，向她招手，像个孩子般兴奋。根生抬头看了巧妮儿一眼，又低下头去喝他的茶。赵大脑袋伸直了脖子，看得出神。巧妮儿修了齐耳短发，浅褐修身连衣毛裙，细仔裤黑高跟，一股子柔若无骨的美。赵大脑袋看得轻飘飘，总觉得自己哪里衣着不适。

巧妮儿走过来，没等别人说话，赵大脑袋立时起身对巧妮儿抢话道："你好，我姓赵，赵大脑袋。"巧妮儿一笑，一张羞涩的脸，回他道："你好，我叫巧妮儿。"赵大脑袋摊开手在根生、茉莉面前划过说："我是他们的好朋友，朋友的朋友就是朋友，以后我们也是朋友了。"根生看赵大脑袋的表演，暗叹他的技巧。赵大脑袋摊手向根生旁边的座位说："请坐，坐下说话。"巧妮儿看一眼始终没有抬头的根生，对赵大脑袋道："赵先生，我们换一下。"根生一口茶水喷出来，想死的心都有。

赵大脑袋和巧妮儿换过来，四人成了按性别对立的两派。赵大脑袋又替巧妮儿叫了一杯饮料，不住口地与巧妮儿说话。巧妮儿只是简单回应，赵大脑袋听得出话不投机，便慢慢住了嘴。茉莉拉着巧妮儿的手，却开不了口。茉莉向巧妮儿打手语，巧妮儿看不明白，茉莉停下来，等对面的两位男士有一个翻译官翻译出来。赵大脑袋本就知道根生的心思，在一边装傻充愣。四座安静，只听得到店里欧洲大师的背景钢琴乐。气氛沉默下来，冷场的尴尬剑指兰、菊二人。

巧妮儿打量根生，瘦了，黑了，结实了，棱角分明了。这是阔别七年后，岁月的催生，想到这些都与她没有任何关系，巧妮儿心里就一阵酸楚。根生咳嗽一下，清一下嗓子，想说什么，却说不出。南山村已成过去，京城尚未开戏。四目相对，根生又低下头去喝他的茶。瓷杯瓷勺，当当丁丁。深呼吸一口，根生终于抬起头来，道一声："好久不见。"巧妮儿"嗯"一声，又安静下去了。他乡故人，这样的招呼听得她心碎。

巧妮儿开口问："你和茉莉这些年可好？"这话说得别扭，巧妮儿说得别扭，根生听得也别扭，把根生与茉莉说成了一起生活的一对。根生顺着她的话往下接："一切都好。"说完自己又说茉莉，"她最近气色难看得很，有空带她去医院查一查。"茉莉却在巧妮儿面前着急地比画着，根生翻译道："她说她没事。"茉莉从根生看巧妮儿眼睛里的情谊，看到当年南山村少年眼眸中的碧波，一模一样。

这见面会的后半程，根生和巧妮儿便没有再搭过话，成了赵大脑袋对巧妮儿循序渐进地试探，伴着巧妮儿的强颜欢笑。华灯初上，雪还没停，素白与昏黄交织成色。四人出来，站在门口仰观这白与黄的交响曲。巧妮儿这才开口，对根生道："抽空我去看看四奶奶。"根生点点头，没说话。四人相跟着走了一段路，各自散去。

那日一聚，根生再没有与巧妮儿联系，也没了茉莉的消息。根生把电话打到歌舞团，都是别人接的电话，都说茉莉不在。碰上赵大脑袋接电话，也说茉莉不在，问去向，也是支支吾吾，说不清茉莉的下落。不是赵大脑袋自作主张，是茉莉使然。茉莉与赵大脑袋商量好了，她的状况向根生保密。茉莉虽然说不出话，但心里却明镜一般，她看得出巧妮儿对根生的一往情深，那眸子中的感情，从七年前的南山村带到了京城。成人之美，比横刀夺爱伟大得多。

这些日子，茉莉专心准备一场霓裳羽衣舞的私人专演。那歌舞团的周团长，脑壳尖尖，下巴尖尖，眼神尖尖，一副油滑的奸相。周团长削尖了脑袋想高升，处处向茉莉讨好，好从她父亲那里换得好处人情。看得赵大脑袋背后直冲那周团长啐口水。

这天，根生回学校办事。进教学楼还是阳光明媚，出来已是雾霭蒙蒙。没走几步，便淅淅沥沥下起雨来。成千上万的精灵，拖着针鼻细的尾巴，一头扎进土地里便没了踪影。秋雨寒风面，根生紧了紧衣衫低头往前走。渐渐的，雨下得紧起来。路边还有没化完的雪垢，慢慢融成脏水。一只淋得毛打卷的野狗，从根生面前过去，把根生吓到，它却对他不理睬，自去找地方躲雨去了。根生在心里咒骂这恶劣的天气。这反常的天气，注定是一个多事之秋。根生抱胸低头疾走，却被一双脚挡住了去路。他低着头，只看得见一双女人的白筒靴。根生避她，她却挡他。根生不耐烦，抬起头正欲开口骂人，却见是巧妮儿。一把黑伞盖在二人头上。巧妮儿道："到你们公司，那里人说你来了学校，让我一顿好找。"根生问："找我什么事？"巧妮儿道："今天有空，去看看四奶奶。"根生点点头，便不说话了，接过伞来，引路与她并排而走，半个身子露在雨中。

到了刘家，根生去换衣服，指了指刘老太太的房间要她自己进去。根生换完衣服出来，却看见巧妮儿依旧在沙发上坐着，便问道："怎么不进去？"巧妮儿一脸的为难，也不说话。根生看得出巧妮儿的心思。在南山村时，刘老太太待她如亲孙女，那么长时间的空白，单单是见面前的心理准备，不是这一时半会儿就准备好的。根生朝她一歪头，推门进去，巧妮儿跟了上来。刘老太太已是耄耋之年，耳聋眼花，牙也早掉干净了。根生带巧妮儿到老太太跟前，刘老太太并不敢认她。刘老太太问根生道："这是谁啊？"根生趴在刘老太太耳边喊话道："这是巧妮儿，南山村的巧妮儿。"刘老太太听说眼前这如花似玉的姑娘是巧妮儿，手颤巍巍地把巧妮儿拉过来。一双枯树皮般的手，抚着巧妮儿的脸这看那看，嘴里念叨着："巧妮儿，巧妮儿，我的巧妮儿唷……"手从巧妮儿的发中划出，便掩面哭泣。巧妮儿也抱着老人哭。根生鼻子一酸，扭头看向窗外。刘老太太并不糊涂，指着根生道："他野着呢，要好好看着他。"巧妮儿不好意思地点点头。刘老太太当着根生的面问巧妮儿道："什么时候结婚啊？"巧妮儿一怔，拉高了嗓门，笑着回老太太道："快了，快了。"又压低了声音道："先生待我很好。"后面那句是扯谎，怕根生为难，说给他听的解围话。众口难调的祖孙两人，巧妮儿各自给他们上了对口味的菜。刘老太太认为，根生和巧妮儿是铁定了的夫妻，哪里知道年轻人的爱情多歧路岔道。

茉莉又成功地躲了根生一个月。根生就差把京城翻个个儿，哪里也找不到茉莉。问茉莉身边的人，都说不知道，根生总觉得他们假，好像全世界把他一个人蒙在鼓里。总觉得心里惴惴的。有事要发生。

正当他不知所措时，赵大脑袋来了电话，要他马上去歌舞团看茉莉的演出。

根生驱车赶到歌舞团，偌大的礼堂，空落落的观众席，仅在第一排坐着一个人。光影暗淡，根生离远了看不见她的脸，走近了看，竟是巧妮儿。巧妮儿眼睛肿肿的，稀罕的几缕光投过来，看得到她眸子里闪着泪水。根生在她身边坐下，巧妮儿便趴在他肩上放声大哭。没容得及根生问缘由，舞台大灯"嚯——"一声全开了，继而彩灯转起来，鼓乐响起来。舞台两侧分坐两排乐手，其中正有赵大脑袋。缓缓上来一位舞者，浓妆艳抹，轻袖长摆，七彩霓裳，素白羽衣，彩素相宜，飘飘若仙，正是茉莉。茉莉身着霓彩纱裙，随着乐音起舞，轻盈迦雪的旋转、流畅行进的舞步、柔软轻婉的舞姿，犹仙女翩翩，体态轻盈，忽如轻风吹拂，时隐时现，忽似红玉雕像，静中有动。舞了十多分钟，茉莉看着台下的根生与巧妮儿，惨然一笑，挂着微笑缓缓倒了下去，摔掉头上的假发饰，凸露出掉光了头发的尼姑头。

众人把茉莉送到医院,根生、巧妮儿随后赶来,人已经断了气。

黄金不惜买蛾眉,拣得如花三四枝。歌舞教成心力尽,一朝身死不相随。

茉莉死后,根生难释情怀,烈烟苦酒,颓唐消沉,成了活死人。

(三)

燕语莺啼心相遇,柳眉梅额倩装新,转眼到了第二年春。新的柳绿花红,新的草长莺飞,新的飘飘衣袂,一切都该有个新的开始罢。旧伤旧医治,巧妮儿打算再办一个霓裳羽衣舞的专场,把根生救回来。

当初巧妮儿考入舞蹈学院,为的就是这霓裳舞。当年南山村,年少茉莉舞过,巧妮儿便爱上了。巧妮儿去过一趟歌舞团找周团长,周团长不在,巧妮儿便把茉莉舞蹈时的霓裳羽衣拿了来。周团长回到团里,听人说来了个姑娘,要办专场,还是茉莉的朋友。这周团长听罢便气。茉莉办专场时,看的是齐大个儿的面子,为的是升官发财。从齐大个儿那里升官,从门票那里发财。可还没宣传,茉莉就一命呜呼,他升官的事,齐大个儿对他便前热后冷了。竹篮打水一场空,周团长本就气得牙痒痒。巧妮儿又来求他,他便动起了歪心思。

这天,巧妮儿又来。周团长热情地给巧妮儿倒杯水,先夸赞一番茉莉道:"茉莉是我们的柱子,她没了,我们场子冷清许多。"又说,"既然是茉莉的朋友,我尽力而为。"巧妮儿很是感激,以为万事顺利。正高兴,那周团长迟疑不说话。巧妮儿见他变了风云,忙问道:"怎么?"

周团长说:"最近团里也没钱,紧张得很。"周团长嘴上这么说着,眼上却过滤一般由头到脚把巧妮儿览个便,由人到兽的转变不像玄奘取经那般坚贞。巧妮儿只想着他是在要钱,若是往后延,猴年马月也没个时候,怕是根生到时已是腐肉烂泥，等不得。巧妮儿说："收入全归团里，我分文不要。"

周团长站起身，诡狡地哈哈一笑，转硬了口气道："你巧妮儿姑娘又不是什么腕儿，怕是我们连工费也收不上来。"话说着，绕到巧妮儿身后，双手搭在巧妮儿双肩，巧妮儿深吸一口气，明白过来已是面如尸色，仍故作平静道："周团长，那您想怎样？"那腐虫一样的周团长手抚在巧妮儿的脸上。巧妮儿嗅到这男人身上的味道，像存久了的腐尸。混淆活人与死尸，人与禽兽，硬着头皮忍耐也过得去……

演出那天，剧院爆满。巧妮儿提前向根生打过招呼，只说是他们学院的演出，要他来捧场。根生也答应了。可即将开演，却连根生的影子也见不到。巧妮儿开始后悔当初没直接向根生说明霓裳舞的专场，怕他是根本没放心上。心想着便给根生去电话。根生喝得醉醺醺，开车往歌舞团去。接起电话来，听巧妮儿那边说是霓裳羽衣舞的专场，心里一惊，想起爱的人儿来，一个急转弯，车毁人亡。

台下黑压压的观众看不清脸，巧妮儿对着满堂的观众跳舞。

刘老太太接受不了黑发人送白发人的事实，一口气没喘上来，活生生憋死了。刘根生死后，巧妮儿也没心思在北京待下去，不久回到南山村。从此不出。

有一回赵大脑袋和团里几个大男人聚餐喝酒，周团长也在，那周团长竟然把刁难巧妮儿的脏事当众讲了出来。赵大脑袋出门掂着一根铁棍，打折了周团长的腿。

后来他来过几次南山，都没能见到巧妮儿，离开的时候能听到山上的笛声，凄惶惶的。

扎风筝

皮影戏

■ ■ ■

　　成家宅子的一扇鸡翅木堂门关着，另一扇半开着，门上镂空雕花，龙凤呈祥，阳光晒进去，可以看见蹲在地上的成老蔫儿。他正低头磨着皮子。正堂墙上贴一张寿星赶朝的旧年画，年画下面是一面驱魔铜镜，左右吊一只金穗。把老蔫儿的影像全照了进去。他揩了揩眼前的翳，往门外扫一眼，没人，再低下头去忙活。

　　"都说妥了？"成老蔫儿看见了成老太太牵着孙子小健康迈进院子来，隔着老远便向她喊话。

　　成老太太慢慢走进来，才答话道："妥了。后柳镇上都遛了一遍了，街上人都知道你儿子要从上海回来。"成老太太话没说完，那不消停的小健康扯上了她的一只手，学孙猴子吊树打转。成老太太向老蔫儿告状，却是炫耀怜惜的口气道："看看看看看……"猛扯他一把，那小健康便站起来了，成老太太道："你老实些。"小健康鹦鹉学舌应道："我老实些。"真倒不皮了，伸开了双手又要成老太太抱。成老太太一把把他揽起来，仍不忘骂还夹着怜爱道："多大了，还要奶奶抱。想你二叔小时候……"成老蔫儿在一边开了腔，堵死了她的嘴："这老太太，糊涂了。你家儿子六岁都还没断奶，不如我家小健康。"成老太太"扑哧"一声笑了，道："上梁不正下梁歪，还不是随你？"小健康学舌："随你，随你。"老蔫儿脸拉下来，像夜幕降临，这话说得人难堪。小健康要再说，成老太太一巴掌拍在他屁股上，止他住了嘴。老蔫儿反倒又不干了，道："叫他说。"

　　成老太太送小健康回家，老蔫儿在背后追一句："跟小健也说说，让他带上他家那口子。"成老太太已经走出老远,大声向他喊话不像样子,只得跟小健康搭词道:"回来就回来,还要放皮影,怕别人不知道你有个能耐儿子。把他当万岁爷供着吧,就他儿子出息。"小健康趴在成老太太背上也道:"就他儿子出息。"成老太太又"扑哧"笑出了声,拧着身子回头对他说:"晚上跟奶奶去桥上迎二叔好不好?"小健康瞌睡上了眼,奶声奶气道:"好。"一个敌不过,这世界便乌黑一片了。

晚上,镇上桥头黑压压坐满了人,排着小板凳,摇着圆蒲扇。借着打皮影戏的光,全是老人小孩,见不着年轻人。小健康的爹娘也没来,只成老太太牵着小健康来捧老蔫儿的场,成了老友联谊。

赵四爷前排坐着,仍要扯高了嗓门喊话,生怕人听不见:"二哥,久不见你的皮影了,怪想的。"老钱头盘着腿,正执一只痒痒棒在背上找瘾,补一句道:"老二的皮影,哦——过瘾。"孙大脑壳晃着个大脑袋,打着拍子唱《战长沙》,摇着大脑袋凑到了成老太太的耳边,问道:"老蔫儿今天过什么喜?"成老太太顾着小健康,简单回他一句道:"你自己问他去。"

成老太太话一过嘴,才觉出其中的疏忽。上午光想着让镇上人来桥头看戏,反倒忘了对他们说清缘由。不明不白的,也难怪年轻人不来,全是些卖老蔫儿面子的老胳膊老腿。成老太太带着小健康出了人群,趴到耳边把事情这么向老蔫儿一说,眉头紧锁的老蔫儿反倒舒出一口气。

老蔫儿看看天色不早,二儿子华子连鬼影也见不到,老蔫儿起身,从幕后转到幕前来,对众老将道:"快中秋了,给大家唱皮影,提前热乎热乎。"李五爷在后排站起来,大喊道:"还差两个礼拜,你急个什么?"老蔫儿本就对华子的不守信恼火,电话里说好的傍晚就能到,坑了亲爹,险些让他办空穴来风的半吊子喜事,好容易想个台阶顺下去,虽是牵强,这老李头又来逼宫。老蔫儿也不客气,骂道:"他娘的,你不看就给老子滚蛋!"李五爷和老蔫儿是发小又是对头，见面就掐，可不见又想，他好老蔫儿这口皮影，从小看到大，离不了。不让谁看都行，独李五爷除外。李五爷倏忽坐下了，赖皮口气道："谁说我不看。"逗得满座哄笑。老蔫儿最后望一眼古街尽头交叉的南北路，没有进镇的车灯，只有一轮圆月挂天盘。老蔫儿憋一口气到幕后，拾起皮影小人，又打亮了一盏灯，唱起华子给他摆的《空城计》。

"我本是卧龙岗散淡的人，论阴阳如反掌保定乾坤。

先帝爷下南阳御驾三请，联东吴灭曹威鼎足三分。

官封到武乡侯执掌帅印，东西征南北剿博古通今。

周文王访姜尚周室大振，汉诸葛怎比得前辈的先生。"

……

老的，打起精神瞪大眼，打着拍子跟着和。小的，拾棍捡棒，跑到一边习武操练，戏耍去了。

"我正在城楼观山景，耳听得城外乱纷纷。

旌旗招展空翻影，却原来是司马发来的兵。

我也曾命人去打听，打听得司马领兵往西行。

一来是马谡无谋少才能，二来是将帅不和失街亭。

连得三城多侥幸，贪而无厌你又夺我的西城。

诸葛亮在敌楼把驾等，等候你到此谈呐谈谈心。

西城外街道打扫净，准备着司马好屯兵。

我诸葛并无有别的散，早预备下羊羔美酒犒赏你的三军。

你到此就该把城进，为什么你犹疑不定、进退两难，所为的何情？

我只有琴童人两个，我是又无有埋伏又无有兵。

你莫要胡思乱想心不定，

你就来来来，请上城楼听我抚琴。"

……

成老蔫儿一觉醒来,已是第二天午后。睁开眼也不着急下床,半躺起身,点了一支烟,对着被子发呆,那上面惊艳着游龙戏凤的绸花。正呆愣着,迈步进来一位堂堂青年。这青年在外面读博士,衣着打扮也是外边人的习惯。见他白衣黑裤黑皮鞋,明暗对比,反倒把他的脸衬得白皙,瓜子脸,浓月眉,陇鼻梁,一双乌梅眼滴溜溜不停歇,却是走路一颠二颤,配了一副好皮囊,一副玩世不恭相。

老蔫儿见华子已经回来,本该是一场接风喜事,想到他昨日失信于全镇人,却是气不打一处来,破口骂道:"王八羔子,翅膀根硬了能飞了?吃了豹子胆和老子扯谎。"翻身从床下抄起一只拖鞋便扔过去。华子闪身一躲,那只本就没多大力度的鞋便擦身过去了。华子上午回来,听成老太太说了昨晚的事,讲了他父亲的怒火,要他好声好气地去赔不是。华子笑嘻嘻着一张俊脸皮,把鞋捡在手里,挪到老蔫儿床边,把鞋递在半空,道:"爸,您打,您舒心地打。"老蔫儿把鞋接过来,亮出鞋底子忽闪了两下,却下不去手了,把鞋扔在了一边。仍旧大骂,道:"你他娘的昨晚去了哪里?"华子站正了身子,一副认错挨罚的好学生模样,道:"爸,您消消火。昨晚上陪着逛城看电影了。"老蔫儿如闻仇人,道:"看什么电影,那东西有咱的皮影好看?!"华子这才显出子对父的顽皮,摇着老蔫儿的胳膊不情愿道:"您那套老掉牙的东西,哪还有年轻人看,和电影院没法比。"老蔫儿一把打开华子的手,他早听说华子在外面的风流事,这他说不了,可儿子敢当爹的面骂手艺,他受不了,破口又骂:"能了?长本事了?见识多了!敢把你老子不放眼里了……"正说着,成老太太拍着大腿抱怨道:"吵什么吵?教客人在外面听着笑话。"华子向成老太太一摊手,表示的是洋人的无辜。老蔫儿听说来了客人,忙翻个身从窗户向院子里望,着实吃了一惊。

院子里站着两个洋毛子。

那两个外国人在院子里，正和小健康玩得开心。老莴儿掀开被子下了床，对成老太太道："找我的大褂儿出来，红的那件。"又问华子道："你引来的洋毛子？"华子一撇嘴，纠正他："是美国友人，我的导师，皮特先生和皮特夫人。"老莴儿道："老洋毛子，净起这不着调的名字，屁什么？"华子一翻白眼，苦笑道："p-i-pi，t-e-te，皮特。"顿了顿又说"他们要来陕西旅游，问我哪儿好玩，那我不得带他们来咱镇上了。"老莴儿嘴上道："你尽管向人家瞎吹牛。"脸上却笑了，方才对华子的怨怨之气一扫而光。

老莴儿的那身红色大褂儿，只在逢年过节时候，老莴儿唱皮影戏才穿。井圆领，豌豆扣，艳红底，左胸开一朵流云牡丹。这时候穿出来，用老莴儿的话说，叫中国元素，显得是民族情结。华子暗笑，想他当着外国人的面，也是与国际接轨了。老莴儿出来迎客，很是热情，开口就是"皮先生"、"皮夫人"。那皮特夫妇与老莴儿也很是谈得来，把华子夹在中间做翻译官。

得空儿，老莴儿仔细打量这两个异域来客。皮先生高大个儿，四十岁往上的样子，鹰钩长鼻子，鼻头处打了一个尖儿，像是被人用指头夹着刻意拽出来的。褐发灰眼，那双灰眼睛让老莴儿看着怎么也不舒服，暗岑岑的，像死鱼眼。皮肤漂白，像被水泡浮瀼了。白肉上覆盖着毛茸茸的体毛，一大片一大片的，杂草一样。老莴儿怎样看，都觉得他丑，心里暗想：这美国人和我们中国人比起来，可是差远了。想着，便愈发骄傲起来。皮夫人年龄显得比皮先生年轻许多，身段生得得体，行动说话却粗如莽夫。华子眼中金发碧眼的美，却使老莴儿觉得有那么点儿意思。

皮特夫妇在成家住下了，很快便入乡随俗，浑身上下焕然一新。穿上了老莴儿的另外两套灰布大褂，摇起蒲扇，蹬上布鞋。虽不习惯，却是新鲜。那皮太太还扎上了儿媳妇的红头绳，学上了剪纸绣花。用老莴儿的话说，这是来接受贫下中农的文明洗礼来了。自然，这样的话，华子是不会翻译给皮特夫妇听的，随便摘几句称心的话代替，皮特夫妇笑，老蔫儿也笑。好话坏话两不知，穷开心，各自难得糊涂。

这天晚饭前，皮特夫妇夸赞后柳镇的山水青柳绿荷塘，听得老蔫儿心里甜蜜蜜的，来了兴致与夫妇二人对上了二两老白干儿。三巡酒过，皆有醉意。黄皮肤的老蔫儿面色亮红，白皮肤的皮特夫妇却是桃色绯红。老蔫儿酒劲上来更是大大咧咧，住不下嘴，对皮先生道："你这洋毛子男人不实在。你看，身边这皮太太比你小十多岁，你可是老牛吃嫩草。还不跟人家结婚，这叫哪门子两口子？老弟，我长你几岁，我要批评你几句，你也别嫌我话直，不以结婚为目的的恋爱都是耍流氓，你们这些美国洋毛子，东戳戳西碰碰，净办不靠谱的事。"华子在一旁用胳膊肘使劲捅他，他才住下嘴，这边又拿华子开刀，又道："你王八羔子，你妈说你上梁不正下梁歪，不是歪在我这里，感情外面有个好师傅。我可跟你说，美国人花花肠子这一套咱可不能学。"一边说一边夹了一块肉在嘴里，顾自说道："别以为老子不知道你在外面的那点儿破事。"皮先生听不懂，一脸的迷惑。老蔫儿看着那窘相便笑了，对华子道："用鸟语翻给他听。"华子很是无奈，好在他们听不懂汉语，老蔫儿听不懂英语，华子又瞎扯了一通，惹得皮先生听得高兴，呷一口酒，一抹山羊胡子，拾起筷子去夹菜，手却打摆子，筷子也不听使唤掉在了地上。引得老蔫儿又是哈哈大笑，正要旁征博引发表议论，却被华子敬上来的一杯酒噎了回去。无非是筷子与刀叉，传统与现代的对比。

华子说皮太太明天要进城里看电影，老蔫儿一拍桌子站起来道："看什么电影，咱家有皮影。你说给他们听，你说给他们听。"华子把皮影向皮特夫妇这么一说，皮先生兴致大发，眼里像着了火一样兴奋，皮太太也是面含喜色，说什么也要见识老蔫儿的中国电影。老蔫儿醉醺醺笑道："识货。"却一个酒嗝上来，摇晃两下，醉死过去。

成老蔫儿再醒过来，早就忘却了皮影戏的事情。那皮特夫妇却与他较上了真,成了老鹞儿身上的一块狗皮膏药,左右要老鹞儿打皮影给他们。闹得老鹞儿直怨道:"老洋毛子,顽固得很。"老鹞儿一推二脱三装傻,把这事搁置不提。他自有他的心病。在后柳镇,像皮特夫妇一样的青壮年多得是,却无一对老祖宗传下的东西感兴趣,提起皮影,大都玩笑道:"放博物馆去吧。"偏巧让这两个外国人看上了眼。老鹞儿想演皮影,却丢不起这脸,况且是当着外国人。索性秉上老规矩:传内不传外,丢脸事小,失节事大。

中秋节前夜,老鹞儿让成老太太把小健康爹娘一起唤来,说是要给皮特夫妇饯行。

头顶挂着一只白玉盘,月下花前摆一只八仙酒桌,桌上八个凉菜:凉拌木耳、糖醋藕片、肉皮冻、老虎菜、泡椒凤爪、老醋花生、小葱拌豆腐、拔丝金针菇;四个热菜:三色龙虾、清蒸牛肉、糟烩鞭笋、凤梨排骨。淬青花的瓷酒壶,烤白桂的釉红酒杯。推杯置盏,觥筹交错。正在兴起,老鹞儿对小健康爹娘道:"晚些回去,给你们唱皮影戏。"二人却为了难,支支吾吾半响,大儿子才吭哧出一句话道:"李五爷喊我去打麻将,晌午头应下的,我走了。"大儿媳妇也跟着说:"小健康还睡着,醒了不见我肯定要哭,我早点儿回家去。"老鹞儿知道他们的心思,不理他们,不拦着他们走。又问华子:"你呢?"华子方要开口,老鹞儿抢先一步堵住他的嘴道:"翻译官不能走。"美国人听不懂成家人的谈话,只是抬起头盯着华子。杯中酒,微凉微醉。老鹞儿半眯着眼,叹一口气道:"都还没有这两个美国人识货。"

华子帮着成老太太收拾完了杯盘狼藉的酒桌,跟着老鹞儿带着皮特夫妇去了偏房。成老太太捻开了灯,昏黄一片。房间里没什么摆设,秃墙四壁,却画着鎏彩壁画。地上突兀地躺着一个黄花梨箍金木箱,用长锁封着,箱子前面还摆着一只二胡。老鹞儿吩咐华子搬来几张凳子分给大家坐下,又吩咐成老太太取来木箱的钥匙。轻轻扭动钥匙,"咔嗒"一声,老鹞儿打开了那木箱。老鹞儿小心翼翼，一件一件把箱子里的东西捉出来摊在地上。旁边华子向皮特夫妇一一解释着鼓儿锤儿的皮影道具。

摊在地上的皮影道具，花、草、云、凤画女，龙、虎、水、云饰男，五分面的忠良岳武穆，七分面的阴佞秦奸相，形态各异、林林总总的历史人物，都从这箱子里面跳了出来。只是这人物后面都由一根粗铁丝牵着，怕这些人断了根，寻不着回去的路。老蔫儿拉起一块葱白方布，拾起皮影小人到了幕后，便吩咐成老太太关了灯。稍等一会儿，幕后重新上了一盏灯，布幕上便跳上了准备唱戏的小人。成老太太也循到了幕后，帮着拉起了二胡，老蔫儿便咿咿呀呀唱开了。唱的是《贵妃醉酒》。

"海岛冰轮初转腾，

见玉兔，玉兔又早东升。

那冰轮离海岛，

乾坤分外明。

皓月当空，

恰便似嫦娥离月宫，

奴似嫦娥离月宫。

好一似嫦娥下九重，

清清冷落在广寒宫，

啊，广寒宫。

玉石桥斜倚把栏杆靠，

鸳鸯来戏水，

金色鲤鱼在水面朝。"

老蔫儿磨尖了嗓子唱旦腔，短吟长鸣，百转千回。只见得白幕上的皮影小人似醒似睡，起舞翩翩。北方有佳人，绝世而独立，一笑倾城，二笑倾国，三笑倾我心。

华子却犯了难，这唱词究竟该如何翻译。淬炼千年的语言精华面前，翻译出来太显苍白。皮特夫妇无暇介意唱词，虽听不懂，却乐不可支，大拇指高翘着放不下，像抽了筋。华子趁老鸢儿不注意，悄悄退了出去。

"啊，水面朝，

长空雁，雁儿飞，

哎呀雁儿呀，

雁儿并飞腾，

闻奴的声音落花荫，

这景色撩人欲醉，

不觉来到百花亭。

通宵酒，啊，捧金樽，

高裴二士殷勤奉啊！

人生在世如春梦，

且自开怀饮几盅。"

……

第二天中秋节，李五爷到成家搓麻，转了几圈没觉着，已是月圆高挂洒满西楼。李五爷猛然想起来什么事，便对老鸢儿道："怎么，中秋节你不上桥上唱几嗓子？"成老太太停下手中要出的牌，小心地看着老鸢儿。老鸢儿也不抬头，只随口道："唱不了了。"李五爷道："那可不成，我没听够。"老鸢儿道："皮影送人了，唱不了了。"李五爷被他逗笑了，道："你别逗，命根子你舍得送人？"见老鸢儿不说话，李五爷打了鼓，难不成是真，便问："送谁了？"老鸢儿憋着不说话。成老太太凑到李五爷耳朵边悄声说："送那两个美国人了。"然后用胳膊肘使劲戳了一下李五爷，这才稳住了李五爷。老鸢儿道："传不下去了，不如送出去，不能烂咱这些老古董手里！"默在牌桌一角的华子"唰"地红了脸，微微低下头，当没听到，只去摸他的牌。李五爷仍旧不信，道："给了洋毛子，打算让你的皮影到世界扬名？"老蔫儿顺下去道："对，走出去，就是要它到世界扬名！"李五爷一推牌道："好着咧！和了！"接着道："你成老头脾气是坏，想不到玩笑起来跟真的似的。"没有人说话了，牌又顺了两圈，这话题便忘了，没人再提。

华子陪老蔫儿送皮特夫妇回上海的时候，皮先生要华子转一句话给老蔫儿听，华子至今未敢向父亲开口——中国的文化让商业打劫了。

拉洋片

烧饼铺子

■ ■ ■

　　劫富济贫绿林汉，鱼肉剥削皇庭坐。杀人放火逍遥贼，躬耕田亩受压迫。五陵豪杰终入墓，趋势献谄加进爵。仁义礼孝乱法德，普天之下无因果。上上下下天地人，左左右右势利和。长此黑白不睁眼，敢把皇天也捅破。

　　在商河县玉皇庙镇，若论起得早睡得晚的主家，莫过沙记烧饼铺的沙家母子，起得比鸡早，睡得比狗晚。清贫者勤，多难者奋，沙家母子是最好的例证。沙王氏早年丧夫，独力供养沙孩儿守寡至今。沙王氏到了知天命的年龄，沙孩儿也长大成人，她却突患眼疾，成了瞎子。瞎了便瞎了，不用眼看，用心看。心静如水，观细入微，却更明白。再说那沙孩儿，年少时突然患下小儿疯，待疯癫过去了，人傻了，身体也废了，胳膊腿打了弯拐子，走起路来像具被打折了的骨头架子，不说话，只会拧鼻子撇嘴做怪相。沙孩儿患疯病那会儿，可是吓掉了王氏的命。看着沙孩儿口吐白沫、胡言乱语、时哭时笑，王氏便觉得这孩子鬼上身，怕是命要被勾走了。王氏请来正医诊病，请来巫医做法，上山拜神，进庙求佛，只求能保下沙家的根脉。孩子竟然保下了，却落下一个白痴。

　　天不长眼，人须苟活。王氏带着沙孩儿在镇街上赁下一间店铺，以打烧饼过活谋食。从沙孩儿少不更事起，到沙孩儿长大成人，母子二人每日五更天早早起床，担柴，生火，开门，这一天算是起了头。到了晚上，熄火，收摊，关门，回家。回到家中，再为第二天做准备，和面，备料。不过了子时，从未曾安寝。这样才算是过了完整的一天。日久天长，周而复始，风雨无阻。沙孩儿慢慢长大成人，为母的王氏心气全给他吸了去，日显衰老，烙在王氏心中的病种也慢慢发芽长大。沙孩儿长大的是身子骨儿，脑子却依旧停留在白痴水平，除却十几年机械化练下的打烧饼,其他一无是处。这世道变得愈加模糊不清、黑白不明,一个傻子,如何应付得了这不古的世风与炎凉的世态。不能总对别人的戏谑打骂一笑过去。

至于沙孩儿的笑,也是王氏十几年养出来的心血。每晚晚上临睡前,王氏总会在沙孩儿窗前逗留一会儿,她合计好了,讲同一个故事给他听,一讲便讲了十几年。

沙孩儿的父亲沙奎子年轻在世的时候,家里穷,吃穿不上,娶来王氏以后,家境更是捉襟见肘。净受嫌贫人的白眼。奎子憋着一股倔劲儿,带媳妇儿进城闯荡。置备下了炊具,准备打烧饼卖早餐赚钱过活。那年数九隆冬,奎子夫妇初进城,举目无亲,无依无靠,在一处家属院门前定下点来。炉火熄了再点上,点上再熄灭,整整两天,竟然没有纳下一位客。身无分文,难以立身。正当二人绝望之际,来了一位衣冠整洁的老先生。那老先生买下许多烧饼,而且往后每天都来。老先生对奎子夫妇道:"我家人多,吃得欢。"老先生姓冯,家属院进进出出好几回,见得这两位打烧饼的青年面孔焦急,生意冷淡,门可罗雀,便动了恻隐之心。冯先生一边买下许多烧饼,一边带回家分给众邻居。不忘向邻居好言两句门外的青年,为奎子夫妇捧足了人场,这才有了转机。

后来,邻居无意中说穿了话,两人这才知道冯老先生独自一人,没有他说的四世同堂,那烧饼全分了出去,对他们的照顾,全是凭着一颗善心。奎子对王氏笑道:"世上还是好人多。"单单为了这句话,王氏把这故事向沙孩儿一讲便持续了十多年。后来,便出了意外。有一天,冯先生在街上走着,刚巧正走在修缮房屋的一处屋檐下,忽来一阵大风,把悬在空中的作业工人吹得没了根基,连忙去找东西抓住,胡乱之中抓到一块水泥板,可那水泥板就是没抓瓷实,眼瞅着水泥板从楼上往下掉,正巧要砸在路过的冯先生头上。沙奎子一个箭步把冯先生推开,自己却替身以代,丢了性命。也算那冯老先生积德行善,善有善报,人善天不欺。

奎子死后，留下沙孩儿这白痴小子，王氏便愈加觉得奎子留下"世上还是好人多"的话，是冥冥中的安排。那讲了十几年的故事并无白用，教着沙孩儿笑对尘世十几年。

济南府有位混世泼皮，在西门家里三条龙羔中排行老六，诨称龙六。龙六这小子在外恶贯满盈，不知羞耻，没少惹事，背着老太爷在外自称西门大官人第二。敢这么称，能好得了吗？说龙六恶，尚不至于胆大包天到杀人放火的，可吃喝嫖赌、偷鸡摸狗的勾当却是样样通。多数时候，龙六纠结一帮乌合，手上宽裕时便在酒馆里喝酒摇骰，手头拮据时，便打人家的坏脑筋，四处耍泼皮。小偷小摸，顺手牵羊，吃饭不给钱，这是龙六的惯用。让人厌烦。更让人忍受不得的是龙六上门找人借钱，只借二百块，多一分不要，少一分不取，还有模有样地给人打借据，龙六自夸是盗亦有道。若是谁不借，他有的是法子冲人无赖耍泼。吹胡子瞪眼，生气打人是小，当街打滚，唱曲装疯，脱了裤子在你门前大小便，这等事龙六都行得来。门前围上圈子看热闹，他二皮脸不顾，主家这人可丢不起，只得应了他，落得一张借据。说是借，镇上人都明白，肉包子打狗——有去无回。摊在谁身上谁认栽。

这日，龙六又输得精光，晃晃悠悠上了商河街。听得有人大喊一声道："龙六来了！"满街店铺打快板似的"啪啪啪"全部关了门避灾，唯独王氏母子的沙记烧饼摊，往常一样开门纳客。整条街上干净冷清，就龙六一人在街上信步闲庭。龙六见着家家关门闭户，店店打烊大吉，心里正纳闷：经济危机？瞧见还有沙记烧饼铺子开着门，门口坐着一瞎一傻的王氏母子二人，心里开了花儿。有门儿了。

龙六对沙孩儿伸出两根指头，不说要钱的事，只道："嘿，傻孩儿，给哥哥弄俩烧饼，饿着呢。"沙孩儿对龙六笑笑，架上两个烧饼上炉子烤去了。旁边台阶上坐着的王氏这时候开口了，道："小六子吧？"小六子，敢这么叫他的，也就王氏。龙六道："唔——婶儿，是我，龙六。"王氏也不拐弯，直言道："又来借钱了？我那四百块你可还没还呢。"龙六一听，心想，这老太太倒是直接，我借钱来了，你还想再让我倒贴给你钱？耍泼道："婶儿，看看您，真是愈老愈糊涂，我什么时候从您这拿过钱啊，您真是——"这时候，沙孩儿用油纸给龙六包下两个烧饼出来，他趁机拿沙孩儿开脱，道："是吧，傻孩儿，哥没欠下你家钱。"沙孩儿只是咯咯笑而不答。龙六道："您看看婶儿，傻孩儿都记得。"王氏道："你净耍滑头，向菩萨讨慈悲。他要是脑子好使，我死也心安了。"龙六不好意思地挠挠头，又道："婶儿，您——再给我拿两个？"王氏直接回绝道："没有。"便不再理他。换作别人，龙六早就拳脚相向，可眼前这一瞎一傻两母子，他再混，这等下地狱的操作他使不出来。

背着瞎眼的王氏，龙六拿沙孩儿哄骗。龙六对沙孩儿小声道："嘿，傻孩儿，给哥哥拿二百块钱。"沙孩儿傻笑不答。龙六又道："你娘说的，给我拿二百块钱。"沙孩儿仍旧傻笑。龙六从兜里掏出一块水果糖，递给沙孩儿。沙孩儿知道这是好东西，剥开填进嘴里，咂吧咂吧地吃，傻傻地笑。龙六绕过沙孩儿，拉开装钱的钱屉，摸出两张大团结来揣进怀里。龙六又拿笔写张借据，塞到王氏手里。王氏囫囵地摸着那借据问道："这是干啥？"龙六人已经溜出去几步远，听见王氏问话，又回过头来道："傻孩儿借给我的二百块钱，借据您收好，改天您找我要，连着烧饼钱一块儿。"边说着不忘撕一口烧饼填进嘴里嚼。王氏冲龙六骂道："你个犊孙子，净知道欺负你这傻弟弟。"那龙六早溜走了。王氏回过头来又对沙孩儿抱怨道："你这可咋叫人放心？"沙孩儿仍旧傻笑，只顾着把吃糖的嘴吧咂吧咂得直响。

沙孩儿人是傻，但做事干活绝对是把好手，挑水、洗衣、浇地，样样人先。王氏瞎眼以后，出门回家都由沙孩儿做引领，引着来，引着去。镇上人夸他，又惋惜——可惜了一个好青年。有愿意为沙孩儿牵线做媒的红人，因为人傻，红人不去牵镇上的姑娘，便去说外镇的姑娘。见面知是个傻子，扭身走了，头也不回。王氏也感叹一声"这世道。"只叹气，不再说话。嘴上这么说，可王氏却仍旧记得奎子的话：世上还是好人多，便又希望满怀了。

这日，龙六输光了钱，又到街上来逛悠。他这次走的偏道，街上的人没在意得上。等到发现他上了街，也晚了。被他撞见的，都被讹了钱去，敢怒不敢言。有存侥幸的人，小心翼翼收好龙六打下的借据，以便日后翻账。大多数人都当街撕掉了，想去老虎嘴上拔毛的事，凶多吉少的事儿。到了沙记烧饼铺，龙六抬眼看了一眼，便没往里走。整条大街上，单单放过了沙记烧饼铺，不好意思再去诓骗这对苦命的母子，还算存了些良心。就是这瞬间的回心，一辆脱了缰的汽车疾驶过来，坏事做尽，阎王爷派来要他偿命的。眼看着将要了龙六的命，沙孩儿从一边冒出来扑开了龙六，撞得脑浆裂花，成了他的替死鬼。

龙六瘫坐在地上，看着躺在地上的沙孩儿，呼呼呼地喘粗气，人已经吓泥了。良久，龙六勉强爬起来，两根手指头凑过去去探沙孩儿的鼻息，人早就没了气。龙六吓得撒腿就跑，一边跑一边哭，一边哭一边喊：好心比歹意更要人命！

沙孩儿死了以后，沙记烧饼铺子停业了足足小半年。小半年后，又看见王氏淡淡地坐在烧饼铺子前卖烧饼。整个人清瘦了许多，做事儿却一如往先的麻利。别人说起沙孩儿的事儿，王氏倒是看得开，道："好歹是找他爹去了，省下我死后为他忧心。"龙六以后每天都来沙记买烧饼，每次都买许多，算是报恩。龙六每次来，王氏都要向龙六重复那句老话："世上还是好人多。"

镇上人这样评述道："好人不长命，恶人常逍遥，这世界颠了。"

编竹

算命先生

（一）

迎面过来一个男人，打褶灰土布西装，敞怀一件暗红线汗衫，灰布裤子，裤脚外翻，露出起线的里子，脚下皮鞋开了口，土涔涔的，像只开口的饥鳄。这男人浑身上下灰如土浆，脸上戴着一只考究的黑边大框镜，愁容满面，一副铁面孔目相。此人乍一看有四十往上的年龄，细节却出卖了他，头发打理得齐整，镜片也纤尘不染。逃不出算命先生的眼力界，三十出头。韩文平心里一琢磨：有门儿。

铁面来到卜卦摊前，单是默默地坐着不说话，韩文平透过墨镜片看一眼，便知这是位呆板规矩的读书人，心里略一合计措辞，便问道："要卜姻缘，还是要问前程？"铁面男人挠一把后脑勺，拧起了眉头，分明是有难言之隐。韩文平又问道："是要问吉凶，还是要解身祸？"铁面开口了，一副闷实嗓子怯缩缩道："没啥个事，不问也罢。"那男人犹豫着便走。韩文平也不去拦，自去让他走，这是欲擒故纵的法。果然，那男人走了没几步，又折身回来。韩文平心里暗暗喊妙：这样踯躅不前，一定有切身利弊的事要问个明法，这样的人含蓄敏感，无关痛痒之事，不到一清二白，如坐针毡。卜这卦须委婉，不可太过直接露骨，求八字的法使不得，韩文平道："年轻人有心事吧，少安毋躁。你写个字来，我来把算，看准是不准，不准分文不取，神算的招牌任你摘了踩在脚下。"

韩文平铺张白纸在桌上，那男人如遇挚友，二话不说，提笔，蘸墨，压脚，飞写下一个"史"字。

韩文平坐在桌子另一端，静观这男人的举止：钢笔、铅笔、圆珠笔，独独挑中那支久无人问津的毛笔，动作娴熟，书法规整，又写下一个苍劲的"史"字。这铁面男人的身份、职业、家世，韩文平心里已经有数。韩文平这一套，不是问古卜今的算命术，这是察言观色的刑侦推理。韩文平八字指抚在颔下作沉思状，忽徐徐道来："你是个老师，教历史的老师。"这男人一身复古衣着打扮，这文质彬彬的显老面相，这含蓄羞怯的知识分子举止，说不出他教师的身份，对不起算命先生的眼力。知道测字，竟挥毫出一个"史"字儿，好比秃瓢晒太阳——倍儿亮。测不出他是教历史的，就是缺心眼儿。

转个身，这男人也不是不谙世事的糊涂蛋，收了他大张的嘴，冲算命先生点点头，示意他继续说下去。韩文平知道鱼开始上钩，也不慌张，把桌面上的白纸打了个旋儿，字儿掉了个个儿，字头朝前，接着道："看你所写之字，先生所愁所惑之事——"韩文平故意拖长音吊他胃口道："房——子！"铁面孔目身子震悚，眼前一亮，拍手大赞："神了！"

韩文平嘴角挂一抹笑。那男人道："我所愁所惑之事，只字未提，先生如何知我心事？"束之高阁的知识分子，即便精神高耸，仍旧超脱不了油盐酱醋、衣食住行的凡人生活。又不善言辞、口讷嘴拙，和文化打交道，磨砺的是生命的智慧，学不到生存的技巧，必定处处碰壁。现代人的生存法则，欺不了问古知今的算子。韩文平却不能说出这话，只拿着那个"史"字儿说事。韩文平道："心有所想，笔下流出。瞧这字儿，人字头上一间房。"那男人叹口气，秘密揭露后所剩不再羞愧难当，反倒坦然释怀。男人掏出一块粗布手绢擦镜片，语气平缓道："先生所言正是。我现在呀，文不抵财又无权无势，十渴求门久不开。升职分房，难上加难。"男人顿了顿又道："按常理，迷信科学不两立，先生既然言中了，我姑且相信。先生给指条明路吧。"

指明路，韩文平非神非仙，所指明路无非是悬梁刺股的勉励之词，那些坐北朝南门自开，磕头烧香路自明的歪理，不可能有如愿效果，多半是心理安慰。韩文平同样提笔写字来答他。将那"口"字扩大，把人困住，成了"囚"字。房子的概念大了，人便'囚'住了。乐由心生，悲由心起，喜怒哀乐全是一颗心的感知。如何是好，仍需己定。韩文平一言不发，那男人盯着"囚"字，良久，目有愁云，而后眼含明月，接着云破月来花弄影，最后不言自明。

看开了，顿悟了，奉上十块钱，哼着曲儿走了。

这里，韩文平用的仅仅是算命先生察言观色的"地摊术"。言辞、年龄、衣着、发型、表情，透过表象看本质，简单算命，十算九准。

关于这方面的技巧，很多书上都有记载：

迎面走来一个人，张口便道："我最近碰上个拗糟事儿，心里憋屈得慌，你给我说说该咋整？"听这话，没的说，此人文化水平，肯定没上过大学。这边又来一位道："先生，我最近遇到了一件十分棘手的事，心情有些压抑，百思不得其解，请您给分析一下是客观上本身这件事出了差错，还是主观上我的理念出了问题？"不用说，至少大学以上。

芳龄二八的女孩，泪眼汪汪过来。算命先生道："姑娘，先不要说话，让大爷给看看，看准了给钱，看不准贴钱——失恋了不是？"

四十八岁的男人阴着脸过来，算命先生道："老弟，你这事业不顺啊，外面有小了吧？"

六十八岁的老太太，高高兴兴跑过来，算命先生道："大姐，让我给看看是男是女？"

七岁小女孩捂嘴，"撒谎了。"三十岁成人捂嘴，"牙疼了。"

嘿，神了，一算一个准。

（二）

　　韩文平家住北京城老胡同儿里，胡同儿里红白事儿、风水选址、寿辰吉凶、生儿生女，都要到韩文平那里问个干净，平头百姓，就是图个吉利，心里踏实。胡同儿不大，平日里浪静风平，没有那么多算命求运的事。韩文平不会执胡琴走街串巷"游算"，他有他的定点单位。闲时胡同儿里没事，韩文平便进城里，在大风歌台下支个卦摊，看人来人往，观喜怒哀乐，指明道坦途。很有独立于尘世之外看芸芸众生的仙道之风。

　　韩文平也有不顺，浑身起白斑，以为是白癜风，照着这个病往下治，却不见成效。这副黑一块白一块的形象出摊算命，倒是很有算命先生的范儿。在一般人眼里，这行当的人都非常人。韩太太和韩文平老来斗嘴，韩太太总道："算命的，你这是泄露天机，遭天谴。"韩文平去医院查过，什么结果，就他自己个儿知道，还是照着白癜风的治法儿抓药。

　　韩文平刚开始做算命先生，是文革刚刚结束的事。十年动乱一过，百废待兴，韩文平竖起神算的虚名招摇撞骗，专拣好听的话说。人就是贱，明明知道是奉承话，还苍蝇寻食般地往上围。韩文平敢竖起大旗来算命，并不是没有底子的，没涉猎过《易经》，不知道个天干地支、命运五行，就是骗也没有骗人的话可说。愈是不明了，愈是高深；愈是磨蹭，愈是知根知底。看似简单明了的答案，在算命先生韩文平那里都成了高深复杂的学问，难料其中还有此诸多道道儿。

　　算排行老几，"子午卯酉弟兄多，寅申巳亥三两个，辰戌丑未独一个"。韩文平这个口诀的伸缩性大，可以蒙住相当数量的来人。来人报丑时，韩文平说他是独生子，他偏偏弟兄三个，怎么办？很好办。韩文平改口反怪他道："你把出生时辰报错了，须新定一个时辰。"定在丑后寅时，韩文平解释道："难怪我算得不对，你报的出生时间不正确，正好差一个时辰。按寅时算，当然是两三个"。算排行也有诀窍，男女混着容易出错，先把男女的排行分开来，其次注意来人性格。一般说，排行为老大，沉稳厚实，老二脾气暴躁，老三调皮捣蛋，老四蛮不讲理，根据这些特征判断排行。实在看不出来了，韩文平便打马虎眼，直接把他的排行定为老大。这个世界上毕竟先有老大，后有老二、老三，老大的人数最多。比较年轻的来人，他们的排行就更好算，古今一体，计划生育帮了算命先生的忙，太多的独生子女，排行几乎都是老大，老二很少，老三更少。

算父母健在，这个比较困难。韩文平一般先不算这项，来个引蛇出洞之计。先算别的，再看他在言谈中无意识的透露，等把父母的情况透露出来了，再算不迟。有非要先算父母不可的，韩文平便来个模棱两可说道："你的八字克父克母，甲子大运是你父亲（母亲）的关口，此前后几年内对你的父亲（母亲）有妨克，闯过去了，那他（她）现在健在"。移花接木到了另一个问题，把皮球踢了回去，接下来问道："闯过去了没有？"来者若道："闯过去了。"答案自明，他的父亲（母亲）仍然健在，韩文平就可以道："那他（她）还可以活到古稀之年。"来者若道："没闯过。"韩文平更有的说，"我算准了。"有时韩文平用更模糊的话道："父母双双一个无。"即便有一个去世，一个"无"字，怎么都对付！

算子女个数。现在人的子女个数肯定会多一点儿，说一男一女，或两个男，或两个女。若是来人着急，问子女个数或到底有子无子，说明他的头胎大抵是女，求子传后；或夭折，再生一个。若那来人面带愁容，子女有重病，或刚刚死了。韩文平便道："你的八字对子女相克。"但不能直说"子女死了"，防止话说得太满，谦受益，满招损。

算子女成才。但凡问此者，大抵是孩子的学习不佳。韩文平便顺着往下，先问孩子几年级，来人说在小学，韩文平道："孩子小，不懂事，大一点儿就好了"。若来人说："孩子高中，正高三。"面临升学压力，韩文平对症下药道："按说孩子是可塑之才，实在不行，留一级或请个家教。"

算妻子或丈夫情况，这有意思，韩文平在这点积攒了现代人的婚姻百态。所来之人，趾高气扬，测妻子情况，大多是在外生活不检，有了情妇，喜新厌旧，想离婚；所来之人气急败坏，同样算妻子的情况，大多是妻子红杏出墙，给他扣了绿帽子；所来之人愁眉苦脸，也是算妻子的情况，大多是妻子病弱，或妻子撒手人寰。当来人衣着华贵，锦帽貂裘，来算丈夫的情况，不是丈夫在外彩旗飘飘，就是丈夫贪污事发；若发现她举止轻佻，面若桃花，不笑似笑，定是她作风不正，怕丈夫发现她暗渡陈仓；当来人满面愁容，算丈夫的情况，定然是丈夫撇下一家老小归了西；当来人身着寒素，算丈夫情况，多是丈夫下岗，或生意失败。

学而优则仕，官运仕途，国人由古到今都看重。来人春风得意，测官运仕途，定是刚刚升了官，或升官在即；当来人一副苦大仇深、看谁都不顺眼的面孔，定是或刚刚错过升官的机会或被摘了顶戴花翎；来人患得患失是他对升迁心里没谱，韩文平便道："要抓住这次机会，这次不成，下次肯定成功"；来人一副无可奈何的样子，定是求官无门，怀才不遇，韩文平便安慰他道："好好干，路还长着呢，好日子还在后头。"若来人年岁已高，却还想求官时，定然是临近退休，嗜权贪栈，不想放权。

君子爱财，求之有道，在算命先生那里测财运，并不丢人，好像到心理医生那里医心理病，需要秘密赤裸裸坦诚一般。韩文平测财运要先给眼前人看相。若来人长得一副精明相，定是已经发财，又想和钱财结更大的缘；若来人气势沉稳，说话舒缓有力，定然是家财万贯，财大才能气粗嘛；若来人一副焦躁猴急相或老实巴交相，韩文平便要劝他做生意千万要小心了，以免上当；若来人一脸倒霉相，定是刚刚破过大财，韩文平便道："破财免灾，身体健康、阖家团圆比什么都重要"。

韩文平算了几十年的命，看遍万千众生相，更看遍万千众生心。

算命这一活计，看似简单浅显，铺个地摊就能吃饭，以为只要精心研习要诀，灵活运用，便能让来人爽快地掏钱，满意地离开，这是地摊术，旧时候蒙人求生存的把戏。韩文平结缘《易经》，才懂得高山仰止，景行行止所意。

《易经》算命深奥玄妙，多种多样，门类繁杂。不同门派，分六爻纳甲、四柱八字、玄真子大师算命、紫微斗数、奇门遁甲、太乙神术、大六壬、梅花易数、铁板神数、面相学、摸骨算命、称骨算命、星相学。析过去知未来，属中华文化瑰宝级别。

算命又以八字算命作基，八字算命术的主要概念是命与运。

命即命局，重于论贫富贵贱之类的人生内容。简而言之，所谓八字，即个人出生年月时的十天干甲、乙、丙、丁、戊、己、庚、辛、壬、癸与十二地支子、丑、寅、卯、辰、巳、午、未、申、酉、戌、亥的排列组合。命数前途，由此预言。事有不足，仅凭八字天干地支，没法推算贵、贱、吉、凶。便和阴阳五行纳配，天干地支具阴阳五行的属性，衍生相生、相克的关系，同时衍生出刑、冲、害、合等多种关系。精细些，更与四时五方、昼夜阴晴等因素结合，拼凑算命体系。克夫、克贵、克权等生克关系又称十神，即正印、偏印，伤官、食神，正官、偏官，正财、偏财，比肩、劫财十种。

所谓运，便是命运，重于讲吉凶福祸之类动态的人生问题。运包括大运、小运和流年。运从生日起算，分阳年阴年结合节气、月份排算宜生男生女；流年俗称太岁，按人出生后所经历年份的干支排算。

除了命、运，还有神煞、纳音五行等概念。所谓神煞，是把干支间的特定组合固定格式，一旦这些格式现于八字，某神某煞纷至沓来。神为吉星标志，煞为凶星标志。吉神"文昌贵人"主聪明过人，气质雅秀，佑于包拯；凶煞"阴阳差错"主婚姻不顺，凶于佞秦。神煞听起来玄虚神秘，韩文平曾经用来吓人。常有人报上出生时间，韩文平掐算一番，告知求算者命型是金是木。五行相生，金生水，水生木，木生火，火生土，土生金。五行相克，金克木，木克土，土克水，水克火，火克金。这里涉及乃是纳音五行。五行生克需要增补，便取名时补救。胡同儿里的名字，像水生、火生、木生、金生、土生的，水根、火根、木根、金根、土根的，水旺、火旺、木旺、金旺、土旺的，这些活证都是出自韩文平手笔。

（三）

韩文平算命算得准，十里八乡远近闻名，他算命算得准，自有他自己的拴马挂。

韩文平刚开始的时候生意也不好，大风歌台底下摆一摊，拿块儿墨盒用手蘸着，在一块青石板上画画，画个金鱼，画个螃蟹，很简单的画儿。韩文平聪明，不抬头，不用刻意找个人嘚吧嘚嘚吧嘚，不用全凭口做生意，这在那时是金买卖。金买卖分很多种。穿得很讲究，海獭的帽子，貂皮的皮衣，往这儿一站，没人敢小瞧，这叫火金；穿得挺水，破破烂烂，一脸滋泥，手伸出来跟葱似的，这叫水金；不说话，拿一板或梆子搁那儿敲，这叫哑金；你打街面儿上过，算命的给你一把揪过来，这叫揪金。韩文平这个低头画画有意思，不说话的金买卖。画着画着，冷不丁抽风一句话道："哎，我说……"说谁呢，谁都行，谁打这儿过就是谁。韩文平接着来，自言自语道："……画山难画山高……哎，我说……"充分挖掘了心理学，更充分利用了中国人好凑热闹的好习惯。

有人停下，疑惑道："嗯？叫我？"那人接着再问，韩文平倒不理他了，只在那里画他的画。这人好奇,留下来看个究竟。他继续自言自语道:"……画树难画树梢……哎,我说……"打南边又过来一个,好奇,也留下来了。这么周而复始了一段时间,韩文平低着头数人脚,四十多只脚,二十多个人,人来得不少,都聚过来了。

韩文平这么一抬头,一作揖道:"各位,天也不早了,人也不少了,我也吃饱了,您也站好了,咱们相逢就是有缘。"有人出来问了,道:"你是干吗的?"韩文平道:"我是相面算卦的。"微微一笑,又道:"可有一样,我这不是生意,交朋友。咱们奉送几相,不要钱。今天咱们这些人中间,有一位马上要发财了,这钱就在他们家门口围着他家转,只要他一伸手,就能把钱拉进门来。可怎么伸手他不知道,我一句话点拨,他就明白了。"又做严肃状道:"还有一位马上要倒霉了,要吃人命官司,也是一句话,我点拨了他,这场劫难就化过去了。"接着又补充一句,"全凭我一句话。"好不自信。

韩文平接着说话了,这话可说得绝。韩文平道:"别说今天人不多,今天人群里还有一位挺特别,这位呀是这个。"韩文平做个王八手势,接着道:"这位呀是王八大爷,他媳妇跟别人不太干净,可是他不知道。"有人问了,"是谁呀?"韩文平道:"是谁我不能说,一说就打起来了。他可站不住,他马上要走,他一走我就说是谁。"人群里保不齐有对算命不感兴趣的,拉着朋友道:"原来一算卦的,咱走吧。"那位马上拉住要走的朋友道:"兄弟,这可不能走啊,一走就是这个。"绝了!这叫拴马卦,把人拴住了然后给你算卦,没一个不灵的。

真正让韩文平成了名的,是因为一件事。

人渐渐多了,人挨人人挤人,里三层外三层,人群外面人都往里面挤,一个老大爷和一个小伙子那边打起来了。怎么回事儿呢?六月天,骄阳似火,小伙子穿着汗衫,光着膀子,露着胳膊。这边是一老大爷,七十来岁,手里面拖着一只泥芯的小茶壶，锃光瓦亮，在手里面传了很多辈了，底下垫着茶垫子，怕热，一只手托着壶，里面是滚热的开水。老头儿也往里面挤，这壶在小伙子胳膊上"刺啦"一下，当时就把油皮烫破了。呵——年轻人骂开了，道："老头儿啊，你长点儿眼睛，你看给我烫的。"老头儿呢，倚老卖老道："干吗呀，怎么了，烫破了那算什么呀？胳膊坏了能好，这壶坏了没地儿买去，这壶比你爷爷岁数都大。"听这话说的。两人越说越呛，打起来了。这一矫情不要紧，人都往外看了。韩文平一寻思：坏了，要是不拦住，人可就要散了。拿手向外一指二人道："哎，大家瞧，跟前这二位算是有缘。"连着一老一小，大伙儿又把注意力转回韩文平这里，韩文平见机道："小伙子你过来，我告诉你，别说话，别打架，你跟着老头儿前世的冤家今生的对头。上辈子，你们两个之间有一条人命，纠缠不清，一直到现在。"韩文平趁小伙子怒气未消，问道："你恨不恨他？"小伙子气愤道："我恨他。"韩文平道："你只要一抬手，他就立马躺地下死了。这辈子他死，下辈子你亡，冤冤相报何时了？"小伙子被韩文平吓到了，道："是吗先生，就这么厉害？"韩文平道："你还不信我的吗？赶紧回家，三天别露面，这事情就过去了。"小伙子见有了明道儿，连连道谢，赶紧走了。

转过身来又喊那老头儿道："来来来，这老者，您贵庚了？"见是算命的，也听了刚才他说的那一番话，老头声音颤巍巍道："我……我七十二了。"韩文平笑了，道："这个岁数了，您怎么糊涂啊？没事和年轻人斗什么气？"看见这壶，又道："这壶是你的宝贝啊？"老头儿道："是是是，这壶是我爷爷留下来的。"韩文平道："我跟你这么说吧，就三天。"又自语道："……够呛三天，就算三天吧，三天之内这壶如果说留住了，倾国倾城，了不得啊。可是这三天之内，这壶保不齐就留不住了。赶紧回家吧，哪儿都别去，做屋里看着你的壶。走。"老头儿一听：呵！我怎么这么糊涂啊，我这可是宝贝。"我我我……我谢谢您。"转身回家了。

希望越大，失望越大。事实上，没等三天，当天晚上就给摔了。

这老头儿住着一个大杂院，这一辈子也没结婚，也没落下个伴儿，也没孩子，自己住着一个小房，本家的一个侄子关照他，平日里给袋米、给袋面、给点儿零花钱，平日里老头儿没事儿就自己玩儿。要保住这个壶，可费了老头的心思了。搁哪儿呢？屋子里也没个箱也没个柜，要是搁桌子上，晚上猫来了给扑腾倒了，要是搁床上，晚上一转身给压碎了，要是搁灶台上……想来想去，打眼一瞧，有了——墙上。老先时候的房子，砖头都是活动的，拿手一抻，就抻下那么一块来，墙上留出个窟窿来，太好了，这壶就搁在这窟窿里面。心想这行了，猫你再能闹腾，你闹腾不到那儿去。搁好了以后，这也没什么事了，晚上躺下睡觉去了，心里美滋滋地想：过三天，我这壶就是无价之宝。

谁想到，半夜里就出事了。

老头儿邻居，墙那边住着一主儿，拉房契的。逢三岔五，从中间挣点钱。拉房契的和珠宝房一样，半年不开张，开张吃两年。这些日子熬得够呛，一个大活儿也没有，就穿着一身儿破衣裳，饭也吃不着，难过得很。凑巧儿，眼么前来了桩好买卖了。有一个房子，他在中间快说成了，要说成了，挣的钱够他花到年底，眼瞅着要发财，心里正高兴得很。和客人约好了转过天在一间茶馆见面，签合同、立字据、给钱成交。眼见着明天要见面了，可身上这衣裳太脏了，都是泥，就这衣着打扮别人见了肯定不相信。怎么办？洗呗。买了一块日光皂，准备洗衣洗澡。可有一样，家里除了外面一件外套，里面一身裤褂，没有别的衣裳。要是在大杂院里脱光了衣裳洗澡，不合适。白天不能洗，就得黑天。等到了夜里面，外面全睡觉了，他搁屋里面脱光了衣裳，床单子在腰上围好了，拿一大盆上院子里接上水，一阵连搓带洗。洗完了拧干，把衣裳抖落开了，心里挺高兴。可衣服他不敢晾在院子里，院子里几家人收衣服可不顾是不是自个儿的，有衣服就收。赶紧回屋。拉房契的正在这发愁，衣服晾在哪儿呢？哎，正好这边墙上有一橛子，拴根绳子，这边拴好了，正发愁，那边墙上呢？那边墙上也没钉子，要不楔一个吧。

翻箱倒柜找出一根钉子，找着墙缝，左手拿钉子，右手拿锤子，"嘿——"墙那边"当——"接着"哗啦——"壶碎了。

老头搁那边一激灵坐起来，人都哭了，大呼道："呵！这是活神仙啊，哪等三天，今晚上就碎了。"

这事儿一传出来，了不得了，十里八乡都知道了。人就这样，越传越好。打那时候起，韩文平，韩神仙。

（四）

张太太今天从外地回胡同儿祭祖，礼毕，带着小儿子郎哥儿来表哥家走动。三金首饰，玉齿红唇，生得福满，人到中年未免发胖，淡中含笑，看着和气，平易近人。这是麻将桌，不是算命桌，和气生财。

加上韩太太，仍旧三缺一，韩太太电话叫来了两个女儿，香兰和香英。七月十五回娘家，这不像话。可是有这么个阔气的表姑，姑且放下忌讳，久未谋面，便有所图地回了娘家，感她们表姑待他们儿时周到的恩。

"给他爹娘烧纸，亲儿子不经手，你一个女人，沾得着你？"韩太太把剥开的瓜子皮扔进纸篓里，把仁儿一粒一粒地喂给郎哥儿吃，一边又说："你回去好好说说他的不是。"

连着张太太在内，麻将桌上的四个人都笑。张太太回道："那边也是太忙，短不了他，抽不开身，不然能不回来？没的说的，人都说他是大孝子。"

韩太太道："行行行，你是好媳妇，我看是你宠坏了他。"

张太太又是笑。

香兰道:"妈,你才是皇上不急急死太监,表姑心里情愿着呢,表姑父又不是没谱的人。"香兰看着张太太道:"替表姑操心,倒不如替我们香英操心。你小女儿刚嫁出去,处处用得着,怎么不帮帮我这好妹妹?"

她这姐姐关心她,香英听了笑着生气,却是甘愿,腮上还有没擦净的胭脂红。大姑娘头回出嫁,当然不愿意被人看扁了婆家,那是自己没本事。伶俐回道:"呸呸呸,人家才刚开始过日子,你就颠三倒四地净瞎说,就不会道个好,给咱韩家添个希望。"她说这话,自然有话中话,说她不给家里添丁。顿了顿又道:"大姐夫的病咋样?钱不够让表姑先给你垫着。"

香兰自然不甘愿,她男人的病是隐私病,本来就忌讳,现在被拿到桌面上当着张太太的面抖出来,现她的丑,香兰肯定放不开面子,脸色刷地沉下去。

韩太太见两个女儿斗上气,适时地插话道:"都是嫁出去的人了,还回家来斗嘴,看郎哥儿都笑话你们。"韩文平脸上一如既往的沉静,只顾玩他的牌。这样稳重的人,值得女人在关口处依仗。韩太太又道:"你们两个,算命先生不是给你们看过吗?"她看一眼韩文平,又道:"香兰一关闯过二次开花,香英陌上开花在尽头,慢慢都熬得出头,都熬得出头。过日子嘛,都是一点一滴积累下来的。"

张太太从韩太太身边揽过郎哥儿,顶个牛儿,沉默良久,开口道:"表哥,你们都以为我有钱,我说没钱,你们都不信。我要真有钱,胡同儿上两处老宅能放到现在?早起高楼了。我要真有钱八弟的腿能残废到现在,我出钱给他看,都不让你们管,也不会为难他。我要真有钱,郎哥儿他爸能在外面拼死拼活到十五也不回来烧个纸。我说这话,你们只当我谨慎,不愿露富,不信也罢。"张太太说到动情,不觉泪眼婆娑,另外四个人都和着她的情绪,默不作声。

郎哥儿伸出手去给张太太拭泪,张太太拗脸去躲,轻道:"没事儿,没事儿,妈妈跟表舅说个话。"张太太继续道:"你们见他光光彩彩地回来了,那是穷图面子，活的是张不服输的脸。背井离乡，受委屈打掉了牙嚼碎了往肚子里咽。他又贪杯，出个门就让人提心吊胆，回来发个酒疯……表哥，你从小疼我，我跟你说，这些年在外面受的苦……"

韩文平"哗"的摊开牌。这桌牌便打完了。

郎哥儿睁着一双大眼，探照灯一样，无助地看着屋里的男人女人。那眼中满是无助和想法，看着让人心疼。韩文平看着郎哥儿，似乎看到了小时候的孙子金旺。每当金旺爹娘吵架，金旺便是郎哥儿这副模样。

韩文平送张太太出门，送出老远，嘱托甚多。车开出去很久，张太太才掏出表哥给他看手相时写的字条：生子有道在先，大富大贵在后。

韩文平走回家。老远，看见韩太太站在门前扯着嗓门催他，韩文平依旧迈着惯有的不紧不慢的步调，无他事可烦我碍我。用胡同儿的人话说，这便是大仙。韩太太只得迎上去，拽衣角把韩文平扯到一边，掏出一个沉甸甸的信封，怯怯道："表妹留下的，一万块钱，给香兰和香英的，还是有钱。"韩文平紧籁眉头，欲言又止。

第二年，香兰死了丈夫，另寻了婆家，竟然添了丁，一切慢慢转好。

张太太那边，没信，时间长着呢，等吧。

生子结婚、成家立业、儿孙满堂，慢慢到了现在头发白了、胡子白了，韩文平人生渐饱满，是否人定胜天，或者事在人为，韩文平倒有些迷惑了，不敢再照着《易经》推算。

韩文平的孙子叫金旺，名字自然是韩文平掐算着起的。打小体弱多病，爹娘娇宠着，后来长大了，完全成了个盲流，整日吊儿郎当、游手好闲。身上确实金旺，没缺过在外面挥霍的钱。前年高考，韩文平照着金旺的八字算吉凶：升学应考期间，坐吉神贵人，逢流年，喜用神当道；又逢三台、八座值事，天助文曲星。金旺听了，那还了得，更加恃宠傲物，可考完出成绩，稳坐全校垫底星。

（五）

　　金旺的事情，只是韩文平在天与人胜败困惑上的一个小事。韩文平卜算了一辈子人生，仍旧没能把人生算透。真有不信命的人，与命运抗争的人，扼住命运喉咙的人。一等二靠三落空，一想二干三成功；只有上不去的天，没有爬不过的山；胆大锯龙头上角，心雄拔虎嘴边毛。尤其最近，韩文平越活越寻不到所依。直到一个十年前未解的结果突然摆在韩文平面前，方才活得明白，伸到算命精髓处，坚信笃定。

　　那日，韩文平同样是在大风歌台附近出摊。大正午头，骄阳似火，树荫下的韩文平直摆扇子。那时的韩文平害白癜风的病尚不严重，板寸头，兰花指，一袭青布长褂，一副镶边圆墨镜。卦桌前左一张五官七窍图，右一幅指纹相，前面吊张太极乾坤，两侧贴副对联道：上知五百年解前生来路，后知五百年指今世明途。

　　当此时，对面坐下一对母女，母亲已经双鬓微白，眼角处皱起鱼尾，浑身上下粗布褐麻衣，像碗浑浊的浆，唯眼眸透黑如夜，有精干之色，像极了梁山好汉里的女英雄顾大嫂。母亲揽女儿坐在膝头，道："让先生给算算。"韩文平再注意这小女儿，一身水漂的白肉，苍白气弱，弱柳扶风，仿若无骨，怯怯懦懦的，见生人就往母亲怀里躲，像极了那葬花的黛玉，一看便知是个病秧子，活不过二八。这小女儿在母亲膝上坐着，慢慢地往下滑，这母亲又揽她一把，双手箍住她的双臂，隔层的袖子却陷下去，韩文平看明白了，那两只袖筒空荡荡的，原来是断臂的维纳斯。

　　小女儿孤零零的一挺身子，倚在母亲怀里，却已经是多愁善感泪眼涟涟。母亲把手伸进女儿的口袋，掏出一方紫绣的手帕来，轻轻为她拭干眼泪。韩文平心想,手相自然是看不得了。绕过避讳,直接问八字生辰。

那母亲报了女儿八字,又附带着说了家庭状况,家中男人壮年猝死,家中老幼由女人一把扶持,老母亲偏瘫在床,唯一的女儿身患顽疾,截了上肢。韩文平掐算完这女孩命数,已是满头大汗,张不开嘴,说不出话。韩文平见这对母女可怜,也便不愿意讲这女孩八字所预示命数,想糊弄过去。韩文平为难,忖度能够折中的言语。那母亲却开口说话道:"先生直说便是。"或许是有所预感,或许是习惯了挫折,竟看不出这母亲有忧虑的神色。

韩文平仍旧不愿实说,只是说些《易》中玄话来模糊她,说些金木水火土云云。那女人却听得很认真,平静道:"然后咧?"韩文平心疼着女人,不忍直说,只是在那里装神弄鬼,说些不相干的话。这女人终于耐不住,问道:"先生说个明话儿,到底怎样个命数?"口气不容置疑。

韩文平算命,所见命数不计其数,尚未见过如此凶煞之命,古传说中,此命数仅现于殷商,命主身为祸国殃民危害天下之女——苏妲己。韩文平简单道:"五行相缺,循环相克,克父、克夫、克母、克子,命主天煞孤星。"这母亲听罢身似电怵,抱着女孩的两只手猛然弹开,然后又抱紧,哑口失言,慢慢泪流满面。女人仍旧颤出声道:"先生指条明路。"韩文平道:"弃之可惜,却唯有如此。"那母亲已泣不成声,双手把女孩箍得更紧。那女孩年纪小,听不懂大人说话,见母亲泣成泪人,只想去给她拭,又苦于无臂无手,只能用脸去贴女人的脸。这份怜惜,回归了动物的本能。

韩文平看得心酸,正欲编个谎去骗慰这母亲,女人却捧起女儿的脸道:"娘高兴着呢,先生说了,玉娇有个好前程,长大了有出息。"女人付了钱,不再听算命先生说下去,抱着女儿走了。这女人的苦命让韩文平心里不是滋味,想叫住那女人退还钱,抬头,那女人已经消失不见。

后来,韩文平的皮肤病愈加显得严重,似乎应了古书中的传说:泄天机者，遭天谴。韩文平自己的病，心中自有数。他预感得到不如意，咫尺而已。然而，他一直以来的所愁所惑愈加强烈，天命人命，孰强孰弱，心中没个结果，也就空落落悬着，心有不甘。

时过境迁，一晃十年，想不到当初那叫玉娇的断臂女孩会再寻到他。

天女下凡，豁然开朗。

玉娇直接奔胡同儿韩文平的家来，敲门进来，一身纱笼白褶裙，亭亭玉立，五官清晰俊秀，朗朗带笑，娇花照水，阳光明媚。进门便向韩文平轻轻一躬，道一声："韩老先生。"韩文平正纳罕这女子来路，韩太太空穴来风，以为韩文平在外招了什么桃花，挡在韩文平前面道："哪来的姑娘，找我们老韩什么事？"玉娇不说话。"可是来算命？"玉娇轻道："不是。"韩老太太愈加狐疑道："那……"玉娇彬彬有礼道："韩太太，我这次是来还愿。"韩文平站出来道："我可认得姑娘？"玉娇道："十年前，大风歌台下，天煞孤星。"若是别的算命人，过了，韩文平便忘了，但这姑娘的命数太坏，韩文平有记忆，再看这姑娘袖管空空搭下来，这才想起。原来这姑娘便是十年前那母亲怀里的小女孩。韩文平对这母女一直愧怍，这对母女本来就命苦，不知算命后生活会去向何方，如若那命数准确，韩文平便毁了这母女的一生。

韩文平给姑娘搬凳子，不知话该从何说起。玉娇坐下，瞧了韩文平良久，和十年前绝无可比，一身的白斑红块，好像柏油路上的斑马线，严重处已起疮流脓。倒是玉娇先开口："先生这是……"韩文平知道玉娇问什么，只说："白癜风，老毛病了，不打紧的。"韩文平接着道："你母亲可好？"玉娇有所感伤道："母亲年前过世，生活还算如意。"接着道："母亲过世前交代要来找一位算命先生，告诉他说她胜了天命，我便找您来了。"韩文平心里莫名的高兴，忙道："怎样胜了天命？"玉娇把母亲让转达的话说了，原来那女人回去后，起早贪黑，经营买卖，赡养两边老人，育女成人，生活辛苦却红火。

玉娇见韩文平屋角处架着一架琴，那是香英上学时买的，玉娇过去坐下，提起双腿，露出一双脚，这哪是一双女人的脚，宽大厚实，比男人的脚都大，脚尖长满了黄茧，一看就是吃够了苦头。那双脚抚在琴上，高山流水，倾泻而出。玉娇又说："母亲管教严厉，五更天催起床，勤学苦练，脚下功夫，翻书、缝补、吃饭、写字，稍有怠慢，便是戒尺加教鞭，边罚边斥'若想比别人获得更多，就要比别人承受更多。'每每此时，我咬牙，倒是母亲落泪……"说到此，玉娇想起母亲，不觉簌簌流泪。韩文平看着，不觉想起那个倔强的女人。韩太太也无所计较，忙去给玉娇擦眼泪。玉娇临走对韩文平道："母亲生前总说'命不由天'。"

韩太太去送玉娇，留下韩文平一人，良久，韩文平手舞足蹈，竟然哈哈大笑起来。

几日后，韩文平浑身溃烂而死。

（六）

儒圣道："发愤忘食，乐而忘忧，不知老之将至。""逝者如斯夫，不舍昼夜。"

人源于天地，由天地派生，天地之道乃是人生之道。算命，能够得出某些吉凶祸福的信号，其目的只是让人们扬长避短，趋吉避凶，少走弯路。《易经》所言，穷则变，变则通，通则达。以此让人尽最大能动性建功立业，尽可能避免不利的事情发生，而并非预知好事沾沾自喜，麻木不仁，而预知祸事就处处躲藏，避世消沉。

此所谓《易经》精髓所在。此所谓，天人合一。

看手相

收藏家

■ ■ ■

  镇上有位梁姓先生，关中学派的鸿儒。梁先生教了一辈子国文，考究了一辈子文史，桃李满天下。人过古稀，退休回乡野，安养生，静养德，坐享天伦。梁老先生育有一子梁启灵，子承父业，三尺讲坛耕耘奉献。孙儿宝儿留在镇上由梁老先生夫妇照看。

  梁老先生简朴、古雅，做文化的人都爱一眼的古风。古画、古碗、古屏、古扇，摹古字画，吟古诗作，写妙笔，画丹青。老先生不吝钱财什物，高兴了，写副字送人，遇见投脾气的，顺手一件玩意儿便拱手了。有时候，一起兴，送出的便是宋元明清。梁启灵就曾经撞见过一个人，刚从梁家出来，怀里抱只金缀穗卷轴画，一脸占了便宜的浮生相。后来才知道是从梁家讨了民国时候的一张牡丹图。梁启灵也规劝过老先生，换得老先生一句：千金买笑颜，值了。

  一天，梁先生的一位门生专门从省城来镇上探望。这学生已经年过四十，在省属博物馆做研究员，专做古玩字画的品鉴。中午留他吃饭，宝儿捧着一盘凉拌牛肉给师徒二人上菜，那学生见宝儿长得可爱，一脸娃娃肥，一双铅黑大眼，不觉多逗了宝儿几句。七八岁的孩童，认生得很。宝儿羞怯，溜溜跑回厨房，躲在祖母的身后，乐得大家哈哈大笑。欢笑之余，学生不经意瞥了一眼那盘牛肉，这一眼的不经意倒是无妨，反倒把自己僵住了。

  那个盛牛肉的盘子，釉付其上，微微凸起，硬彩色浓，行里人一眼便认得出是明五彩瓷。学生很是不解，以梁老先生的学识水准，不可能辨不出这个盘子的年份，如此价值不菲，何以做日常炊具来用？学生看了梁先生一眼。梁先生和他一对眼,心里自然明白他的困惑,并不作答。等菜上齐了,先抿一口酒,盛情邀道:"吃菜、吃菜。"

学生终于耐不住性子,指着那个盛牛肉的五彩瓷盘道:"老师不应该辨不出这盘子的价值,为何……"

梁先生道:"盘子就是盘子,年代再久仍旧是盘子,被价值蒙住了双眼,便把自己骗了,被价值束缚住了自由,盘子失去了物尽其用的本身价值。"见学生仍旧不甘的辩驳冲动,梁先生又重复了一句:"盘子就是盘子。"

梁老先生受邀参加老朋友薛先生的私人藏品展览会,也发生过一段有趣的故事。

薛先生是梁先生的挚交,挚交,却是求同存异保留下来的友谊。两位老先生脾气不同,见面便打口水仗、掐道理战,在一起时争,分开时又想。年轻时,关心的不是彼此飞得高不高,而是飞得累不累。相互扶持了一辈子,仍旧在争,这是朋友。

展览会上,薛先生不忘拿他的藏品向梁先生炫耀。

薛先生指着一个宋油灯台,向梁先生道:"你看这宋灯台怎么样?"

梁先生不紧不慢道:"灯台。"

薛先生又指着一个青花瓷花瓶道:"这青花瓷瓶呢?"

梁先生只是心平气和道:"花瓶。"

薛先生又指着一个清珐琅彩碗道:"这珐琅彩碗呢?"

梁先生只平静道:"碗。"

薛先生急了,气道:"你个老家伙,在我面前还故弄玄虚。像你,那古玩盛饭盛汤,把宝贝当什么?窑里烧出来的砖。"

梁先生道:"是什么就是什么,超出了自身的使用价值,当神灵供奉着，累。"

　　薛先生无言驳他，愣了一下，"哼"一声，背上手，迈着八字步走开，自去欣赏他的藏品了。

　　梁先生回到惜福镇不久，接到薛先生打来的电话，说他把藏品都捐了，轻松多了。

空竹

剃头匠

■ ■ ■

刀有很多种，关公的青龙偃月刀，能够用来冲锋陷阵，却不能用来刮骨疗毒；李寻欢的小李飞刀，能够用来杀人于一瞬，却不能用来剃头修面；谢狮王的屠龙宝刀，能够用来号令江湖，却不能用来剁瓜切菜。所以，真正的用刀高手，不见得全是江湖好汉，也可能是外科大夫，甚至理发师傅。

从某种意义上来说，单单以刀法论之，后者更加高明。关二爷可以大巧不工，托刀技一亮，管他肩膀脑袋，一并卸下来就是；小李飞刀可以百步治敌，不偏不倚，做的却是夺人性命的活计，缺少仁义；谢狮王可以举刀天尊怒吼，力劈华山，却是为名图权，俨然一个披头散发的莽汉形象。然而大夫们力求济世为怀，剃头匠更是脸上功夫，刀法若是不够精细，稍一跑偏，那就完了。

像张石川这样，胡子拉碴的手艺人，看上去并不孔武有力，但是总能在人的脑袋上变化出一手精细的活儿来。在满堆的笑脸中，若悄悄扬起雪亮的剃刀，江湖上闯荡一生的英雄好汉们，没准就被一刀了结了。

张石川剃头，不用线，不用电，一把剃刀，那才是真手艺。

"二〇〇八年，剃头不要钱，剃头不用剃头刀，一根一根往下薅。"这顺口溜是溜剃头匠张石川的，惜福镇的大人小孩都知道有这一回事。

有天早上，惜福镇的一个孩子顶着一头焦黄如穗的头发出现在镇子里，像只高傲的鹳。第二天，出现第二只，第三天，出现第三只，第四天，便出现一大群。而且，颜色各异，争奇斗艳。他们在大街上媲美，招摇过市，好像惜福镇的油油绿林里烧起熊熊火焰一般扎眼。年轻人的这副轻佻的样子却不受张石川的待见。

年轻人图省事，不愿往城里跑，就进去张石川那里求活儿："四爷爷，您看我这，给我染个有颜色的。"张石川不说话，黑着个脸就把人往外请。来人问他："咋，四爷爷，有钱不赚？"张石川道："剃头修面，行；染发，另寻高明。"来人道："四爷爷，城里的理发店都开了染发的项目，你这儿咋？"张石川道："人家是人家，你四爷爷就这倔脾气，不染。"渐渐的年轻人对他们四爷爷的理发店便疏远了，除了二月二。二月二龙抬头那天，他们四爷爷铆足了劲儿给小伙子们剪头发。"咔嚓""咔嚓"张石川听着，打心眼儿里舒坦。

张石川道："守不住本，对自己没信心。老祖宗传下来的黑，染成红黄蓝绿，这算个啥？"好比明明是力度十足的粗皮大脸，一定要描上几笔故作细腻的水粉胭脂，只是结果事与愿违，所幸双手一抹脸，重新抡膀子发蛮，弄得满脸油汗一团花，落得人不人鬼不鬼，更见狰狞。像张石川说的："中不中洋不洋，哪里出的种？"

可时代发展，习俗更新，像大爆炸一样，威力以城市为核心，迅速圆面扩散，波及农村。盲从，轻狂，不伦不类。这是时代发展须历经的一个阶段，这是潮流。张石川这些老古董们无能为力。

张石川有个孙子叫翔子，本来提前受了张石川的告诫，可还是没扛得住前卫主义的洪流冲蚀，背地里染了红。染是染了，可得藏着掖着，早晚不敢和张石川打照面。跑得了和尚跑不了庙。隔辈亲，老人都喜孙儿，张石川有段时间没见着翔子就想得很，锁了理发店就上儿子家。撞个正着，没瞒得住。张石川道："咋，头上点火，想玩火自焚？"翔子知道触了张石川的逆鳞，试探道："这发色红着多喜庆，过年似的。"张石川的火"噌"的蹿了上来，旺得堪比那红发色。张石川咆哮道："红色喜庆？你就不怕引血光？"上前揪着翔子就往理发店走。儿子儿媳只是看着爷俩闹妖儿，并不去管。两眼一抹黑，弹弹衣服，回屋去了，就当没看见。其实他们早就对翔子的"红火焰"不满意，又无可奈何，只能听之任之，张石川横插进来，他们拍巴掌叫好还来不及。

在路上，爷孙俩的姿态大致如此：爷爷在后面赶，孙子在前面走。邻居们听到张石川的训话大概有此，"我今天不要钱给你剃头。""不剃？不行！""我用手薅也得给你薅完。""人家我不管，你就是不行。""有染发愿意剃掉的，不要钱都行……"

邻居们看了一路的热闹，后来有闹趣的老人，就编了一首前面提到的顺口溜。其实是对惜福镇年轻人染头发的调侃与反对。

最后，翔子被老人盘了个秃光光。

关东人爱说笑，说到盘光头，也能幽默一把。惜福镇流传着一段年轻时候张石川拜师学艺的故事，千流万传，到现在，成了真实与杜撰掺杂的故事了。

张石川年轻时师从关东剃头名匠刘推子，刘推子的爷爷据说专门给张大帅盘光头。老时候理发没有电推，都用铁推子，"咔嗒""咔嗒"，像架老式的耕犁。盘光头用不着铁推，只剃刀派上用场。唯一的要求，剃刀要锋利，非常的锋利。张石川见过刘推子盘光头的手艺，那叫一个绝：拈花指头捏刀肚，指头撑在天灵穴，推磨打圈般由中向四周盘，盘过去就是一刀秃，一抹亮。等刀落到了耳朵尖，这刀下的脑袋绝没一根毛，能当电灯泡使，新刨开的荔枝一样光滑。

张石川见了便要学，刘师傅哪里肯放手，道："理发是门本事，盘光头是门手艺，你还差得远。"刘推子不让他盘真脑袋，想了个法儿让他练。这刘推子也邪门，偏偏找了个冬瓜，道："你就拿它练。冬瓜上有白毛，不能动着瓜皮。什么时候冬瓜皮完好无损，白毛也盘干净了，我的本事就教完了，你就算出师了。"哪是那么容易的事，那冬瓜上的毛微若蛛丝，皮薄若蝉翼，非花上个三五年的时候，功夫达不到。

张石川每每盘出一个光头西瓜来，不是削了皮，就是割了肉，磕磕绊绊地盘完了，都不称心。把剃刀往冬瓜上甩手一插，歇一会儿，接着来。接着再来，甩手一插，接着再来。再来……

终有一天，成了。

刘推子让张石川盘个真脑袋，张石川三下五除二，刀法娴熟，游龙走凤，把师傅刘推子看得直啧啧称赞。脑袋盘得那叫干净，跟剥了皮的咸鸭蛋一样光滑。那盘光头的人也享受，渐渐盹着了。刘推子见完了事，刚要叫醒那盘头的人，料想不到张石川盘冬瓜盘顺了手，甩手一插……

就这桩故事，足见张石川手艺的精湛功夫。至于故事，惜福镇的大人孩子都爱说趣，真假，管他呢。

平时，理发店里清闲，张石川就耐不住，多数时候，带上理发用具骑着那辆大永久去遛街转巷。一为服务上门，二为打发时间。有时候碰上老交情，一只马扎，一杯水，一段故事，一盘棋，就能打发一天的时间。打盆水，搅个毛巾把子，把剃刀在老牛皮上一蹭，露天就能开工。有找张石川理发的，多是皱纹深嵌的老人，或者鼻涕过河的娃娃。老人图的是老手艺，老交情，信得过；娃娃尚不通事，被老人背着过来，还分不清摩登与朴实。往往老人刮脸修面"嘶——""唔——"享受的时候，娃娃们都哭号连天，理发比杀头都凄惨。张石川有法儿，掏出个拨浪鼓"嘀哩楞咚"，那娃娃就安静了。年轻人绝对不会围观买他四爷爷账的，"血可流，头可断，发型不可乱。"

张石川上门服务还有一种特殊情况。惜福镇有个习俗，谢世的人，临葬前都要净身，其中有一项就是净面。这是项风俗活，也是定人的活儿。谢世者的家人，除了张石川，绝对不会请别人。张石川遇见这种事，衣着要讲究，绝对是黑衣黑裤、黑鞋黑袜、黑衬黑裆，除了装个杜娟绣白手绢，里外纯一，无半点杂色。都是义务服务，送最后一程，绝不收费，死人的钱，赚不得。

这天一大早，张石川的理发店就有人砸门，是赵家的后生，来送信的，眼泡哭得像清水泡红枣一样红肿，张石川一看就知道赵家出了事。赵家后生道：

"四爷爷，去吧，昨晚的事。"想那赵家老爷子可是和张石川几十年的老伙计，张石川长叹一声。走一个，就少一个。嘴比心快，张石川接嘴便问道："前些天还和我下棋，没病没灾的，这是个咋？"赵家后生眼里掉泪看了人心疼，就是不答话。张石川也不打算问下去，外人不扰人家事，谁家还没个难念的经。赵家后生以为他知道，先前来时便没细说，既然他问了，就只能再讲一遍，再心痛一次。赵家后生道："两个。我家小弟下河溺水，爷爷去捞他……他爷俩都没上来……"张石川听了，就是有话要说，当着出丧家人的面也不能说了。他面无表情，换好衣服，收拾好东西，一只手揽着赵家后生的肩就走了。

赵老爷子平日里就只认这个老伙计，两个老伙计都盘光头，图个啥，凉快。就是张石川盘光头不像赵老爷子这样方便。搬不起自己的身子，剃不了自己的脑袋。张石川盘光头的时候，都是上城里找别人，他又挑剔，城里的理发店他都嫌活儿糙，鼻子里喘粗气，还得瞪圆了眼小心翼翼。现在赵老爷子躺在灵床上，张石川哪敢信。想前几日还饮茶对弈，看眼前今日竟是手脚冰凉。世事无常。

"老伙计，再试试咱这手艺，看看长进没？""你走得咋这么有决心，我就不如你。明明看够了这日子，就是没胆子撒手。""那边好，在那边跟赵小弟爷俩，多清静，那边好……"张石川和赵老爷子嘴上说着话，手上蜻蜓点水、精雕细琢，赵老爷子张着的嘴似乎发出"嘶——""唔——"的声音，真他个享受。

送完白头发的，再送黑头发的。一家人两处痛，外人也受不了。赵家小弟用芦席盖着，严严实实的，外面人看不见里面，旁边趴着赵家哭得死去活来的媳妇。那赵家小弟才七岁，胎毛未落，黑发不齐。张石川对赵家儿子道："小的就算了，孩子的头发，太上老君的须眉。留着吧，保超度。"赵家儿子道："行，听四大爷的，您说咋就咋。"张石川收拾停当就往外走，赵家儿子对赵家后生道："去，送送你四爷爷。"张石川突然停住了，道："我能看一眼孩子不？"

赵家儿子憋着泪，咬着唇点点头。张石川过去揭开芦席，看一眼便轻轻放下了，赵家后生赶紧送出去。

等出来了，张石川从口袋里掏出白手绢躲到树底下抹眼泪。张石川拍着赵家后生的肩道："好好劝劝你妈。"然后用手绢捂着眼睛走了。

张石川没能熬过第二年冬天。

那年冬天并不太冷，看着身体羸弱的老人都忍过了冬，春天一来，大地回暖，又有了生的希望。偏偏那年冬天独没了张石川，或许真的"看够了这日子"，没了心劲儿。

镇里没了张石川，没了理发店，怎么给死人净面？只能上城里去请。人请来了，是位年轻的小伙子。张家儿子先前没说明白是给死人理发，只道家中老父亲行动不便，请人回家给老父亲理发。那城里理发店的老板感其孝，就派了这年轻人来。这年轻人并不甘愿，又不敢不从，便跟着来了。赵家儿子心里对这年轻人挺满意，他那满头烟花冲顶一样的头发，看着像春天里的二月兰，很有活力。到了惜福镇，知道给死人净面，这年轻人便不干了，没干过这活儿，手哆嗦。张家人好说歹说，才把他说通。等下刀，张石川竟是睁着眼睛盯着他，再收刀，张石川依旧未瞑目。干完活儿几近两个时辰，再看那烟花下年轻人的脸，已是大汗淋漓。

张家人陪着年轻人走出来，说了很多客套话，直送到惜福镇外的小河边，刚要打算同他道别，那年轻人开口道："五千块钱。"

惊得张家人面面相觑。

惜福镇里张家灵堂内，张石川始终瞪圆着眼。

石匠

打
铁
花

■ ■ ■

  相传北宋年间，驻马店确山县有一年大旱，为解除旱情，大家自愿捐钱修建一处庙宇，要铸一口大钟放在庙里。各家各户就把自己家中的铁器拿到场子上，由铁匠们把铁器熔化成铁汁。这时飞来一群乌鸦，它们盘踞在树上呱呱乱叫，怎么也轰不走，这时人群中走出一位老人，他从地上捡起两根柳木，蘸了些熔化的铁汁，把柳木向上一击，铁汁溅起了十几米高的金色火花，如同焰火一般照耀了天空，乌鸦受惊，纷纷飞跑。当大家都为这突如其来的奇景惊叹不已时，老人已经不见了。自此以后，一项群众喜闻乐见的民间传统娱乐活动"打铁花"流传下来。

  这只是传说。打铁花的具体形成，是在铁匠打铁时，出现璀璨夺目、四溅而起的铁花，后经过铁匠师傅联想加工，成了民间节庆习俗。时代变迁，经济渐盛，文化渐衰。"打铁花"的老一代艺人相继谢世，健在的业已年事颇高。二〇〇八年，景泰"打铁花"老艺人仅剩二人，十七代传人吴胜利和智有才。不巧命不由人，享年七十六岁的智有才不幸辞世。如今，吴胜利老人也已是七十四岁高龄了，加之靠"打铁花"难维持生计，"打铁花"这一技艺后继乏人，濒临失传。"打铁花"成了现代人遗忘在精神角落里的遗存。

  送走大年，迎来元宵。

  过了晚饭，吴胜利老人窝蹲在门外，卷支烟棒叼在嘴里，时不时抬头朝村口呆望一阵子，在等人。他一次次地抬头又低头，连那太阳都羞红了脸，躲到山后面去。夜幕近了。

  突然，老人眼中一丝锐光闪过，那人来了。

人来了，吴胜利反倒佯装起无所谓来。来人是舞龙队的龙头，孙百里。元宵节，闹花灯，明天是景泰城的灯会，孙百里对这事很在意。因为有"龙穿花"的节目，孙百里年轻气盛，火气旺，热情高。他的"龙"自然少不了吴胜利的"花"，只是吴胜利一直没能给他一个明确话，这些天他才不厌其烦地往吴胜利老人这里跑。找别人，没他这份技艺。找遍全景泰城，找不下第二个像他一般，能对"打铁花"火候掌握、铁花方向的控制、高度和辐射范围把握得炉火纯青的人。

吴胜利见孙百里又来了，故意没好气道："你咋又来？"

孙百里一摸后脑勺，憨憨一笑，显得不好意思道："叔，明天就元宵了，一年就那么一回。叔，咱去吧？"

吴胜利道："一年就一回，可不是，就今年。以往咋就不请咱？上头来人了，才知道请咱们过去热闹，不就是做个面子文章嘛。当咱的手艺成个啥？银粉金纸！往他们脸上贴。我这都炉子锈了，棒子钝了，打不出花了。"

孙百里道："叔，您聪明一辈子，咋就节骨眼糊涂。搁现在的时代，咱这手艺指望不了吃饭，指望不了谋生，还能图个啥？不就是图别人的夸彩，图个一时光辉。咱手艺人，下九流的行当。"

吴胜利道："老祖宗的东西，一代一代传下来，到了我手上，往下续难起来了。我这心里不是个滋味。"

孙百里道："有一天的热，发一天的光。谁预料得到明天是个啥天气？趁你还硬朗。"

吴胜利不说话了……

第二天元宵节。

刚过了正午，景泰城广场上，吴胜利带着一把子年轻人支起了"花棚"。广场中央立一口红锈大熔炉，在里面熬铁水，只等夜幕降临，彩灯上街。

旁边站几位衣着板正的人，头发梳得油光可鉴，人模人样。有人上去给吴胜利上烟，他也不拒绝，只管接过来别在耳朵上，自己蹲到一边，卷支烟棒，匆自抽他的旱烟。

夕阳西下，把地平线的影子投向大地，天黑了，几乎是同一时间，彩灯亮了。满城的人动起来，满城的灯亮起来，满城的心跳起来。马路成了一条炫彩缀灯花的河，缓缓前进。唱歌、跳舞、闹彩灯，景泰城活了。

景泰城广场上，已是人头攒动，叽叽喳喳围成一个大圈场，正中央便是准备打铁花的吴胜利一行人。

"打铁花"很有讲究，要在宽阔的场地上搭丈余高的大棚，称"花棚"，"花棚"顶铺上新鲜的柳树枝，树枝上绑满烟花、鞭炮等。"花棚"顶部正中竖起丈余高的杆子，称"老杆"。"老杆"顶上绑鞭炮、烟花等，称"设彩"。"花棚"旁边立座熔化铁汁用的熔炉，把准备好的生铁化铁汁待用。打铁花时，先把铁汁注入准备好的"花棒"，一根拳头粗细、一尺多长的新鲜柳树棒。棒顶掏直径三厘米大小的圆形坑槽，用来盛放铁汁。打花人一手拿盛有铁汁的"花棒"，一手拿未盛铁汁的"花棒"。

打花开始，吴胜利带领十几个打铁小伙子赤膊上阵，打花人迅速跑至"花棚"下，用下棒猛击上棒。十几个"打花"者一棒接一棒，一人紧跟一人，舞动着千余度高温的铁汁自如穿梭，十几盘化铁炉火光冲天。朵朵铁花飞向天空，近看如泼金撒银，天女散花；远看似金蛇狂舞，闪电裂空；上如红运当头，下似荧花遍地，令人眼花缭乱，目不暇接。棒中的铁汁冲向"花棚"，遇到棚顶的柳枝立刻迸散开来，铁花点燃了棚上的鞭炮、烟花、铁花飞溅，流星如瀑，鞭炮齐鸣，声震天宇，如梦如幻，摄人心魄，蔚为壮观。

这时候，孙百里的舞龙队伍来了。见一条赤龙露着獠牙，伸着利爪，狰狞着双眼，在铁花中上下翻飞，左右腾舞，柔韧有余，煞是好看。铁花、烟花似瀑般倾斜下来，恍惚间那赤龙便活了。

……

慢慢地，玩儿到尽兴，也累了。人散了，灯熄了，夜寂了。初见时惊艳，回首处已是沧海，转瞬换了人间。寥寥的几星火光还亮着。那是回家人的探路灯，散去离开的车灯，意犹未尽人的烟棒星火……

收拾道具的人在忙碌，吴胜利找个台阶一边坐下，发现耳门上还别着别人敬的烟，信手丢在一边。点着了自己的烟，一口一吸，一吸一星。方才的铁花定比这星火耀眼，只是下次想再看到，没个着落。正如这渐弱渐灭的星火，古老的技艺也正慢慢熄灭，没了香火。

那边，收拾停当的孙百里在叫他："叔，回去了。"

吴胜利回道："唔……这就来。"语毕，丢了烟蒂，火熄星灭，一阵风吹来，连灰烬都被吹散了。

铁匠

鞋
匠

■ ■ ■

  巷子口的刘鞋匠，人人知他手艺精，却不知他来自哪里。他说卧龙镇，可没人知道哪里有这么个地方。再深探问，他只道是个千古龙飞地，同他的名字一样，飞龙。英雄尚且不问出处，管他自哪里来。手艺精，人品正，就够了。

  巷子这片区人不少，老地界儿，住的都是老巷子人。太老旧，新鲜人类请也不来。巷子里小手艺、小买卖多，一辆小车，一张麻袋便是一个摊儿。买卖人和巷子里人都是混熟了脸的，不做买卖也有交情。一张马扎，一片浓荫，一壶香茶，一局棋，都是一下午。末了，拿你个仨瓜俩枣打牙祭，也没的说。进了这巷子是一个世界，出了这巷子又是另一番乾坤。

  巷子里有历史遗留的碧瓦飞甍翎羽楼，时光也散步而来，缓缓地像沙漏。巷子里的人都慵懒闲散，有争执也都是计较在买与卖之间的一毛两毛蒜皮小事，拍拍尘土便掸没了。阳光中尘埃纷飞的黑白电影，还是分解的慢动作。巷子外面别有洞天。跨过那片梧桐浓荫，是川流不息的快轨车道，高耸入云的摩天大楼，行色匆匆的甲乙丙丁。像打足了润滑剂的机械，轰隆隆高速运转向前。中国这样新城老巷的对立多得是。

  在巷子与城市的交汇处，那片梧桐下，便是刘鞋匠的摊儿。巷子里面也有鞋匠，却都隐在里面，和巷子深处的人打交道。不是因为刘鞋匠年龄大，倚老卖老，也不是在乎赚钱多少，而是良才善用，能者居之。他虽然是个修鞋的，却是这个巷子里他们这个行当的脸面。

  这天，由外面的大世界进来一个女人。这女人浓妆艳抹，眼影涂成熊猫眼圈，脸上糊了半袋面粉，嘴巴抹上猩红的猪血，头发上刚引爆了一枚爆竹。活脱脱一只怪妖。女人"噔、噔、噔"地来了，在马扎上坐下，脱下脚上的高跟鞋，换上棉拖。女人道："前钉掌，后增跟。"刘鞋匠把鞋接过来，一打量，鞋尖细长，鞋跟细长，钉掌可以，增跟全没有必要。刘鞋匠这么向女人一说，女人不乐意了，像被人揭了伤疤。女人尖声道："唷——怪了！这老头，要你增你增便是。你做活儿，我给钱。"刘鞋匠听这话心里不舒服，做活儿不能只认钱。他缓缓放下鞋，心里也琢磨好了惩她一次。刘鞋匠道："活儿能做。"末了加一句弯钩钉子话："贵！"女人倒真被勾住了，一瞥眼道："钱不是问题，修个鞋能贵哪去。多少钱，我给。"说着便低头往包里掏钱去。刘鞋匠道："一百。"女人停了动作，捏在手里的五十块悄悄又扔回去。女人不说话了，穿回鞋。抬起头轻蔑道："这老头，想钱想疯了吧。"扭身进巷子去了。刘鞋匠也不叫住她，只管叫她走。刘鞋匠心里有底，这女人早晚回来。这条巷子，愈往里，口愈窄，别的鞋匠见是外面刘鞋匠放进来的主，他不接这活儿，便不是易茬。摆摆手，价钱也不谈，把女人拒走了。

女人绕了一圈只得回来，面无表情，绷着脸，像扯紧了的皮带。女人把鞋脱下来，不说话，意思也明了。意思是说，按你的意思，这活儿你做吧。

锉、粘、钉、砸，鞋摊十八般武器轮着使。刘鞋匠抬手擦把汗，看见十八打巷子里面歪歪扭扭走过来。说他歪歪扭扭，并不是醉了酒脚下没有着落。这孩子十岁出头，小儿麻痹落下的后遗症。十八家住巷子底，本来由光棍胡子抚养。胡子一日三酒，天天喝得不成样子，媳妇跑了，家也破了，留下个歪歪扭扭的十八。前年，胡子喝酒喝死了，十八就成了孤儿，能活下来，全靠巷子里街坊邻里和买卖善人轮流接济。吃百家饭，穿百家衣。今天在张家吃，明天就在李家喝。好歹一条命，巷子里的人不忍心看他受死。十八这会儿光着膀子，下面套一条黑短裤，趿拉着一双破拖鞋，浑身上下东一块西一条地抹着黑泥。定是又被巷子里的孩子欺负了。

十八明冲着刘鞋匠过来了，迈着内八字脚，打着弯弯拐肘，龇着牙，撇着嘴，嗓子里哼哼唧唧。近了，刘鞋匠才听得明白，那是十八唤他："刘大爷，刘大爷。"刘鞋匠停下手里的活儿，从身后的布袋片里摸出半个苹果，那意思是，来，这苹果给你。那十八见了，显得兴奋，咿咿呀呀笑得残缺。刘鞋匠摊开了手正要迎他，那妖姬却提着尖椒嗓门骂开了："哪来的野孩子，离我远点，别过来……脏死了，别过来……滚！滚！"见十八仍旧没停下，她竟然脖子作转轴嘴做喇叭，划过扇面状对着巷子里叫骂："这谁家的野孩子，这德行了还放得出来？别过来……脏死了，别过来……滚！滚！"一边骂一边站起身来，抄起脚下一双拖鞋，预备着扔他。十八被吓哭了，站在原地不敢动。女人左右挥舞拖鞋又示威，十八原地哭了一会儿，才困难地扭腾过身子，咯噔着腿转身跑了。

巷子里的人都被这女人的尖嗓门拽过眼球来，众目睽睽，怒目而视，刘鞋匠反倒觉得是在看他。那些目光里有剑，有刀，似乎架在他脖子上质问道：你给这妖姬修鞋？刘鞋匠不敢回眼看大伙，低下头去做他的活儿。

忙完了，女人蹬上鞋，扔下钱走了。"嘚、嘚、嘚"刘鞋匠对那锥尖儿般刻薄的鞋跟侧目，回过头来想：鞋跟是高了，有些东西却矮了。

有人说，巷子要拆。巷子里的人听了，只当玩笑。有人说，巷子是城市的瘤，给市容抹黑。巷子人听了，仍旧一笑而过，历史的遗产总盖得过表面的雕饰。有人说，巷子拖慢了城市的节奏。巷子人自己心里清楚，高效率仅是伴戏，文化在搭台，有脑子的人会拆台演戏、釜底抽薪？

喜良从巷子里出来，临出巷子，鞋帮开了线，便在梧桐树下坐住，要刘鞋匠给收拾一下。在城市待久了，刘鞋匠已久不曾与布鞋谋面，也久未搭手过布鞋了。这时见了，突然点燃了兴趣。抬眼看喜良一眼，这人面生，顺口问道："不是巷子里的人啊。"喜良回道："不是，来走走，随便看看。"刘鞋匠翻过鞋底子看一眼，便不搭喜良的腔了。看看鞋底，再看看喜良，反倒在这上面下起了功夫。眼前这人一身土气，一张褐黄凹凸脸，乍看上去，五十往上。刘鞋匠道："小伙子，三十几了？"喜良正往巷子里看，听他这么一问，愣了愣，笑了，笑中藏着不可言语的满足，似乎觅见了知音。

喜良道："多数时候和别人第一次见面，年长些的叫我兄弟，年轻的都要尊我大伯。"喜良拍拍那张褐黄皮子脸，无奈地笑着，自嘲道，"这张脸多赚了十年的光景，早生早死啊。"刘鞋匠也笑。喜良接着道："老哥哥，你咋就看得准确？"刘鞋匠道："一行有一行的门道，熟能生巧了。"显出一副民间艺人的卑微自豪，刘鞋匠细说来："你看这鞋底子。年轻人朝气，前蹬后踮，前脚磨损也重。老年人就相反了。中年人前撑中踩后蹬，受力均匀。"不忘恭维喜良一句道："这叫一步一个脚印，像你这个一样。"

眼皮下皮鞋"嘚、嘚、嘚"地踏来踏去，他来她去，刘鞋匠白一眼，又回到手中的布鞋上，不禁道："搁这城里，穿布鞋的人稀罕了。"喜良同感说："都浮了，不识真价值，老北京的布鞋都热到几百块一双。有啥不好，底平底软接地气，家里老人纳的鞋底子，比皮鞋舒坦，比高跟鞋踏实。鞋跟愈来愈高，愈来愈细，踩在钉尖儿上生活，如履薄冰。"刘鞋匠又补充道："烤热了鞋底子捂上，还能治肚子疼。"两人哈哈笑了，相见恨晚，真觅见知音了。

说得投机，忘了前后。十八不知道是什么时候走过来，刘鞋匠仍旧拿半块苹果给他，喜良喜小孩，浑身摸索，找对了口袋，抓一把糖揶在十八另一只手里。刘鞋匠向喜良提及十八的相关。

一片巴掌大的梧桐叶飘下来，入秋了。

喜良听完十八的不幸，指着十八赤光光的脚道："天冷了，这怎么成？"刘鞋匠抬头看了一眼，又低下去，长舒一口气道："有什么办法，能活下来，已经不容易了。"忽又想起开头的话题，复问道："巷子里走亲访友？"喜良道："这巷子要拆，老祖宗留下的东西，我再来看看。"刘鞋匠不以为然，笑道：

"外面瞎传的鬼话，拆不了。"喜良正了正眼睛，这才道出实情："我是文化局的，上面下了文件，假不了。"刘鞋匠一惊，一个哆嗦，缝鞋的针扎进肉里，冒出一滴朱砂红。

喜良别了巷子，心里总惦记着巷子，它不该拆；惦记着十八，他该有双鞋。

选了个日子，喜良买了几双入秋的鞋再回巷子。风雨不惊的巷子里，现在已经满城风雨。知道巷子真的要拆，人心真的慌了。刘鞋匠不在了，向人打听，有人说他回到他的卧龙镇去了。十八也没了，有人说没看见，有人说被刘鞋匠带走了。

没几天工夫，巷子拆了，历史湮了。

剩下一堆废墟，一群失了根的人，和一座失了根的城。

修鞋匠

吆
喝

■ ■ ■

　　二〇一〇年元旦，三天小假，闲来无事外出消闲，老远见街边聚了不少人，出于好奇我凑了上去。人群中间围着一商贩，商贩面前一块醒目的大招牌写着"杨昊刀具"。杨昊想必便是他的名字了。我本来好奇为什么会有这么些人围观，仔细一听才明白，大抵这围观的人都是被他诙谐幽默的叫卖声所吸引的吧。他幽默的调侃，和客人的关系无形间便拉近了，围观人称他昊哥儿。昊哥儿叫卖厨房用具，搓菜板、挑菜刀细刀，还有一些我叫不上名字的玩意。除了他叫卖的物件，他用来叫卖的道具、叫卖的吆喝词、叫卖的表演都很有时代性，不比几十年遛街窜巷的，单靠一副嗓门吃饭。昊哥儿眼前的空地上放着一个喇叭状的电子扩音器，耳朵上带着只耳麦，连着的袖珍话筒伸到嘴前。他嘴一动，吆喝声就从那喇叭里传了出来。

　　二十一世纪前，最为百姓喜闻乐见的吆喝大都已经绝迹。因为设备的落后和观念的陈旧以及继承人的难觅，吆喝，这门从远古时代伴随着交换经济的诞生而一脉相承的民族市井文化，几乎到了山穷水尽的地步。谈不上创新，谈不上发展，更谈不上久远的延续。然而，现在笔下这位市井俗人用新时代载体的吆喝和离经叛道的幽默，似乎有仙人指路的意思。

　　昊哥儿无意间透露他从江浙一带来，江浙哪里不知道。浙江人嘴皮子溜，果不其然。从东南到华北，跨过大半个中国，做小买卖的人不容易，民间艺人更是如此。经昊哥儿吆喝内容的几次重复，好歹用脑子记录了一些，不枉一下午的受冷吹风。

　　因为他的吆喝词儿幽默押韵，现记录下来，供君开怀。

（昊哥儿拿起土豆，放在搓菜板演示）

"能前进能后退，切片就像游击队。十五的月亮十六圆，二十的月亮缺半边。老少男女都会用，这不是考大学、考大专，报考补习班让你考清华、考北大，三年四年才拿下。这现场一分钟包教包会不收你的学杂费。这不是玩儿飞机、搞电脑，没有技术搞不了。飞天落地，飞檐走壁，靠的全是高科技。这你也不用学、也不用练，伸手拿来就可以干。切四方，切三棱，祝大家回家打起麻将天天赢，光糊一条龙。"

"好使的，都会使，都会用……"

"先改革后开放，这土豆个个都变样。横着擦，竖着走，土豆萝卜都变成藕。老大妈高寿八十八，没见过土豆这样开成花；老爷子高寿九十九，没见过土豆能变成这样的藕。一过油，一过香，吃到嘴里嘎嘎香。那你说多香？要多香，有多香，一直香到党中央，党中央还不算，再香就进国务院。"

"人人都说南方热北方寒，不冷不热到江南；人人说北京好北京妙，北京的观众都不错。牙一咬，脚一跺，和着半年的日子咱不过。买一个赠一个，买个大赠个小，买个钟赠个表，这样的事情你哪里找？"

（昊哥儿拿出土豆，用专门的挑菜刀演示）

"每个里面给你带一个小刀，别看小，功能可不少。说火车大轿车小，轿车里面坐的全是大领导；董存瑞个不高，关键能顶炸药包。这把小刀四寸长，刮起鳞来帮你忙。大鱼刮，小鱼搋，刮完就用十几秒，刮起鳞来讲卫生，鱼鳞不往身上蹦。万里长城永不倒，小刀搓起菠萝就是好。要多深有多深，一直搓到菠萝根。吃土豆免不了长增根烂芽，说剜土豆芽土豆坑，一直剜出东北的刘老根。剜得清，剜得净，吃了健康不得病。"

"眼睛看着心里算，这就是一套，一二三四五六七个道具，一共卖你十块钱。眼睛看着心里算，十块钱算个屁，也到不了美国也去不了意大利。这不是五八年，一饿饿了有三年，改革开放三十多年了，也花不穷你也攒不出咱。一拍胸脯一使劲，美国佬也赶不上中国人。哪家还不得做菜？家产千千万，陪着老妻下饭店，饭店里给得少要得贵，一盘高出好几倍。米都涨价油都贵，现在喝凉水都收费。不在乎这五块十块的生活费。"

（昊哥儿拿起土豆，放在搓菜板上演示）

"土豆丝儿，萝卜丝儿，一丝儿儿，一丝儿儿，一丝儿一丝儿又一丝儿。省了菜板儿省菜墩儿，三下两下搓一堆儿。不长霉来不长毛，丝丝儿像那火柴条。张大妈、李二嫂，你切去吧，你切不了这么均匀这么薄。咱这全是实话实说，现场直播。不是卖一粒丸二粒丸，狗皮膏药大力丸，到时候骗你钱；咱也不是那模特那演员，舞台一回头一扭屁股就能挣钱。"

"保你个个好使，个个好用。个保个，双保双，产品个个放金光。金光闪闪一晃，材料全是不锈钢。不锈钢不上锈，四年五年用不旧，十年八年仍然涛声依旧。这产品上过电视登过报，温家宝总理都知道，连小布什、奥巴马用都说值，本·拉登用也跷起大拇指。你说值不值？十块钱一套不算事，不用回家开个家庭座谈会。成本高利润小，一套连两毛都挣不了，还补不上这用了的萝卜土豆钱，讨价还价受不了。跑遍东南亚，市场最低价；走遍全中国，质量最合格。"

"不削手，不拉肉，专削萝卜和土豆，一年四季使个够；一条条，一片片，削皮赛过山西刀削面；左边削，右边削，削起来气死那王麻子菜刀；情深深，雨蒙蒙，小刀把把多功能。"

"东方红，太阳升，小刀切片多轻松；能切薄，能切厚，都知道宫里的皇上他妈就是太后。黄河水，浪滔滔，前面带把太切刀，能切太，能切小，能切鱼，能切鸟，切那花能比美丽太阳岛；能切齐，能切脆，切到老鼠和猫一起来排队；能切旧，能切新，切得小两口离不了婚；小两口切得甜如蜜，左邻右舍都和气；能切直，能切弯，切得个个带花边；龙生龙，凤生凤，老鼠的儿子会打洞。"

（有人问价，欲买）

"十块钱，十块钱，上过电视登过报，月亮上的嫦娥也知道。"

（昊哥儿拿起土豆，继续放在搓菜板上演示）

"说万里长城长又长，从北京到沈阳，就怕萝卜没那么长。要多细有多细，就像仙女在喘气，一根儿一根儿又一根儿，赛过世界小姐头发丝儿。一根儿一根儿是一根儿，会看的看一根儿，不会看的看一堆儿，根儿根儿没有杂乱丝儿。拿菜刀你片成片儿，拉成条儿，你切去吧，切不了。干什么事有什么功力，说土豆道土豆，土豆一年四季吃不够。土豆丝儿天天炒，萝卜丝儿天天做，省得你拿菜刀剁。舞台上一分钟，案板上三年功，没有三年功，切不了这么均匀这么好。菜刀切得粗的粗，细的细，自己看着都来气。"

"骗天不下雨，骗地不打粮，骗人的买卖做不长。咱又不是卖一粒丸、二粒丸，狗皮膏药大力丸，走街串巷串胡同骗人钱，骗老李骗老赵骗你老王要不要，咱这全是实话实说，现场直播……"

我记得小的时候在乡下，父母外出，留下些零钱给我。等到正午时候卖凉皮的女人远远来了，我听着她的吆喝声，像盼望已久的歌声。我隔着大铁门叫她，她从门缝里拿了钱，从门下把凉皮塞进来。等到卖油条的老朱吆喝着嬉笑着再来了，我也叫住他，他听我只要一根，就不要我的钱，摆摆手笑着走了。再后来赶着马车小卖部的老杨头，我叫他，他应了我之后就在门外待上一会儿，隔着铁门和我说会儿话，临走再送我一包糖豆。我听着他悠扬的马鞭和弯转的吆喝渐行渐远，年幼的心总能因为仁慈的馈赠而满足。后来很多年过去，吆喝这门民间艺术渐渐没落，那悠扬的标志性民间歌声也渐渐陌生了。

回想往日，时光隔世。

纳鞋底

钟
表
匠

■∷

（一）

　　福寿镇枕着一条福寿老街，然后铺开了镇子。福寿街上民间手艺多，民间玩意儿多，民间老店铺多，从街头通到街尾，从日出热闹到日落。福寿街上的店，关门打烊有统一的时间点，全看街头福寿桥边孙不争的钟表铺子，这是个指向标。瞧见钟表铺关门打烊，甭说，准晚六点；瞧见钟表铺开门纳客，准早六点。准点报时，孙不争这家钟表铺子，不知挤对死多少只福寿镇打鸣的公鸡。

　　这孙老头也怪，五十多岁的人了，不娶老伴儿。不是娶不着，人家就是不上男女感情的当。整天老不正经，当花花小老头，见哪家的小媳妇大姑娘打钟表铺前过，有事没事都要搭上几句话。"昨晚睡得踏实不？""二大爷明晚找你去。""这是跟哪家小伙子去享福了，不要你二大爷了？"福寿镇的男女老少都知他不婚不娶，都知他老不正经，知是玩笑话，也就没有和他一般见识的，更没有红过眼的。清酒红人面，财帛热人心。真有要搭上火的，他就避让，跟他那名字一个样，不温不火也不争。叶随风飘，水随岸流，事儿随时间便过去了。孙不争的不正经，主要还不是说他老拿大姑娘小媳妇逗乐儿，更在他平常做事离经叛道。

　　七月三伏天，他套一裙子和女人媲美；一月三九天，他穿一件背心和寒风较劲；福寿镇里有白事，他去吊唁穿一身红喜庆，有红事，他又一身素白；对吃草的老牛嚼舌头唱曲儿；和大狼狗对吠，引得全镇的狗一起发神经；和顽童讲古哲话；单说孙不争嘴上留的八字胡，也要刮一边留一边，要的就是残缺美。

按理说孙不争这老不正经的德行，应该是屁股底下转磨盘，磨盘底下热火烤的急性子、躁脾气。大错特错！修钟修表的精细零件活儿，整个福寿镇，找不出第二个来，独他做得了。一点一滴、一丝一毫、一颗一粒、一分一秒。钟表的修理，时间的修缮，差池不得。小了说，差之毫厘，大了说，谬以千里。修钟表的人心细如丝发，心静如止水。放大镜、镊子，还有灵巧的手是他们的兵器，他们让凝固的时间行走，而他们却停留在时光之外。钟表铺子里凝固的是人生画卷，见证的是时间游走。钟表匠的手底下走过的是时间，修缮的是人生。一辈子，在滴滴答答的跳动中完结，于不知不觉中。终点回头，沧海桑田。

从孙不争一楼的钟表铺上二楼，尽头处有一间阁，阁子内满眼的中国色，红与黄。这阁子便是孙不争的藏钟阁。进去阁子，才感叹小小的一间钟表铺，竟有这番天地。

藏钟阁藏着二十四口落地世界大钟，镀金外壳，年岁久了，不免有裸露的光阴锈。这二十四口世界钟贴墙威武而立，乍一看，甚似少林寺真身铜人罗汉。每个钟有二百五十厘米的高，六十厘米的宽，三十厘米的厚，墩柱一般的体格。开玻璃钟门，铜盘、铜锤、铜针。二十四口世界钟摆放也有他的规矩。由门进藏钟阁，东门框始，顺时针分别是世界二十四个时区的时间，相邻一口钟差一个时辰，阶梯式加减，到西门框，刚好排完一整天的时间。

以前的时候，藏钟阁里的二十四口钟，到每个整点时辰每天都敲响，一响就是十二下。那时，镇上的人都拿这事取笑孙不争道："你铺子里的钟只认得十二点。"孙不争也懒得解释清楚。世界不同时间，总有两口钟刚好差了十二个时辰，这样的两口钟叫对钟。总有两口对钟同指一个点，总有两口钟锤同敲十二下。二十四口钟，每个时辰响一次，成了每个时辰响两次。钟表匠的功夫，毫秒不差，同时响，同时停。对钟的命运，一朝一夕，一动一寝，做同样的事，看同样的时间，却是天涯两端，不得相见。

后来,孙不争也嫌藏钟阁里钟敲个没停,就把钟都调成了哑巴钟,敲钟的规律也变成了"无事不敲钟",除了镇上人过世作别,婚娶作庆,其他日子,其他时辰,一概作哑巴钟沉默。福彩娥是孙不争的老干妹,嬉笑怒骂,悉由她便。福彩娥骂他道:"你个老不正经,红白事你敲钟,你可是做法事的和尚?"镇子里有人请孙不争把钟调回来,天天敲,天天时时十二下,镇子里天天热闹。孙不争不干了,反击道:"我又不是做法事的和尚,凭什么天天敲钟?"

除了威武的二十四口大金钟,每两口钟之间搁一只漆红格子层立柜,柜子外盖层玻璃门,用锁封上。柜有一米高,八个层,每层八个格,每格铺一块巴掌大小的红底绒,内嵌一只手表。二十三个红漆柜,一百八十四个层,一千四百七十二个格,却藏的是一千四百七十一块表。空出最后一个藏表格来。那格子中的手表哪里去了?后文慢慢说。

这藏钟阁里所藏的钟与表,便是孙不争钟表铺的架海紫金梁,擎天白玉柱。

(二)

先说一个年轻人的故事,和孙不争也有牵扯着的关系。孙不争有一个干外甥,就是福彩娥的儿子,孙福临。小伙子生得俊俏,长于乡里,通得人情,逢长辈毕恭毕敬,见晚辈谦让和善。大学毕业,有知识,有文化,却赶上大学生就业难的大潮,就业无门,只得回福寿镇中学做了教书先生,坐吃福寿河水,德育福寿镇人。除了教书,平时帮乡亲街坊张家李家做些修电路、接管线的技术活儿,服务乡亲父老。镇上人都对孙福临竖大拇指。知道孙不争一个人孤寂,平日里孙福临会上他的铺子里坐一会儿,叫几声干舅舅,说几句交心话,孙不争便喜笑颜开。

渐渐地，孙福临扫掉就业无门的阴霾，安心在福寿镇教书育人。正常时间，准八点打孙不争的钟表铺前过，嘴里嚼着福彩娥蒸的包子，冲孙不争问声"干舅舅。"咧嘴一笑，一排整齐的葱心白牙，就冲这个，孙不争也能乐上一整天。孙福临打福寿桥上过，瞧一眼泛旭日金光的福寿河，心事安逸，情随波漾。下了福寿桥，别过福寿河，顺着夹道林荫的青石板路往学校走。阳光透过树叶钻下来，铺下满路的斑斑日光。孙福临有意避着这些太阳光斑走，像回到儿时玩跳房子的游戏。有打身边过的路人，长辈还好，几句玩笑话便过去了，碰上大姑娘，孙福临便要局促红脸了，跌跌撞撞地逃跑。阳光明媚，一路的春风满面、鸟语花香，孙福临笑意盈盈，好不欢乐得意。

道是好运难逢，好景不长，孙福临在福寿镇简单快乐的日子并未长久。

孙福临结婚了，孙福临升迁了。

孙福临的升迁与结婚有绝对直接的关系。孙福临和学校里的一个女教师日久生情，爱意绵绵，然后结婚。女教师名叫云姑，恰巧是牟平区教育局长的千金。云姑的父亲为了锻炼云姑，大学刚毕业，就把她下放基层，也为了日后云姑仕途顺心不落他人病诟口舌。孙福临的升迁路，也就不必多说，可谓平步青云，云霄直上。

自打孙福临升迁到牟平区教育局，在福寿镇，就不多见他的身影了，衣食住行，全部搬到了城里面。局里事情连篇累牍，无休无止，孙福临整日忙活得焦头烂额。日子久了，渐渐地淡忘了先前福寿镇简单快乐的日子。然而，仍有一根线系着，儿行千里母担忧，福彩娥。孙福临抽空便回福寿镇，看望倔在福寿镇愿老死病终的福彩娥。福彩娥誓不肯进城，自然有她的道理。在她认为那是孙福临吃软饭，低人一头，拉不住这张脸到亲家那里丢。

这日，孙福临回镇。打福寿桥下来，正撞见不正经的孙不争。他手里正捧着一把羊屎蛋蛋，为的是骗换那顽童手中的黑莲子。见孙福临从福寿桥上下来，话说着把孙福临也搭了进来,道:"不信,让你临叔给瞧瞧,我手里的黑莲子可比你手里的大老多,让你捡便宜还不干,你缺心眼儿啊,再不换可就没机会了。"孙福临被这老少逗得无奈一笑,刚好想起来预备换块像样的手表,便推搡着孙不争进了屋。"哎,等会儿啊,两个换一个,干不干?"

进屋,孙福临道:"干舅舅,真是闲得开心,和吃屎的孩子也能玩儿得来。"孙不争往外探头,焦急道:"什么事赶紧说,别让那娃儿走了。"孙福临道:"我一直戴着的这块表,还是我爸在世年轻时用的,年龄比我都大。上发条的机械表,还要天天晚上上发条,怪麻烦的。您看能不能从您阁子里给我换块好点的,要上档次,不然在城里拿不出手。"孙不争点点头,绞了个毛巾把子擦擦手,领着孙福临上了楼。楼梯上,孙不争问孙福临道:"城里咋样?好吗?"可是问到了孙福临的骄傲处,把城里怎样怎样繁华、怎样怎样热闹说了个天花乱坠。孙不争只随便问了句话,也不应他的自我陶醉,引他进了藏钟阁。

藏钟阁里的手表万般模样,石英的、机械的、电子的、闹响的、方盘的、圆盘的、雕花的、缀钻的,应有尽有,款式各样。孙不争对这个干外甥疼爱,任他挑选。孙福临挑花了眼,看这个好,看那个也不错。孙福临最后挑了只缀钻的圆盘表,戴在手腕上显品位、显档次,觉得腕儿瞬间重了不少。孙福临又让孙不争把闹响定在五时二刻,起早贪黑的时间,为的是及早把他闹响起来,解决工作。

临走,孙不争把孙福临那块旧表留在了藏钟阁,不忘对孙福临道:"觉得不合适,就回来换回去。"显然的,话中有话。

果不其然,不出两个月,孙福临便辞了工作,灰头土脸地回福寿镇来。

原来,自孙福临打福寿镇换了手表回牟平区城里,便一头栽进单位内部明争暗斗的旋涡中。手表重了,腕儿也重了,总把自己当个人物。天不明,披着星星走,戴着月亮回,一天到晚忙到不可开交。家事两头重,轻了哪一端就要吃哪一端的亏。终于一天，云姑不干了，夫妻二人起了矛盾，孙福临索性搬家到了办公室住，二人打起了拉锯战。

　　这天，孙福临忙完，伸个懒腰，打个呵欠，闭眼迷糊迷糊。忙了一天，晚饭也没顾上，肚子咕噜打鼓。孙福临正欲起身出去吃点夜宵，门"吱——"一声开了，细看竟是那云姑。她站在门框边，手里提着一个食盒，面色绯红，目光左右打晃没有着落，欲言又止。云姑进屋里来，将食盒放在桌子上，丢下一句："累了就回家去，别死撑。"说完，带上门走了。千年冰封水柔情，铁打汉子心肉长。孙福临愧怍万分，细想近来忙忙碌碌的生活，到头来究竟还是家人相伴左右。孙福临脑子里突然蹦出绿水青山柔情诗画的福寿镇，一不做二不休，干脆辞了区里的工作，带着云姑回福寿镇。

　　回到福寿镇的第二天，孙福临到孙不争的钟表铺，孙不争正戴着老花镜修表，见孙福临进来，抬头瞥一眼，淡声道："回来了。"孙福临辞了工作再回镇，已经没有威风可炫耀了，拔翎的孔雀不如鸡，孙福临只"嗯"一声。老的做他的活儿，少的站在一边看，爷俩沉默良久。孙福临终于开口，嗫嚅道："干舅舅……我想换回我那块机械表。"孙不争头也不抬道："咋？"孙福临道："您这块表是好，太惹人在意，两分钟瞅一眼还想念，反倒忘了自己。城里的官好是好，可分量太重，我扛不了，还是回来做我的教书匠。适合的才最好。"

　　孙不争摘掉眼镜，揉揉已经干涩的眼睛，道："人啊，就是怪，总是奋不顾身地向上爬，总想摘最上面的果子。跟个蚕似的，自吐的丝囚了自己，又要出来，变个飞蛾也要出来。何苦呢？"

（三）

　　再回过头来说说那不正经的孙不争。孙不争的不正经，在福寿镇人眼中已是习以为常。搁年轻人眼里，打娘胎里生下来，二大爷就如此了吧。对于真理，年轻人习惯不去追问为什么。搁老人们眼里，孙不争的不正经，是后遗症。对于既定的事实，多说无益，平添伤感。这样一来，倘若孙不争正常了，在福寿镇里，那才是不正常的事。赤裸裸的黑白颠倒，成了锥心不变的现实状况。

再有年轻人追问，便由不正经变了质——为什么孙不争不娶媳妇。年轻人的思想轻快，浮到水面上，仅对男女之间的感情事感兴趣。受问的年长人都淡忘了。不是因为不在乎，因为在乎才淡忘，落得一身轻松。总是一句"曾经沧海难为水"便搪塞过去了，由你去想吧。

孙不争的生活也简单，修钟修表是原配，做些和骡马对眼比忧郁的糗事是乐趣。除此以外，还做些小活计，全凭一时心血来潮。这天，孙不争逮着一只下完羔的母羊，嗫了一嘴的羊奶。回到钟表铺，灵光一现，决定做只刻度日晷。说干不等闲，找来一块桐木板，比着一只圆钟盘画圆、锯圆，参照着钟表盘刻度画时分秒刻度，在圆盘正中央钉一颗大头长钉，立竿见影。参照太阳位置，钉头指处，正是那此刻的时辰。

孙不争欢喜，正要把这日晷摆在铺子门外显门面，却听见两声鸣笛。循声向外看，门外停下一黑一白两辆车。

前面黑车下来两个男人，黑衣黑裤，一脸的冷峻气。两人绕过黑车，来到后面白车前，给那车上的主人开门。车门开了，打后车座下来一位白衣少年。这少年十八九岁的模样，白衣白裤白皮鞋，生得俊朗潇洒，漂亮干净，像另一个世界来的白菩萨，尤其一双黑眸子，让孙不争看着似曾相识。少年下车，抬头看见"孙记钟表铺"迈步往里走。进了铺子里，孙不争细打量他，没曾在镇上见过这细皮嫩肉的少年，也不知是哪里来的外乡人。孙不争收了那不正经的态度。进门便是客，孙不争迎上前去，对少年道："可是有钟有表要修理？"少年开口，金属脆音，很礼貌道："听闻老先生铺子里卧虎藏龙，我不远千里赶来，只为能看一眼。"一个外乡人，开口便直奔藏钟阁而来，孙不争知道少年肯定有事。孙不争也不回避，直言答应道："可以是可以，不过只能你一个人跟我来。"白衣少年回身一个手势，让那仆从等候，自己随孙不争上了楼。

进去藏钟阁，少年绕着屋子轻轻走了一圈，对四壁二十四口世界大钟和一千四百七十二个藏表格细细打量。似乎少年早有准备，对孙不争的收藏并不惊讶，单单在最后一个藏表格处驻足。凝视许久，对孙不争道："能不能打开玻璃门扇？"这可是犯了孙不争的忌讳，平常时候，这个格子绝对不会有人向他提及，也不会有人感兴趣。独独这次，这少年郎竟然开口让他开锁，他隐隐觉得这少年背后有事情。孙不争掏出钥匙拧开了玻璃门扇，他只觉得双手发抖，血往上涌，浑身发冷。少年从口袋中缓缓掏出一块黑漆底银锡边圆盘表，鹌鹑蛋一般大小，表盘四个直角处各镶一颗碎钻，总共四颗。少年将那表嵌入藏表格，道："上个月母亲过世，她这辈子一直活在愧疚中，希求您的原谅。"话毕，少年深鞠一躬，转身下楼去。只听得两辆车发动，鸣笛三声，消失在福寿街尽头。

回过头来再看孙不争，那孙不争已是瘫坐在地，神情恍惚。

君子识德，小人常乐，大丈夫难把美人关过。

那是二十世纪九十年代的事情了，孙不争年轻的时候。那时已经和孙不争订婚的准妻红关，嫌弃孙不争穷困，一个小小的钟表匠，满足不了她追富谋贵的虚荣心，后来怀了别人的孩子，随那人出国到大洋彼岸。红关临行前，觉得对孙不争有愧，留下一封还罪信，信中这样交代："……等我死了，你须记得在你的藏表格中留下我的位置……"自红关负心以后，孙不争见天天昏，见地地暗，一蹶不振。倒是突然一天精神了，孙不争一反常态，开始玩世不恭的不正经，不小心一个不正经，便不正经了一辈子。

孙不争瘫坐在地，盯着白衣少年送还的那块表，时辰刚好和正对面的一块黑漆底银镶金边的圆盘表时差十二个时辰，正是那块定情对表。孙不争起身，颤巍巍把那两块对表挪到一起。回福寿镇了,便随福寿镇的俗,又把那红关的表调到相同时间,两块表同起同舞、共进共退,一大一小,刚好般配。孙不争看着,泪光溢满笑眼。

当天晚上,孙记钟表铺的二十四口大钟"当——当——当——"敲了一晚上。钟声回荡在福寿镇上空,把镇上的人都吵醒了。有人骂道:"妈的,老不正经的孙不争。镇上没人结婚出嫁,没人过世归西,他敲钟为的是哪门子的事?"众人莫衷一是,最后一致得出一个结论——孙不争又在不正经。

哪有人知道,异国他乡死了一个福寿镇的人;哪有人知道,福寿镇结了一门跨越时空的亲。

孙福临也被吵醒,到院子里问她母亲道:"干舅舅为什么干了一辈子不正经的事?"福彩娥一愣,不知如何作答,只道:"因为看透,所以不正经。"

箍木桶

变脸

■■■

（一）

川蜀安仁镇，街上有处柳记茶坞，茶坞的掌柜柳长林也唱戏，此时正领着一班生旦净末丑唱川戏《下河东》，方唱到"马上创业王"的小段。

赵匡胤命欧阳芳挂帅、呼延寿廷为将，御驾亲征河东白龙。丞相欧阳芳密通白龙，欲实现谋篡之举。借故当君面立斩寿廷，又妄想即弑赵起事。因赵匡胤英武过人，叛臣欧阳芳反被赵匡胤拳击伏地。那飞扬跋扈的欧阳芳从地上挣扎爬起，将脸揉成死灰色，一扫方才穷凶极恶之象，夹起尾巴逃离了御营。反观那赵匡胤，头戴紫缨长冠，即刻变脸揉成枣红色，咿呀呼叫："推暴廷——定天下——"茶坞里彼伏此起的呼喊叫好。

柳长林回到刘家大院歇息，管家保万全沏上一壶茶来，一杯茶水没下肚，却听见外面有人急慌慌地来了，嘴里叫喊着："老爷，老爷，回来了，回来了。"

"倒了皇廷喽——""倒了皇廷喽——"

松果子去城里卖粮食回安仁镇来，迈进柳家大门便丢了魂似的惊喊。来到柳长林面前，先从保万全手里接过一杯茶压惊，从怀里掏出一张从县城揭下的告示递给柳长林。柳长林接过来，那告示上大黑字标着"武昌、两广起事，推翻满清廷"。柳长林读完，问松果子道："这可是真的？"松果子道："城里满城风雨，人都断了长辫子，看样子假不了。"柳长林转身进屋抄出一把剪刀来，齐腰的长辫落地散花。突然想起些什么，忙吩咐保万全去西厢房，阻止柳太太，将五岁大的雯燕从缠足的铡刀下扯了出来。

雯燕到了年龄,三寸金莲,柳太太要给她缠足。怕她耐不住疼,叫了丰年来预备着给她当帮手,柳太太还没有上手,雯燕便哭闹不止,丰年年纪尚小,心疼文燕,见雯燕泪如雨下,也禁不住簌簌掉下泪来。心中幻想着缠足定是与鬼怪一样的可怕事。丰年哭着对雯燕道:"好妹子,下辈子投胎要做个男娃。"一句话出来,引得柳太太抿嘴笑了。

丰年牵着雯燕的手,跟着父亲保万全走出来,到了柳长林面前,对他道:"柳伯,雯燕的脚还是好的。"保万全俯下身子,擦干丰年未及风干的泪痕,道:"听话,娃儿,领着雯燕出去耍。"柳长林摸了一把他顶在头上的毛盖儿,他便领着雯燕出门去了。

柳家的长工松果子和管家保万全,是柳长林当初在军营献戏时买下的刀下鬼。当时二人方年轻,为川军当兵打仗。清廷川军在重庆府外驻军,兵丁不得进城滋事,不得出营寻欢,都是血气方刚的军汉,耐不住渴,私下混进城去寻花问柳,回来时被守夜的军头拿住,军法当斩。柳长林下台卸妆,偷偷溜到刀斧手帐下,活动了二十两银子,换回两条人命。

柳长林将二人带回安仁镇柳家,给二人改了名,松果子、保万全,让二人住在柳家管杂七杂八的事情。三人结下的不单单是主仆,更是命恩关系。松保二人念及柳长林的救命大恩,迈出军营进了柳家,还真收住了野性子。平日里,柳长林外出唱戏,常不在家,松保二人全权担下柳家的担子,将柳家打理得井井有条,更没动过柳家人的坏脑筋。后来,松保二人由柳长林做红媒,凑到同日里成亲娶妻。成亲以后二人便搬了出去,说是搬出去,三家隔着不到一里地。倒也是巧,松保两家添丁,也是在同一冬天,仅差三天。那年冬天,川蜀之地稀罕地飘起大雪,二人便请柳长林为儿子取名,唤作瑞雪、丰年。柳太太生下雯燕要晚一些,之后便干了腰,再不见有动静。柳长林求医问药不见效果,柳太太要他续一房小，亏得他不为难也看得开，遵了一夫一妻的新规，平日里，把瑞雪、丰年视如亲子。

丰年和雯燕出门后，柳长林便坐在那把楠木弯背椅上，手上端着水烟袋想事情。外面世道大变脸，松保二人不知接下来更该如何，纷纷聚过他身边来找主心骨。松果子问道："皇帝翻了龙廷，咱老百姓咋过？"柳长林道："狗日清廷丧权辱国，命定了要覆。"抽一口烟，又道："任他外面州府县革命闹得凶，凶不到咱老百姓的命，守好仙人板板儿睡好自己的婆娘。"保万全问道："皇粮纳是不纳？"柳长林道："庙都倒了还上香？"松保二人听柳长林一席话说得句句在理，落下主心骨——天塌地陷由他去，做好分内自己事。两人起身，各自做他们的事去。柳长林却唤来了柳太太，吩咐她扫起院中三人剪下的辫头，却不让丢掉。他有大世面心，万一武昌、两广被清廷反扑掉，还可以接上。

傍晚时候，大风忽来，黑云东南骤，瞬时变了天。

小瑞雪来柳家，被松果子赶了回去。"你个瓜娃，马上要下大雨，快回去。"瑞雪本是来寻丰年和雯燕耍，二人不在，只好快快往回走。乌云压得越来越低，已经听得到隆隆雷声，松果子把牛马赶进马棚喂料。松果子拍着大红马的脑袋道："天随世道变，要变脸。"那枣红马哪管身外事，只顾得把槽子里的草料嚼得咯咯作响。

丰年带着雯燕从柳家出来，两个孩子相跟着往湖边的仁义祠堂去，半路就变了天。丰年拽上雯燕一路飞奔，还是没能躲过一场洗礼。到了祠堂，已经淋成两个小雨人儿。祠堂正中奉着仁义孔关文武像，红绸加身，檀香点在铜炉里。丰年爬上圣人像，扯下两块红绸，一块给雯燕裹住，另一块披在自己身上，成了抒仁散勇的圣童男女。

两个孩子坐在祠堂门外的遮雨檐下，看眼前的湖面噼里啪啦吞雨吃。柳湖里一撮一撮抱团的荷叶，粒粒珍珠在绿荷盘里转个旋子，晶莹莹砸进湖水里。

雨与荷演奏,两个小人痴痴地听看。丰年凑脸到雯燕眼前,突然道:"我听你爹说,湖里封着鬼。"雯燕胆小,道:"你吓人。"丰年道:"你爹这样说的,湖底封着天师钟馗捉下的鬼,鬼气凶得很。镇上人都不敢下湖,才在湖边立下孔关的仁义像,修祠堂镇鬼。"雯燕看丰年认真的样子,怯生生道:"我爹咋没跟我说过哩?"丰年道:"女孩子家的,怕吓破你的胆。"又显出一副小大人的男人派头道:"你不要怕,有我咧。"雯燕真被他吓住,道:"雨快停,雨快停,快回家去。"满湖的夏雨荷,四周围着青石板,被雨洗涮干净,向下淌水。两个小人儿不说话,探着四只大眼睛小心翼翼地盼雨停,似乎怕随时都能冒出一只厉鬼。

  雨下得小些,雯燕扯掉红绸,积久的恐惧尖叫一声,沿着柳湖的青石道往安仁镇里跑,任丰年在身后追喊不回头。丰年在后面紧跟上,一个抬头,不见了雯燕的踪影,却见她在湖里挣扎呼喊。她越是挣扎,便越往湖里去。丰年才缓过神来,雯燕落水了,脸色吓得惨白。丰年不会游水,想去叫人,又怕误了雯燕性命,只能眼睁睁地看着她挣扎下沉。眼见着雯燕淹没最后一撮发,突然瑞雪一个猛子扎进去,托起死了一半的雯燕。丰年在岸上接过瑞雪救起的雯燕,背起来便往镇上跑。

  瑞雪从柳家出来,没几步便跑开了,紧赶着回家,跑到柳湖边便行不动了,这大雨冒不过去。瑞雪从湖边摘下一朵大荷叶撑在头上,躲到一处梧桐下避雨,与对岸的仁义祠堂隔湖相望。雨下小些,瑞雪丢下荷叶伞方要走,却见湖对岸丰年与雯燕相追着出来,雯燕一个失足,跌进湖里。

  雯燕被救起来,仍旧是喝饱了水,眼见着要做一条淹死鬼,亏得丰年的一路颠一路簸,把呛进肚中的水吐出大半。到了柳家,唤来柳松保三人,雯燕趴在柳长林的膝上控水,这才睁开了眼,嘴里喃喃叨语:"钟馗的鬼瞪着鬼眼。"旁人更想听清雯燕口中的念词,柳长林却摩挲着丰年的毛盖,拿夸奖丰年的话盖了过去：“好娃好娃，雯燕的守护神。”那边瑞雪上了岸，也没再去柳家，怕是松果子又要责骂他个瓜娃，拧了拧衣服回松家去了。回到了家，对松太太也是只字未提，脱了精光，赤溜溜地躺床上睡过去。

这年正月初一，"中华民国"成立。柳长林唤来瑞雪和丰年二人，对他们道："世道变得好了，川戏你们要学，变脸你们要学，学个谋生的法，将来换了世道能赚大把银子。"瑞雪、丰年二人由柳长林领着进仁义祠堂上香行拜，三六叩首，在三家大人佐证下拜作金兰兄弟。瑞雪为兄，丰年为弟，同认了柳长林做干爹。此后，兄弟又被柳长林送去镇里读私塾，兼顾着习变脸唱川戏。再大些，同雯燕一起被送出去读新学。在湖南读新学那阵，瑞雪、丰年两兄弟已长成翩翩少年郎，雯燕也是齐耳短发，净素白布衫，藏蓝学生裙子，长成巧灵女青年。安仁镇上出来的，总是要回去。三人正预备着回镇，丰年却与瑞雪、雯燕分了路。蒋介石"四一二"反革命夺权，丰年一干热血青年受鼓动，男儿郎，上沙场。丰年真的穿戎装踏沙场，投国军去了。瑞雪与雯燕重新落回安仁镇，柳长林在县上为雯燕谋了一份教职，瑞雪仍旧跟着柳长林唱戏。

这天，瑞雪在柳记茶坞落完幕，多喝了几杯，天色渐渐暗下来。瑞雪一路晃晃悠悠，不知不觉到了柳家。院子里四下没人，透过红桦木嵌的窗花纸，看得到厅堂内点着灯。瑞雪沿着墙根走到门前，敲门的手抬在空中，听到屋内松果子在说话，道："男大当婚，女大当嫁，我看等丰年回来就把他们的事办了吧。"那边保万全立即回道："雯燕是个好女娃子，她若愿意跟丰年我也没得话说，可瑞雪哩？"屋内没有人说话，只听到屋内人抽烟袋的吐气和咳喘声音。松果子又道："雯燕不能跟我家瑞雪。天下不平，军匪吃香，雯燕跟着丰年吃不了苦头，跟了瑞雪要他到茶坞里端茶倒水卖戏票？那么好的姑娘，我不忍得她在松家受那份苦。"没人说话，松果子又加了一句道："那年丰年把雯燕从柳湖里捞上来，便定下了是他的人。"屋里柳长林保万全仍旧不说话,松果子道:"不敢再耽误雯燕了,男娃子无碍,女娃子可要成老姑娘了。安禄若觉得不妥,将来就由你出面,再给瑞雪寻一个就是。"

瑞雪没再往下听,转身往回走。刚巧雯燕今天从学校回家,两人撞了个大满怀。雯燕见瑞雪喜道:"瑞雪哥,你急慌慌做什么去?"瑞雪嘿嘿咧嘴一醉笑,迈着太极步走远了。雯燕在身后追喊,怎么追也追不上。

瑞雪逃离安仁镇,进了城。

(二)

茶坞里落座满人。卸下竹轿的挑夫,躲在红漆合欢木椅后伺候着使唤人,落落大方的公子少爷,一壶茶一袋烟,都候着《活捉王槐》里的角儿。

书生王槐始乱终弃,致使二少女羞愤自缢。一夜,二女鬼至书斋向王槐索命。授槐功课的二位老师至王书房,见王不省人事,唤醒叩问。醒来后的王槐见二师至,声变态异,嗲声嗲气,形态扭扭捏捏,粉面郎君一个回头,戴上了薄薄的红粉佳人脸,柳眉、杏眼、樱桃口,与瑞雪寻花问柳的男扮女相无异。台上的角儿唱上了真人的戏。台上女面自言自语陈述苦事,台下公子王孙、名媛星伶各自捧场。

瑞雪离了安仁镇,在县城开一号松记茶坞,喝茶聊天,卖票唱戏。平日闲情几许,与败家的少爷公子烟花柳巷醉生梦死,摇骰赌钱。

秋去冬来,草木凋零,一眨眼年关将至。柳长林修书一封给瑞雪,简短几句这样写道:丰年来信年底回镇,置婚雯燕,盼归。

大年三十夜,茶坞的小伙计也关上门回家过年去了。满城四处毕毕剥剥的爆竹声,街上却冷清清的不见人。偶尔几个,都是落魄的野鬼,破棉袄毡帽,双手交互在袖筒里,看着行色匆匆,却是不知所向。除夕夜有年兽仁眼灼灼,专吃形单影只的孤魂,只有打竹梆的更夫,醉了酒胆子壮不害怕,悠悠踱着步子。"三更天除年兽——"绕了一圈又回来,"四更天年初一——"松果子窝在瑞雪的茶坞门外守了一宿,天大亮不见有人来,丰年与雯燕的婚事少不了他,便打道回了安仁镇。

独在异乡客,最怕是节时。瑞雪心悸做孤魂野鬼,在花满楼的凤仙姑娘那里吃了一夜花酒。他在别的女人身上醉生梦死,起身出门就忘了昨夜寻欢在何方。踏遍尘世千般相,方觉浮云醉红颜,他心里装着雯燕。

这天正月十六,一大早街上见不到几个人,满月还挂在西天。县城街上有卖隔夜元宵的,过了节的元宵,吃着也凄惶。瑞雪从花满楼出来,要了一碗元宵正吃着,对面柳记茶坞门口停下一辆汽车,身后跑步跟着两个荷枪侍卫,车上下来一男一女。那男军官一身戎马绿长军大衣,下摆盖过膝,顶着蓝白徽帽。女人皮茸披肩,清华旗袍,粉面朝天却不失端庄,正是丰年与柳雯燕,雯燕挽着丰年进了茶坞,二人俨然已成两口子。

瑞雪也没了吃元宵的心思,躲到早点铺的扇门后往茶屋里看。

瑞雪此时再见丰年,才觉风花雪月的虚度。低头左右打量自己,一身轻绸市井衣,黑面白底鞋,俨然一具走街串巷的行尸走肉,哪里有脸面再去见他们。这样一面自贬,一面心想雯燕跟他走算是跟对了人。早点铺的伙计笑嘻嘻过来问候他道:"松班主,吃好没有?"他一个嘴巴子抽过去,骂道:"方脑壳,滚蛋!"

丰年与雯燕大婚以后,便要回军营去,夫走妇随,雯燕同样跟着走。临走前见不到瑞雪,总觉得心里缺样东西,便按着松果子给的地址寻到茶坞来。不见人,只一个小伙计招呼。丰年、雯燕久等不见人来,留下一封信离开了。

雯燕上车前,回望茶坞,久不肯上车,她不甘不见人就这么去了,最后还是被丰年紧唤着上了车。瑞雪见丰年夫妇上车离开，才复又出来回了茶坞。伙计把信交给瑞雪，他打开小心忖读。

"吾兄安好，弟久不见兄，甚念。时东北局势动荡，举国瞩目。弟既戎马，当个人与国齐命运。弟当全力尽心，忠死为国……干爹、家父、家叔年事渐高，兄当回镇，代弟尽孝。弟沙场骋敌之际，不忘兄之高恩……"仅在信末提及雯燕，"吾妻雯燕，弟必尽心。"单此一句，瑞雪读得出在雯燕的事情上，丰年对他的愧疚。铁汉柔情，不便多言，举国事避讳，却生生刺疼瑞雪。只语片言，已与他排开差距，天上地下。

没几天，瑞雪与过去变脸，变卖了县城的茶坞，卷铺盖回了安仁镇，接下柳长林安仁镇的茶坞，接班唱戏。

九一八炮火沦陷了东三省，东北关外战火隆隆。举国抗日呐喊，碍不住安仁镇锣钹镲锵的叮当上阵，好戏开锣。

川戏《青州坟》，三月清明，晋王李克用为义子十三太保李存孝扫墓，被水寇王彦章得了消息，兵围青州坟，追杀李克用，存孝率阴兵救驾。十三太保甲武生俊扮应工，见生前的手下败将王彦章悖誓反唐，欲伤义父，摇身一转，头部一摆，霎时满面吹成金色，印堂呈现赤色冲天红，那水寇王彦章见十三太保还世，吓得魂散魄飞。

台下一阵叫好。瑞雪由后台退下，余光中瞥见落座着几张圆顶帽遮住的脸，匆匆起身，忙忙离开。自丰年上次来安仁镇走一遭，柳家大院附近，柳记茶坞里，没少见这号人物。皮帽遮脸，似走似留，行色匆匆。瑞雪心里惶惶的，总觉得这背后藏着事情。地下人盯察了柳松保三家半年时间，日本人已经攻下中国的半壁河山。暗处人终于转到了明处，避开了尽是老弱的柳家大院，亲自造访柳记茶坞。

来人姓郑，一副谦谦君子的知理相，出口也是和气，却掩不住一双隼眼，盯着人看，那眼中能射毒刺针。郑先生对瑞雪直言道："丰年投奔汪精卫，卖国求荣。"瑞雪哑口，良久才明白过来，仍旧不敢相信复问道："丰年做了汉奸？"郑先生点头默许，仍旧道："盯了你们很久，你们不是一伙儿，我们需要你。"瑞雪当面不敢不从，这些人腰里都有枪，掏出来就要人命。

原来丰年近日回安仁镇，要在镇上寻一样宝贝作汪派亲日的献礼，以礼求和。郑先生一行在安仁镇良久，却探不出安仁镇有何宝贝，便要瑞雪以救国的名义从丰年那里探话。瑞雪嘴上卑微应承道："要的，要的。"两派他都惹不起，一介布衣保命要紧。再想到那宝贝，不禁心里一紧，暗想：坏了！

丰年带着雯燕和一队十几人的便衣军悄悄回来。那十多个便衣军太招摇，便留在了县城，夫妇二人独自回镇。雯燕已经动了喜，腆着个大肚子。雯燕再见瑞雪，只觉得他与曾经学生时候无异，唱戏的不蓄须，搽粉拭脸，漂亮冷峻，与粗糙的丰年大相径庭。丰年与雯燕相继给柳松保三家的老人问过好，丰年送雯燕回去歇息，与瑞雪相跟着去茶坞叙旧。总角曾对茗，往昔已不复。时过虽境迁，相座仍金兰。不管丰年是否当了汉奸，在军人面前，瑞雪总觉得低卑。戏子的命运，台上站着，台下屈着。

因为关系亲密，瑞雪也问得直接，语气淡淡，"你当了汉奸？"丰年一怔，说："你不要听外面人瞎说，他们懂得什么？天下大势，顺昌逆亡。"瑞雪心里一阵绞痛。瑞雪本就不相信郑先生的话，现在丰年却自己亲口承认。丰年继续道："我这次回镇来取一样东西。"瑞雪问道："可是柳湖下的珠子？"丰年一惊问道："你怎么知道珠子的事？"瑞雪道："我继承了老爷的唱戏身家，他怎会不向我说。"

当年雯燕落水时候，看到的水鬼瞪眼便是那宝贝。柳家祖上镇在柳湖下宝贝一事，传内不传外，雯燕自然知道。瑞雪明白夫妻同心的道理，也不多说什么。瑞雪沉着道："你趋势顺昌，军令难为，由得你去。可要拿去送给日本人，这等事，我不许。"丰年提起砂壶往瑞雪的竹筒矮杯里斟满茶，自己呷一口茶，扭头转向一边不说话。墙上有瑞雪新换上的一幅丹青水墨，画上一位将军戎马鳞甲，一杆金枪抖威风，正是岳飞岳武穆。落款"精忠报国"四个楷字。丰年开口道："我走上这一步，已是如履薄冰、愿有所违，只是令难为。""你若认为我做得不妥，明日柳湖边便枪毙了我……"丰年沉默良久，才开口说出哽在兄弟二人中间的一根刺，开口道："照顾好雯燕。"丰年掏出一支手枪丢在桌上，转身离开。瑞雪陷入黑漆漆的恐惧中，死死盯着桌面那支枪。

第二天晌午，丰年从镇上雇了几个短工，与瑞雪一起上了柳湖。腊月隆冬，草凋花谢，湖中夏荷早闭了竞开的幕，一截截干茬露出水面，早没了生命。

一行人到了当年雯燕落水的地方，丰年还未及向短工吩咐，脑袋就开了花，一头栽进冰冷冷的湖水里。湖水霎时成了调色的红染缸。瑞雪打死了丰年。

旧历新年过去，又到元宵。雯燕孕子改嫁，嫁给了瑞雪。改嫁瑞雪，这是丰年生前向雯燕嘱托好的。这些年雯燕跟着丰年在外，脸上糊涂，心里明白——丰年当了汉奸。妻随夫，她不说。一个女人，别无他求，不就是为了寻一个心安的依靠，立一个稳安的家，图一颗静安的心。雯燕孕子后更是对丰年在外的事不过问，大风大浪过来了，没害在外人手里，却死在了自己兄弟手上。雯燕在心里怨恨瑞雪，他让那腹中的孩子出生便没了父亲，却还是改嫁了他。

雯燕肚中孩子出生，取名光复。

（三）

茶坞内又是一票戏场。白蛇、青蛇主仆为寻许仙激战金山，败走断桥。许仙奉法海命赴断桥与妻白氏一会，性如烈火的小青闻许仙呼唤之声，气得七窍生烟，暴跳如雷，大声叫道："……等着，奴婢接你来了！"双足一跳，旋即转身,俊扮的面子顿时抹成红。青儿追上抓住许仙,谁知他金蝉脱壳,逃走遁去,小青怒视许仙褴衫,气得二目圆睁,随即扬手飞褶……脸由红抹黑。白蛇慌忙赶至,护住许仙,斥退小青。怒不可遏的小青去而复返,但被白蛇阻拦,小青愈加愤慨,黑脸聚变金色,誓要捉许仙不休。

蒋介石龟儿子,开起飞机炸老子。老子屋里包饺子,吓得老子钻洞子。洞里两个冷包子,吃了以后拉肚子。下河洗裤子,螃蟹夹勾子。

东方古国政权建立,再次向瘴气的世界变脸,时代又变了。

二十世纪五十年代,三大改造时期,柳长林被定成地主,充公了土地,划分给安仁镇其他农户。柳记茶坞也蒙上红布,挂上了公社食堂的红匾额。充公了柳家大院,划出一半来给公社大队,另一半给松保两家人住,把地主柳长林放到仁义祠堂去,派给他看田地的活儿。柳长林抗不过,当年冬天便谢世了。老人谢世前把瑞雪单独叫过来,留下话道:"护住柳家的宝。"雯燕生下瑞雪的两个儿子,由年份命名,大的叫建国,小的叫援朝。瑞雪和雯燕有了自己的孩子以后,雯燕的怨气被这两个娃娃的喜气渐渐冲淡。本以为那怨气尘埃落定,瑞雪又在她怨恨的天平上添下砝码。

国民政府时期,瑞雪在县城开茶坞唱川戏,相好过的花满楼花魁凤仙后来被政府解放从良,落户到安仁镇,与瑞雪不期而遇。旧人相见两行泪,更怕是落魄时给过抚慰的水性女子。凤仙已是娼无真爱,成了老姑娘。她一个青楼出身的弱女人,劳不得力,衣不得布,吃喝无着。瑞雪起初尚且避讳,与她保持距离,看她实在可怜孤苦,便帮她在安仁镇打点好了住行衣食。一来二往,免不了受人闲话。凤仙不怕外人嚼舌头,她倒是巴不得。这样一个在为难时候伸手的男人,她动真爱上了。倒是瑞雪,把得住流言蜚语,却经不住凤仙的甜言蜜语。"当初我若随你从了良……""我要是能得下你这样的男人……"经不住几次,瑞雪便搭进去了。偏巧被欲破除闲言碎语的雯燕捉奸在床上。回到家,瑞雪蹲在墙角认罪。雯燕咬破了嘴唇忍住恨,不与瑞雪说话,等光复进来了,却当着面对光复道:"我将来死了,把我与你爹分开了葬。"

后来凤仙被组织改到了别的生产队,她三番来柳家想当面道谢瑞雪,都被瑞雪拒之门外,终归一个人走了。自此,瑞雪在雯燕面前再没有抬起头来,像条狗一样卑贱地活着。

光复从懂事起,就被瑞雪教着学变脸唱川戏。这是柳长林谢世时的话,"护住柳家的宝。"瑞雪懂他的心思那宝不光是柳湖下的夜明珠,更是川戏的变脸绝活。他们爷俩打把式的时候,少不了雯燕在一边观望。雯燕专拣扎心的话挖苦瑞雪,"别苦着我的儿子。""我的仙人板板儿,小祖宗。"光复是雯燕与丰年的儿子,她一次次地有意无心提醒瑞雪——"我的""我的"为的是报复他,让他尝一尝他加给她的苦楚。光复、建国、援朝三兄弟中,瑞雪最偏袒光复,即便他是老大。光复身上系着他对丰年的愧,他对雯燕的疚。伤口包扎,免不了触碰,小心翼翼却惊慌失措。弄巧成拙,撕出新伤。瑞雪太小心,援朝便死在他的小心上。

六十年代初,天地变脸,无炊无食,无饮无灶,上难飞禽,下难行兽,草木枯败,饿殍遍地。松果子、保万全便被这天灾夺去了性命,死时已经饿得浑身浮肿,腿肚子上一指头按下去都上不来。瑞雪出门去讨吃食,光复也带着建国出去要饭,剩下雯燕与援朝在家。等瑞雪回来,雯燕、援朝母子已是奄奄一息。雯燕指指援朝,瑞雪不顾,硬是把一块黑面饼子塞进雯燕嘴里,一口水送下去。活了发妻,死了骨肉。光复和建国从外面回来,援朝早就断了气。雯燕抓着瑞雪的头发撕扯,瑞雪却不为所动,由她发泄,把个脸皮抓得血肉模糊,哭喊着要他还援朝的命。嘴里不停哭喊道:"援朝,我的儿。"

待雯燕神志平静了,对光复和建国重复曾经的话道:"将来我死了,把我与你爹分开葬。"

三年自然灾害一过,光复娶妻生子,分开家出去另住。那个时候,只有大集体生产队,是不能出去唱戏谋食了。光复虽是分出去了,有平时公社大队闹喜庆,仍旧与瑞雪一起去唱戏变脸。

瑞雪、光复父子受邀,在邻公社唱《竹林堂》。哪里想到正是这幕戏,惹下大麻烦。

南北朝时候,废帝刘子业昏庸无道,屈杀功臣,奸淫宫闱,败坏伦常。其舅戴法兴冒死进谏被斩于午门,其弟湘东王刘子荣金殿面斥子业险遭杀戮。由此,爆发宫廷政变,湘东王率众于竹林堂废子业。武生扮相的戏子当众人高呼:"打扫金殿,湘东王登基。"此时,武生俊扮应工的刘子荣,洋洋得意地雀跃转身,洁白的脸上,添了一块粉色的"豆腐干",随之伴以"嘻嘻——"尖笑和滑稽表演。打倒了一个"花鼻梁"皇帝,又来一个"鼻梁花"的新君。台上的剧中人唏嘘,台下的观戏人惋惜,为这位登基者做出恰如其分的评判:"又是一个昏君!"

外面正闹"文化大革命",甚至出现暴力冲突。

瑞雪告诫家人不要出门,即使在外面行走,他也是格外小心,说不定就成了造反派练枪的靶子。

瑞雪、光复父子二人唱完戏匆匆回到了安仁镇。初几天相安无事,任他外面闹翻天。瑞雪帮着儿媳看孩子,孙儿已经长到五六岁年龄,正是淘的时候。呼啦啦进来一群"红革"的小兵,为首的正是自己的二儿子建国,他大义灭亲,把瑞雪绑起来就走。

一行人反肩压着瑞雪直去了祠堂指挥部。给瑞雪定下了罪——倡帝王将相封建思想,反伟大领袖英明指挥。单单为了《竹林堂》中的唱词,"又是一个昏君!"建国已经做了"红革"的小头目,眼睁睁看着他们对亲生父亲的批斗,不时还要叫好喊狠话道:"打得好!打狠些!""红革"总指挥对这个大义灭亲的小头目很是满意,对旁边手下人夸赞道:"我们社会主义缺的就是这样有觉悟的年轻人。爹亲娘亲不如毛主席亲,天大地大不如共产党的恩情大。"

没人想得到这时候批斗者内部也会相互攻讦。建国先是自我炫耀自己的大义灭亲行径,然后把瑞雪老人的种种封建思想陈述殆尽,以求活命。瑞雪已经一把老骨头,因经受过他们的毒辣手段,已经再受不起第二回,为求保命,父子反目,与建国相互指责起来。二人相互曝光完了各自的丑事,无话可说,正绞尽脑汁,建国开口道:"那天唱戏的可是还有……"还没有说出"光复"两个字来,瑞雪胡乱从身边抄起一块黑心砖,强撑着挣扎起来,一砖头拍上建国的天灵盖,喷了泉了。建国瞪大眼睛盯着瑞雪,抽搐两下,死了。

保命要紧,瑞雪又对那些人颤巍巍道:"我不是反革命,我有郑县长当年颁给我的嘉奖。"当年瑞雪打死了丰年,被政府抓了起来,郑先生在背后活动才保了他出来。新中国成立以后,专门给他嘉奖——革命积极分子。他拿丰年命换来的嘉奖,救了自己一命。

雯燕知道瑞雪打死建国以后,嘴角颤抖,眼睛痴望,已经忘了怎样说话怎样流泪。一个没撑住,昏死过去。等再醒来,旁边陪着光复。雯燕老了,鬓角早就泛白,白发人送黑发人,更显憔悴。光复牵着母亲的手,心疼得直掉泪。雯燕却一言不发,最后从嘴里挤出一句话来道:"将来我死了,把我与你爹分开葬。"

瑞雪再没抬起头来,无论在雯燕面前,还是安仁镇人面前。外人只把他当作蝇营狗苟的小丑。看他四处寻人插科打诨,背过身去,只能独自舔舐伤口,冷暖自知。

（四）

改革开放以后，推陈出新，破旧除糟，一切又活了。国家活了，文化活了，人也活了。一双双水一般润泽的眼，看哪里都是一汪汪的澄澈。

洞庭英雄贝戎，行侠仗义，打富济贫。劫皇纲官银激怒官府，画影捉拿。贝戎施易容术变换面貌，方化险为夷，从官差的鼻子下溜掉。激越的堆山锣鼓，打出雄壮魁梧的贝戎。他"大花脸"脸谱，面呈五彩，圆眼大口，红眉赤髯，武生扮演的贝戎用的却是掌盘式口、虎爪手姿、熊势步伐。花脸贝戎，行的登打，扯下五彩面具，现出满额皱纹、白眉银须的老叟相。这相貌是瑞雪老人的原相，已是耄耋之年，无须扮演。击乐配合，贝戎躬背弯腰，老态龙钟，动作缓慢。由猛敲转为慢打的半登，继后是逐一扯脸，锣鼓随之变换。也是命数，当贝戎的面部出现小丑脸谱时，瑞雪人却定格住了，硬生生倒下去，死了。

瑞雪一死，雯燕也精神恍恍惚惚起来。清醒的时候，说话做事合乎常理，不哭不闹，不言不语。偶尔言语，只道："将来我死了，把我与你那老头子分开葬。"疯癫的时候，把满头的白发扯开，一席白瀑，咿咿呀呀，不知所语。

光复把瑞雪葬在柳山上，大理石碑墓刻——苦命先父之墓。新又在安仁镇盘下一处店铺，效老辈，开茶坞唱川戏，卖茶卖票。光复的变脸，已经熟练到"八谱连变"，"撤身含胸脚手动，稳准到位心有数"。全身各个部位紧密配合，心中有数，力求规圆矩方，以形传神，神形兼备，才能又稳、又准、又快、又帅、又美施变。

茶坞戏场场场满座，座无虚席。

如此纯情之境和火爆之况，也算是告慰瑞雪与柳家先人。

光复带着老母亲携着妻儿搬去了新宅，再没了公社生产队，柳家大院早已是人去楼空。院场空空落落，蛮横交叠，杂乱枝梢的石榴，探出院墙，早死了。

院门铁锁把着，漆皮剥落，露着斑斑的玉兰木，已成了灰黑色。褪成粉红的过年喜联，出门见喜，如意吉祥。看不出喜庆，倒是人非物是。

这日，光复演出一罢，没急着先回家，去了一趟柳家老宅。竟然开着门。光复推门进去，正门躺着那把楠木背椅，老太太倚靠在上面。她披散着头发，嘴里念念的哼哼叽叽。光复赶忙走上前去，拉她坐起来，老太太竟然红着眼圈掉眼泪。光复握着她的手，关切道："妈，你怎么来了这儿？"老太太念念有词，道："你爹当年从湖里救起我，又丢了我。他这辈子苦，没人知道。放着亲骨肉的命不要，养下你，两个儿子搭上了，这辈子的债他还齐了。我可咋个还他，下去再还他，还不上喽。"光复只当她又犯了癫，说疯话，背起她来便往家里走。老太太趴在光复耳朵边道："记得我跟你说的？"光复不说话，老太太便抓他的脖子，抓出道道血痕子。又道："记得不？"光复忍着疼道："记得，记得。""你说给我听。"光复道："柳家的珠子埋湖底下，不让取出来。"老太太不罢休，继续问："还有呢？"光复死死咬住嘴唇，任老太太怎么抓挠，就是不说话。

等到了家，老太太已经断了气，指甲盖还嵌在儿子的肉里。老太太瞪大了眼睛不瞑目，任怎样抚也抚不合。

下葬前穿老衣，须先脱净衣服净身。从老太太口袋里翻出一封早早写好的遗嘱，就一句话：我没脸去见他，分开葬。

光复合上纸条，老太太竟闭上了眼睛。

制章

纸扎匠

■ ■ ■

这便不可避免地谈及死亡。佛家禅言：大生大死，大喜大悲，大善大恶，大虚大空。与生打交道的人稀松平常，平凡如你我，并不稀罕。物以稀为贵，为死亡做度送的人就是稀客。这稀客须不惧、不畏、不伤、不悲、不奇、不惊、不喜、不泪。譬如说，纸扎匠。纸扎匠的手艺，稳稳实实扎他的纸人、纸马、纸轿、纸车，人死后身体尚且存留浮世的最后一段路程，总须有体面的葬品作陪。纸扎匠的心境，须面如平湖，须冷漠寡言，不因生死喜悲哀乐，方做得了死亡的送行人。一把火烧得干净，这一遭算是结了因果。

老济南大桥镇的纸扎匠官名南半天，受人尊称一声南先生。

南先生的纸扎铺子在街面上显眼位置却开不得，当街卖寿衣扎纸扎，晦气。偏安在分支街道一处胡同里，供着菩萨佛爷，敬着香火檀炉。灰瓦黑砖，悄悄的那么一隅，不碍眼。

在城市以外的土地上，生命的形式简单乏味，从来都是卑微的生，庸碌的死，千篇一律。活了，死了，土地博爱宽容，纳下或圣或脏的尸体。加棺、立碑做铭刻，至多作为血脉传承的提醒。一晃若干年，着眼于生之烦恼的人便忘却得干净，死去的人，哭乐悲欢便无从知晓了。生命的质地以忘却作为延续，超越肉体意义的生命，在城市以外的土地上麟角凤毛。用南先生的话讲——生不带来，死不带去，拿来还去，两不相欠。

南先生弟兄二人，上面还有一个哥哥，活到八十，仍旧健朗。老人身体硬实，在黄河上划船摆渡，夏日里光了脊梁，露出上宽下窄倒锥形的胸脯，红扑扑的一块一块枫叶红，像经过炭火烙烤过一般。腰里扎一根红腰带，船头永远插一根钢叉，叉头处系一根红缨穗子，那红缨钢叉是叉鱼用的，手疾似梭，目光如隼，过眼的鱼船头游不过船尾，得外号"河上四方红"。红脊梁、红腰带、红缨穗、红鱼血。可没人想得到四方红对命不眼热，一念看开，没了兴趣。没有以死明志，没有舍生取义，没有赔死偿命，作别尘世空死了。空留下感兴趣的人去寻思，打发寂寞的时光。

那日，四方红泊船上岸，正是日薄西山。老人简单回望一眼，往镇里走。四方红并没有回家，提着一筐鱼进了南先生的胡同。老人把鱼给了南太太去烹做下酒菜，兄弟二人满上酒，闲话夜谈。南先生从老哥哥的脸上并没有看出什么异样，依旧如常。酒过三巡，菜过五味，老人仍旧向南先生说兰河里蟹肥鱼硕，河岸边的绿肥红瘦，渡河人天南海北的轶事趣闻。四方红喝醉了，南先生留他歇，他摆摆手道："不如归去。"踉踉跄跄回去了。几天没见人出门，等再出来，已经盖了棺。

悄无声息地来，悄无声息地去，这样的平民俯拾皆是。老了，活够了，心如止水，平静地为自己准备后事，谁也不告知，悄然辞世。没有人知道为什么。弥留之际返照喜悦的回光，殊不知大悟后才能大喜，大喜后却总是大悲。

死人送到地里下葬，之后上桥送盘缠，一干白丧服的仪仗队，抬供桌，架纸扎，捧面烛，缓缓向桥上流，缓不过悲凄的劲儿。南先生侄儿来过，对南先生道："要办得排场，数量不能少；样式无非是那些老路子，依了您，再看样添补。"这支丧葬队伍，便多了一杆钢叉，缀着一条红缨穗子，叉头向上，指天问世，惊神吓鬼，好生气派。明明是死人的东西，却尽数拿到了活人面前显摆排场。停在桥头，死人生前用过的，没见识过的，纸扎车马童男童女，统统聚在一起，一把火烧起来，一堆灰烬。儿孙亲属抹几把鼻涕洒几行泪，唤那死了的人回来拿他的东西。死人冥冥中称心如愿，活人了了一桩心事，各有所得，各自归去。

佛家言：身是菩提树，心如明镜台。时时勤拂拭，勿使惹尘埃。

那年，保禄还是孩子，过着一根冰棍穷开心的日子，从未向南先生抱怨过生活的困顿。由小到大，从无到有，孩子欲望膨胀，一颗心变得强势。旁人的冷眼，让受辱者更爱闻铜臭的血腥气。南先生扎纸扎和死人打交道，赚死人的钱，保禄便愈加觉得这父亲无能晦气。人说外面有黄金屋颜如玉，外面有海味山珍，"出去吧。"便真的出去了。一去数年，堕入尘网，寸尺明镜已是尘埃厚土，无人拂拭，辨不出面目了。终于，公安局一纸死刑通知书寄到周庄南家，保禄在南方沿海城市抢劫杀人，抓进去了。

生于泥土，却渴望天空，一去多年做了异乡客。有活着的，苟活；有死了的，客死。客死者在镇上人生命观念中并无稀奇，不过是死了，由他长眠去。初一、十五、清明、初七，烧几炷老香，点几张黄纸，远远地哭喊几嗓子，唤那死了的人回来拿钱，给阴曹的牛鬼蛇神买路钱，这便当作是祭奠了。南先生不，他亲自南下一趟，想办法收了保禄的尸骸，捧着一个吊脚楼的骨灰盒回镇上来。没办事也没发丧，不声不响地埋在南家祖坟边上，连块碑都没立。没让保禄骨灰进南家祖坟，犯下伤天害理的事，怕他辱没了先人。南太太过不去老年丧子的心门，对南先生道："给孩子扎几个吧！怕他在那边孤寂。"南先生道："他用不着，那些东西他不缺，也不要，他只要钱。"后响，用锡箔金纸、银纸叠了两篮子大元宝，悉数给他烧了送去。

只留下一张死刑通知书，这是生死簿，又是耻辱簿。南先生不敢丢，每见了心中不免风起云涌波澜起伏。没了，便是没了，富贵荣华锦衣玉食都不相干了。自在菩萨，五蕴皆空，度一切苦厄，这一点南先生看得透彻。

本来南先生与南太太就绾疙瘩，有解不开的心结，保禄一死，也没个奔头了，南太太那边先垮下去。因为家门一夜破落，南太太才被父亲送到做死人生意的南家来，委身做了南太太。她娘家是大家，从小做惯了惯养娇生的掌上明珠，自然看不起这个死人手。南先生也并没有把她当作落了架的凤凰菩萨般对待，女人要做的事情都由她去操持。两人争执了五十年，她怪他连救济她家的聘礼都沾上死人的晦气，跟了他一辈子，晦气都发酵化脓，晦死了她的儿子，早晚她也逃脱不掉。南先生并不忍耐她，他做的是亡命人的送行者，过奈何桥饮孟婆汤打点黑白无常，都少不下他的度送。她嘴上不停地赌咒他去死，死后不与他烧纸送钱，教他做野鬼孤魂。她咒他死，铆着劲与他比活，看死人的笑话。南先生爱喝两杯，南太太也不甘冷清，有时候喝得兴起，仍旧骂，笑着骂，跳着脚笑着骂。轰烈的敌人又是冷漠的知己，本是相濡的夫妻。

　　一辈子的风雨都忍下了，这一次南太太的弦却断了。

　　距离保禄死后没多久，南太太觉得时日无多。

　　壮胆提气，南太太温了一壶酒。也没有下酒的菜对付，干饮解烈愁。南先生坐在檐下扎纸扎，镇上有一位老太太刚过世，赶着明天下葬入土。阳光蹭过门槛在地上照一个方块，刚好把他圈在里面。她也不叫他，"唏缕缕"斟满盅，南先生听见那缕酒入盅的声响，回头看她一眼，屋内昏暗无光，人也显得模糊不真实。教她疯去，他只顾做他的活儿。南太太又念上她几十年难解的心经。破了家门，嫁错郎君，死了儿子，命比纸薄……碎叨叨念着念着，那声音便渐渐细微下去，像雨打的涟漪纹，一圈圈淡了。一声惊蛰，酒盅滚翻打掉在地上，断了盅脚，人趴在桌上醉过去了，南先生只是回头望了一眼。等到南先生忙完手上的活，已是傍晚时分，阳光切完最后一个锥形角，天就黑了。南先生去叫她做饭，几次不应，他再去察看，人早就断了气。那壶里温的不是酒，是农药。南先生知道没救了，搂她在怀里愣愣地摇，不哭不泣不悲不伤。面无表情，却是最丰富的表情。她死得彻悟，他念经为她度送。诸法空相，不生不灭不垢不净不增不减，是空中无受想行识，无眼耳口鼻身意，无色声香味触法，无眼界乃至无意识界。闭上眼，心无烦事。只不过，一个人的一生，爱恨情仇，最后交予一壶农药去发言，他觉得不值。扬扬嘴角苦笑。人都死了，他仍要给她苦受。

他没像她生前咒他的话那样绝情，不给她烧纸送钱，祖坟上挖个坑埋了了事。他给她的葬礼办得很是隆重，请的县城最盛名的吹鼓手，昼夜不间断，八热盘八冷盘，上好的细面捏成石榴沙果麦穗棉花兔儿猪儿，亲朋摆了几十桌，归葬入殓走的全是官道，须是三邀三请才缓缓上的路。他扎满了纸人、纸马、摇钱树、金山银山、牌坊、门楼、宅院、家禽，堆得满满当当。桥上送盘缠入火时，以为提前点燃了腊月初七的火神节。

风前雨后，昼时夜中，大桥镇南家的晦静几乎遭人遗忘。南太太走后，南先生孤苦一人，只有供奉的菩萨伴他，那菩萨又是个吃清苦寻静谧的，危难时候也不见他开口言语公道，更何况是这无事相安的日子，算不得人，还有成形的纸人纸马。南先生的房间内全年潮湿幽暗，伸长的鸭舌檐，挡下入户的光，死寂死寂的，弥散的全是关于死的气，教人窒息。大人都避着走，周庄的孩子更是不敢进来这胡同，他一人更是冷清。剩下的日子，南先生便有充足的时间为自己备后事。他的父母兄弟，妻儿子孙都由他亲手葬下，生无他憾。他活够了七十年的光景，时间在他这里成了切割的利器，一生的团圆与温馨，在刀锋下全部破碎支离，剩下的全是伤和疼。对于死亡，南先生甚是平静，不过是生活中的一次远程，出去缓缓劲也好。他为自己扎好了送行的陪葬纸扎，筹备齐游龙戏凤的真丝寿衣，置下一口黑漆油木大棺，停在床前肃穆端详。有阳光的日子，他总要捡出他的寿衣出来晒，抹平衣角，撷平褶皱，弹掉灰尘。近乎朝拜一般神圣。

在他死前，他又接下一单死人生意。镇上一户人家的二公子猝死，血气蒙目，止不下血，都喷了。那个面颊白净的剑眉少年，才刚上二十来岁的好年龄。南先生想起那张脸来，就唏嘘不已。孩子的母亲到他的死人屋里哭诉："多好的孩子，看他挣扎的疼，我都受不过去，都想代他遭罪。他咋就那么看得开。他二叔，孩子遭罪的时候就攥着我的手，他不想着怎么祛疼，还想着劝慰我'妈，死就死了，我也没个啥想法，不怨谁，你别难过就行……'死的咋就不是我？！"女人走后，南先生只觉得这世道不公，他这样没了活头的老家伙始终不死，那正值风华的少年，怎就英年早逝。南先生给二公子送了几只板凳去，保禄当年就拿那椅子骑马打仗，又多扎了几双童男童女，男作友，女作伴，少不耐孤清，省的他在那边寂寞。

冬去春来，南先生挑了个好日头。那日，千佛山上的兰花开得分外惹眼。他平静地为自己穿上寿衣，安然躺进棺中。抚平生之痛，消解生之烦。

死了。

不过是死了，没什么大不了，没什么可怕。心无碍，就无有恐怖，远离颠沛。活着都不怕，更况是死。

木匠

微雕人

■ ■ ■

秦淮一代搞微雕的人，只剩下周庄的鬼脸王了。

两个鬼脸王，祖孙关系。老的王正义死了，现在就只剩下小的了。

鬼脸王原名王正义。十八年前仲夏，周庄发生过一场大火灾，火源就是王正义的茅草屋。王正义的鬼脸同样由因于此，他同样是这场火灾的受害人。当年火灾时候的王正义，也已经是年过半百的人了。那天，他正躺在茅屋里看孩子。他白天在地里播了一天的种，晚上回来休息。刚过了子夜，儿子王百顺和儿媳就又下地去了。临走前把千禧抱过来，由他照看。王正义有个毛病，晚上起夜，没有一袋烟的催眠，是合不了眼的。他在黑暗中划亮一面小三角旗，照一照酣睡中的孩子的脸，还煞有介事的美滋滋一笑。他知道，农忙时节满地柴草，稍有火源，就是烈火满天。他明白这个世界防火的必要性，刻意用鞋底碾灭了火柴。一袋烟没抽几口，睡意袭来，他太累了，两只眼就瞌上了。

悲剧发生了。

火一着，浓烟滚滚，王正义给烟呛醒了。周围已是火海一片，他早没了思考的头绪，漫天地呼喊救命。等他踉踉跄跄地从火海里跑出来，还没来得及站稳脚跟，脑子里一个念头一闪而过，他又鬼使神差地冲回了火海中——他孙子千禧还在里面。

镇里人听到喊声都出来看个究竟，等见到眼前的漫天火海，个个神色惶恐，好一会儿才回过神来扑火救人。瞬时，镇里人喊狗吠，打仗一般热闹。喧闹声惊醒了邻镇的人；火光看呆了凌晨早起下地播种的人：漆黑的夜色下，东南天边一大朵火红的大牡丹。不管是邻镇的人，还是本镇的人，都火急火燎地往东南方赶过去。

　　大家伙七手八脚地救火的时候，从火海里连滚带爬地撞出一个人来，那人一边就地打着滚，一边鬼哭狼嚎地惨叫着，他身上还着着火。大家几盆水浇在他身上，灭了火，人还在痛苦地惨叫。大家凑上脸去看，那人的脸已被烧得面目全非，身子上有完好的地方，也已被熏成炭黑色。本镇的人还是辨出了他的身份，王正义。王正义蜷缩在地上，由惨叫慢慢变成了呻吟。等他的身子缓缓张开，在场的人都惊住了。他怀里还抱着一个襁褓中的婴孩，那婴孩也已经是见不着人脸的样子了。孩子不哭也不闹，看样子是没气儿了。"救他!救他!"王正义向身边的人哭求道。镇主任老李头儿脑子清醒，推了车来，拉上这爷俩儿风驰电掣地奔医院去了。

　　灾难发生在别人身上是笑谈，一旦付诸到自己身上，就成了悲剧。

　　十八年来，当周庄的人拿王正义爷孙两个鬼脸戏谑调侃的时候，爷孙两人却各自承受着非常人所能想象的苦痛。

　　自从千禧出事以后，儿媳淑红强要着和王正义分了家。说是分家，却是把王正义扫地出门。百顺夹在中间左右为难，他又是打小软骨头，也只能看着淑红的脸色，不敢说半个"不"字。王正义和百顺分了家，成了无家可归的人。清官难断家务事，老李头儿在中间调解也没见什么成效，就把镇北头抽水站的水房让出来给王正义。一方面解决了他的个人生存问题；另一方面，也给抽水站配了一个无偿看护员。一举两得的事情。

　　千禧初有意识的时候，就觉察出了自己的与众不同。他这么认为，并不是小伙伴们拿他开玩笑，冲他扔石头，骂他丑八怪，而是因为他的长相——他第一次从镜子里看到这张脸，也着实吓了一跳。千禧家里从来没有过镜子，即便淑红身为女人，她也从来不对镜梳妆。她虽然知道，这缓兵之计起不了长远的作用。

总有一天，千禧会问起他的脸，她只是尽量小心翼翼地维持着这份和谐。

　　淑红担心的那一天终究还是来了。千禧七岁那年进了学堂，放了学哭哭啼啼地跑回家来，指着自己的脸问淑红道："妈妈，为什么我的脸长成这样？"淑红正洗衣服，她听了千禧的哭问，也没有抬头，只是强忍着无声的啜泣。眼泪"吧嗒吧嗒"地掉在洗衣盆里。她头也不抬地说："你的脸怎么了？"千禧从口袋里掏出一片碎镜，蹲坐在淑红身边，然后举起镜子。淑红和他的脸一同出现在了镜子里。碎镜不大，映不全母子二人的脸。然而，即使管中窥豹，淑红同样看得分明千禧千疮百孔的烧疤。淑红知道再也隐瞒不下去，又泪如雨泄。淑红却不去和千禧谈他的脸，转而反问道："你哪来的镜子？"千禧道："迎春给的。"淑红扔下活计在院子里，带着哭腔一路奔迎春家去，大闹了一场。迎春的父母知道迎春做了犯忌讳的事，任凭淑红哭闹，也不言语，只是听她哭诉她怎样的不幸，百顺如何的没用，千禧如何的委屈。

　　闹完之后，一切静如往日。

　　淑红背地里又去了迎春家，平心静气地和迎春父母促膝长谈。她那么大动干戈地哭闹，不过是向镇里人提个醒。

　　因为他的脸，千禧始终以为自己低人一截，也不合群。后来千禧年岁渐长，成人意识逐渐清晰，人也慢慢自闭起来。

　　镇里知道那场火灾的人，碍于淑红的脾气，谁也不敢对千禧讲起王正义，千禧也始终不知道他那张鬼脸的原因。终究是若要人不知除非己莫为，千禧细心捕捉着镇里人的只言片语，终于拼成一段完整的故事，知道了那场大火灾，也清楚了那场火灾和自己鬼脸的关系，他甚至弄明白了那个人人喊打的镇北头的丑八怪老头就是自己的爷爷。想来，他也曾拿石头砸碎过那老头的窗户玻璃。这么一想，千禧便有些惭愧了。"可那又如何，他现在所承受的一切都应该归咎于他，他虽然把自己从火海中救了出来，而且同样落得和自己一般的模样，可刨根问底审下去，仍旧是他一手造成的过错。他现在千夫所指，也是应当的。"千禧这么一想，心里方觉得公平，并且理所当然地恨着王正义。

木雕艺术在九十年代初期传入周庄，并且在往后的十年里繁盛一时。百顺虽然惧内，却是周庄第一户做木雕的人家。凭着庄稼人骨子里吃苦耐劳的精神，用十年的时间把木雕艺术营务成家庭财源的支柱。周庄起初几年的木雕都是雕版刻，用刻刀镂上样式各样的图案，龙凤呈祥、双龙戏珠、百鸟朝凤、金鸡报晓……九八年以后，周庄雕版刻逐渐向木匾发展，雕刻的功夫慢慢成了辅助。也是那一年以后，木雕逐渐退出了镇里人赖以谋生的经济手段行列。

木雕艺术作为经济手段的没落以后，在民间艺术范畴之内却仍有星星之火。或许因为木雕在周庄做得风生水起的缘故，名声自然在周围地区打响。九五年仲夏，一位沿着大运河北上的浙江商人，在周庄靠岸，泊舟，上岸。

华春雷上岸后遇见的第一个人是王正义。

那天，王正义正在河边洗衣服，见有人停船上岸，他转身就走，像是在逃。他自己这般人鬼不是的容貌，奈何是不愿意轻易示人的。他愈是走华春雷愈是追。等王正义回到院子里，华春雷也尾随着进来了。初见着实惊了神，华春雷对王正义见人就走的原因也知道了大概。幸而，他闯南走北做生意，对五花八门的人、包罗万象的事、千奇百怪的脸也是见怪不怪了。华春雷故作淡然，平静地向王正义打问关于周庄关于木雕的事情。王正义从他的口音听得出他不是本地人，外出闯荡也是不易，也就一五一十地把华春雷的问题向他说明了。谈话知道这商人姓华，浙江人，做的是倒卖生意，低价搜罗民间玩意儿往大城市高价卖。王正义从华春雷口中得知他的来意。因为周庄木雕做出了名气，他来这里找做微雕的合伙人。具体细节，王正义是不便多问的。华春雷别了王正义，往南进镇去了。

那个时候的王正义几乎不与人往来，说得直白些，是没人愿意同他往来。

同他一般年龄大小的老人，相继离世；年轻的只当他遥不可及，在他们眼里王正义蒙着一层神秘而恐怖的面纱。华春雷匆匆地来，又匆匆地离开，他好歹是见了人的影子。他知道华春雷迟早是要回来的，他的船在。华春雷进镇后，王正义便坐在院门外的梧桐树下等，十多年的孤独，把他逼得有种望眼欲穿的味道。

直等到第三天上午，华春雷才回来。

王正义把他让进院子，还提前做好了饭留他吃。华春雷拗不过王正义的热情，推辞了一番便妥协了。饭间，华春雷把他此行的目的说给王正义听。南京有人在他这里下了订单，一批民间的货，其中有三件微雕艺品：两只微雕核桃钟鼓楼，一枚寿山石微雕写意画。其余的货已经备齐，只有这三样东西棘手。他当初订货的时候，只顾着优厚的价钱，疏忽了这三样小东西，秤砣虽小压千斤，华春雷百求难觅微雕人。听说这一带木雕做得挺红火，微雕也应该有人做，就想着来碰碰运气。谁想这里的木雕和他要找的微雕八竿子打不上关系。华春雷从口袋里拿出一个核桃摆在桌上，要王正义看。那小东西远远地看，不过是一枚核，贴在眼前看，方才惊叹其中别有洞天。小小的一枚桃核，上雕浮云，有风吹欲走的动感；中镂鼓楼，傍山而建，窗皆大开，有人探头，似与人谈；下刻流水汀泠之音，似响有声。巧夺天工，栩栩如生。华春雷道："我在姑苏一代的古玩城求得这一枚，北上以来，再也没见过，连仿制的人都找不到。普通民间手工艺人，见了这惊为天人的做工，没有不推却的。"王正义见华春雷很是愁苦，他自己对这枚鼓楼微雕又是爱不释手，当下表示愿意尝试。华春雷起初喜出望外，转过头来又有些放心不下。一方面如期交不了货不说，搞不好再毁掉这一枚。王正义看得出他的顾虑，却不能说什么，他没有资本向华春雷做保证下誓言。王正义只是把自己独一人居的困难处境及自己这副丑相貌的原因向他娓娓道来。华春雷听了不免心生恻隐。半下午时候，华春雷上船继续北上筹备那枚寿山石微雕去了。临行，把那枚鼓楼微雕留给了王正义。他只是对他道："半个月后我会回来。"显然,把限定期给了他。

他信了。

半个月后,华春雷果然再来,还另外带了一枚鼓楼核桃微雕来。他始终不放心,所以在别处寻到了保底的桃核微雕。王正义半月磨一核,竟也成功了。这样算起来,华春雷可以带三枚桃核微雕。华春雷把王正义做模具的那枚送给了他,把他雕出来的留下来,又给了他一些钱,算做手工费,好费一番心思。王正义原本已经千沟万壑的手,半个月的时间,又是新伤添旧疮,满手千疮百孔的血痂,着实令人目不忍睹。华春雷心里自然明白,作为一个外行人,王正义半个月在这枚核雕上受的苦。

华春雷临走,又把那枚寿山石写意微雕画拿给王正义欣赏一番,才上船离开。王正义目送着华春雷的船渐行渐远,慢慢如叶,如点。等到华春雷的船没了踪影,孤独与寂寞又上心头。

镇里人依旧过着他们的安居日子。半个月来,王正义的生活仍旧没有任何人过问,他们甚至连大运河一带也懒得涉足了。实在也怪不得他们,王正义住的地方实在太偏僻。

王正义依旧形单影只,自力更生,完全两个世界的人,镇里人大抵已经忘了他吧。倒是初为成人的千禧,鬼脸的称号依旧被镇里人背地里不厌其烦地拿来调侃,热情经久不衰。

零二年夏,江南大涝,僵持了一夏的雨,终于在八月倾瀑而下。连续两天的雨润泽了土地,浇灌了庄稼,涨满了大运河,眼见着过了警戒水线,只能打开沿途的水站,往各个水渠里抽水排洪。

周庄水站抽了一天一夜的水。

第二天,王正义一大早起来,竟看见水渠两边的坝上由南向北走来一群少年。而且,已经有几个少年站到了水站的两边,冲着水渠里吆五喝六。王正义好奇，上前探个究竟。原来，水站抽水，从大运河里抽上很多鱼来，数量还不少。不过，被抽水连带着抽上来的鱼，多被马达的螺旋扇叶打死，漂在水面上。镇里少年有心，这样的发现自然成了在家帮农忙的少年们解趣的好事情。他们沿着水渠抓鱼，就到了水渠的上游。已是年过七旬的王正义，对少年们取乐的手段自然不以为意，他略微觑了两眼，就往屋里走。转过身去没走两步，眼前放电影一般，蒙太奇闪过，一个少年的外貌让他心里"咯噔"一下。

那少年便是千禧。凭他的外貌，王正义也辨得出来他就是自己的孙子——他的脸太扎眼了。只是这么多年过去，千禧现在硬朗的身板和长高的身形让王正义有种恍如隔世的凄凉，他不免想回过头去多看他两眼。等他再看过去，千禧也是目不转睛地盯着他，四目相对，两人各怀心思，不免顿生尴尬。王正义看着那双眼，那眼神太复杂，全然不是少年应有的清澈纯粹。王正义从嵌在那张鬼脸上的漆黑眸子里读出的满是责怪、愤怒与怨恨。王正义心虚，知道千禧在责怪他，他转身朝屋里走，几乎在逃，他满脑子里全是当年漫天火海的场景。

这以后，一直到零六年夏，爷孙俩再未谋过面。

自从九五年王正义琢磨上微雕，他就全然痴迷了进去。有一次，同样已经是年过七旬的老主任老李头儿来看他的时候，他特意拜托老李头儿给镇里的铁匠唐杰带话儿，给他打一副钢针。没几天，老李头儿就给他送来了。不是钢针，一副铜铸的金黄菊芒铜针。王正义要老李头儿带钱给唐杰。老李头儿却怎么也不收，特意道："这么多年了，唐杰知道你的脾气，临来前，他特地要我带话给你，'无论如何不能要正义的钱，我之前没去看过他，现在半瘫在床上要我老脸往哪里搁？这副铜针算是赎罪吧。我们老哥儿几个，现在活着的不多了，你要他多保重身体。'"老李头儿说完这些话，噙着泪走了。王正义心里也是翻江倒海的酸楚。

王正义用这副铜针在核桃、米粒、鹅卵石甚至在头发上都做过微雕，成品都摆在窗户上，兀自赏玩。中间华春雷因为配货的原因来过几次。因为微雕耗时费力，成功的微雕每年也是有限的。华春雷每次从他这里挑走微雕，都要付给他手工费。不管王正义怎么推辞，华春雷都是说一不二的。华春雷心里一直这么想，他付钱给王正义不仅仅出于公平的钱货交易，更是他的一片恻隐之心。

王正义在微雕手艺上精雕细琢的同时，自己的身体也被岁月无情地雕琢着，非圣非贤，他也会老去。有一天，他蹲身下去，再起来，两眼一黑就什么也不知道了。等他再醒来，却是老李头儿在他身边守着。老李头儿问他怎么倒在院子里，他只说自己喝高了酒，醉睡过去。王正义知道，没有事老李头儿是不会来的，便问他来这里的原因。老李头儿满脸的愁容，起先不愿意开口，嗫嚅了一阵方才叹口气道："这些年，百顺一直想接你回去，淑红不同意，两个人没少争吵。昨天，百顺喝醉了酒，和淑红大闹一场，他不想让镇里人再戳着脊梁骨过日子，他宁肯死也不愿意背负不孝的骂名，在龙凤桥边的槐树上上吊了。人发现时，已经断了气。"

王正义听了，又昏死过去。

等他再醒来，周围已是耳目一新。他被老李头儿转到县医院来。王正义自己也清楚，以他现在的身体状况，即使在这里了结残生也是不足为怪的。令他吃惊而又羞愧的是淑红和千禧竟趴在病床两边，看样子是睡着了。淑红鬓角已经起了白发，千禧也已经是成人模样了。他看着千禧，不免想起百顺来，白发人送黑发人，他已经死了。想到这里，王正义默默流下两行浊泪来，他不自禁啜泣出声，淑红和千禧同时被他惊醒。

淑红见了他就哭，这两天掉眼泪似乎成了她的习惯，淑红边哭边诉道："爸，对不起，这些年苦了你，都是我不好，你不要怪百顺，你搬回家里来住，百顺没了，往后我和千禧给你养老，你可不要再有个三长两短。"王正义听她这么说，显然是百顺的死醒悟了她，这代价不免有些沉重，又有些讽刺，有种一命换一命的味道。淑红继续道："我糊涂，千禧是你救出来的，这么多年却一直归咎你，苦了你。"她提到千禧，王正义却寻不到千禧的踪影，显然他仍旧没有完全原谅他。千禧做好面对王正义的准备，也不是一朝一夕的事情。毕竟两张鬼脸面对面，不免会提醒对方这些年各自的辛酸。

王正义只能等。

对王正义而言，现实中的距离近了，心灵的距离自然就近了。

王正义在医院里躺着，听淑红说近些年来家里的事情，难免感觉世事变迁，沧海桑田。从淑红那里他知道千禧高中毕业就出去做事情，碍于相貌，又没有一技之长，屡屡碰壁。镇子里其他年轻人进进出出，走南闯北，他也只能望洋兴叹。王正义听了不免要引咎自责。他突然想起华春雷提起过微雕在大城市的发展前景，他的手艺又后继无人，深受烛灭香断的威胁。他又身无长物，便想着有生之年把微雕手艺传给千禧，也是一门谋生的手段。然而千禧却不给他任何机会，连见面都是奢侈。他之前的想法，渐渐黯淡下去。

这天清晨，被淑红强拉着在医院里陪护了一宿的千禧缓缓睁开眼，却看见王正义正意味深长地看着他。千禧转身就往外走，王正义背后叫住他道："还恨我？"他本想说"还恨爷爷吗？"因为生疏，他尚不敢这么开口。千禧背身对着他不说话。王正义接着道："你的现在境况是我造成的，我要尽量弥补你。"千禧背着身子撇撇嘴冷笑，没有让他看到。不是因为从那张脸上漾出的笑怎样的狰狞，而是不愿意让人看到。在千禧心里，一个手无缚鸡之力的老人，又是风烛残年，是没有什么能力能够帮得上他的。王正义把这些年关于微雕的事情详细说给他听，又说要把这手艺传给他，方便他谋生。千禧却道："跟一个老鬼脸学手艺，学变脸谱？"话一出口，他立马后悔不该如此。他想，他这样挖苦的口气一定狠狠刺痛了他。着实，这话伤人太重。千禧有些无措，准备夺门而走，却被王正义背后再次叫住。王正义道："你转过身来。"千禧缓缓回身，那张丑陋的脸，他每次看到都是一种近乎绝望的心情，那也是他自己的脸。

王正义从枕下掏出一个香包和一面圆镜。他吃力地抵着墙坐起来，然后从香包里掏出一枚铜针，把圆镜铺在膝上，对千禧道："你走近些，看清楚。"只见王正义对着圆镜在自己眼前穿针引线地比画着，针法隐匿，似游龙戏凤，如见缝引针。约莫十分钟，王正义停止了动作，抽搐着满面疮痍的脸，嘴里倒咝着凉气躺倒下去。王正义对千禧道："你过来看。"千禧凑到他脸前看，那张脸除了有着同他自己的脸一样的令他深恶痛绝的烧疤外，似乎看不出不二的异样。再仔细看，王正义两只眼皮的第二层处却各自有两个猩红疮一样大小的红点。再凑近，更细看，那分明是一个字——"愧"。

千禧惊住，"扑通"一声跪倒在王正义床前，泪如雨下。千禧哭道："爷，我错了。"

后来，再后来，一直到现在，周庄搞微雕的人，仍旧只有鬼脸王。

之前是王家老鬼脸，老鬼脸死了，就只剩下小鬼脸了。

補壺

鬼
手

■ ■ ■

（一）

苏北彭城，楚霸王项羽出生旧地，彭下沛城，高祖刘邦旧时生地，本已属人杰之地；后有晚唐李璟、李煜父子生于沛水，开文雅词风，以申忧患意境，流传今世，哑哑上口；又有沛民朱元璋一步登天做天子，更平添了其帝王、诗书的灵秀朴素韵味。

沛城出君王。

如此沉重而荣耀的称谓必然使沛城不俗于其他苏北县区，仅其深厚的文蕴和醇厚的民风，便是后来如雨后春笋般崛起的新城所垂涎歆羡、自愧难堪的。

是老城，必有其独到之处。

沛城向南可通江南水乡灵毓之气，水汽浓重，又有京杭运河丰沛河段浑浑南流；北接鲁西南微山湖系，浩浩渺渺，苍苍莽莽，浑然吸收了北方浑厚浓重的野气。因而，沛城的人自恃南北通贯：有南方矫情的韵味，有北方粗犷的霸道；青胜于蓝，恰处在青黄不接的二五眼上，沛城人又继承高祖市井的无赖泼皮劲儿，独自发明出死缠烂打，不死难休的韧劲，到底是好是坏，一语难名。总之一句话：传统淳朴文明中的劣根衍行。

可以举一例来说沛城人的性格特点。

深夜两点我下火车，刚一出站，一群出租车司机像华北蝗群一样围拢了我。不吃火车上的盒饭，打的不在火车站。环视一周，没有熟悉的脸。我像聚光灯下被围追堵截的明星，一面挥手示意自己不坐车，一面拉着行李箱向前挪。他们的热情程度就像久未见过肉丝的蒙古狼，见着我这个学生羊，怎能那么容易给我让道。俗话说，狼见羊急断肠，车见客不让过。有的都已经上手准备拎我的行李厢，得，大老爷们深夜两点出来跑个出租也不容易，谁家里还没有孩子老婆，我忍下了。

我继续摇头摆手，前行的路慢慢畅通了。当我以为只我孤身一人的时候，当然这只是我以为。当我以为只我孤身一人的时候，我对路两边出租车的招手视而不见，像匹高头大马，昂首挺胸，目不斜视。而那些个不停招手的司机却像一个个老鸨子，挥着手里的红花扇，像在招呼嫖客。

"爷们儿，坐车？"我本以为清静了的身后冷不丁蹿出个人来。

"爷们儿，上哪儿？"

我继续摆手。

"不坐不要紧，你上哪儿？看我能不能拉你一程？"

我仍然摆手，继续向前走。

"你看你这么一个小青年，这大晚上的，你说上哪儿？"

我不摆手了，不予理会。他却步步紧跟上来，像牛虻一样在我耳边转来转去。我本以为沉默是对聒噪的最好回应，然而，我这次彻底错了。

当我走出一里地，实在忍耐不了他的坚持，只得向他低头。

他乐不可支地跑回车站去开车，出于承诺，我站在原地等他。深冬二更天的风吹来，我瑟瑟发抖。

车开来了，我拉开车门，几乎仰头倒过去。车里已经塞了三个人，个个怨声载道，侃骂连天。那个司机也据理力争，答辩一样回骂。我无奈，知道着了他的道。又不好意思推却，只得把自己缩小再缩小，才勉强塞进去。虽是拥挤倒是暖和。

他这是跑一趟的路，收四份的钱。

一个字黑!

两个字黑!贪!

沛城像他这样的市侩式的人不胜枚举。把一个地方的风土品格融入民间的各行各业,并不足为奇。

时年六月份,沛城便像过节一样,彩旗、彩带、彩球、彩灯凡是带彩儿的能烘托喜庆气氛的,在沛城都能找得到,只要你肯找。六月是一年一度刘邦文化节的筹办月份,也是民间奇人、怪人、神人、鬼人、仙人聚集,把弄各自手艺,靠绝技绝活吃饭赚钱的最佳时候。

无论吃的喝的,像甜的八宝粥、酸的青梅汤、辣的青椒串、臭的油炸臭豆腐、粘的粘牙糖、脆的开酥果、硬的花生板、软的牡蛎肉;无论玩的穿的,像彩泥人、掷圆环、踩气球、走高跷、看花脸、买唐衣、选马褂、挑洋帽、蹬草鞋、编手套;无论弄文的耍武的,像快记文字、告示招对联、花鸟写人名、裱框工艺画,带尖儿的、带棱儿的、带把儿的、带刺儿的、带杆儿的、带刃儿的。像这样吃喝玩乐、文治武功,应有尽有,一样儿不落。

更可贵的是,这些民间的玩意儿,低贱、耐糟蹋,不比那些个华贵不耐涴的真丝围巾、豹裘大衣,只能供在橱窗里当平头百姓的奢望。民间的玩意儿,可以随便抓、捏、扯、拉、看,有兴趣的还可以扔到嘴里咂吧咂吧。因为低贱,才更平易近人,才更合乎大众人民的口味。

可以这么说,低贱的才是大众的。

事在人为,火车是人开的,大楼是人盖的,民间的玩意儿也是由人发明的和发展的。所以撇开文化不说,单单评说民间艺人,只要是民间艺人,个个身怀绝活,个个巧技通天,所谓的,奇人怪人。

（二）

  沛城西郊的纺织厂，原来在新中国成立初期是县里纺织工人的救命饭碗。那个年代，流行的是大锅饭，为公家工厂出力为荣，只要能为公家做事，断头也值。那时候，人的心齐，个个团结得像扭在一起的麻绳儿，拉得直，扯不断。所以那个年代的人简单而快乐。可是再公的社会，个人还是会有虚荣心，然后带起进取心、上进心。想一想在那个以农业为主流产业的时代，能对道旁问你哪里去时的熟人回答上一句上班去，那就是一件无上荣耀与自豪的事。因此乡下人以进纺织厂纺纱为乐、为荣。进纺织厂做工，它代表了你进城。进城做事，你就是半个城里人。这样好像脸色更红润，腰板也更硬邦了。因此，能进城上班，对那个时候的农民是一件不可想象的事。

  进城做工人，在那样可爱而知足的年代是人们的一种美好向望。然而，就是有那么一两个不循常理的人，逆常规而行，其中就有这朱八斤。

  纺织厂门前本是一条胡同，后来因为纺织厂门前总是门庭若市，吸引了很多商贩在胡同里卖早茶、卖水果、卖干粮，时间一长就有在胡同里搭窝置棚的，慢慢地，就有了房，成了街。

  纺织厂前门胡同两旁有百十来棵百岁老榕树。进胡同，靠右走，数到第二十五棵，不偏不斜，正对门便是朱八斤的药铺——八贤堂。

  老人九九年过世，八贤堂应算得上是他的故居。

  朱八斤传奇的市井人生就要从这巷胡同说起，就要从八贤堂说起，就要从这门前的老榕树说起。

  朱八斤，原名朱八斤，字是他爷爷想的，名是他父亲取的。他父亲名叫朱长生，一听这名儿就知道这人儿命大。确实不错，朱长生这辈子赶上了战争年代,闹过学潮,参加革命,打过仗,挂过彩,就差一个指甲盖的距离,子弹就直崩脑门子。差了这么一个指甲盖儿的距离,子弹就从他脑门子旁边过去了。新中国成立以后,朱八斤父亲革命有功,被派来做纺织厂厂长。

朱八斤父亲虽是个军人出身,未参军之前却是个落魄地主家的公子哥儿,懂艺术、知音律,尤爱相声这一口儿。平时有事没事抱着个黑药匣子似的收音机跟个宝贝似的,专听相声段子。

朱八斤母亲临盆的晚上,家里人都急得跟热锅上的蚂蚁似的在产房外团团乱转。唯独这朱长生不同,他是男人,是军人,更是家里的柱子,怎么着也不能慌乱,就算心里慌乱着急,也得表面上装得跟没事儿似的。

朱长生一边坐着听收音机,一边心里头急得像打花鼓,额头上的汗珠像黄豆似的哗哗往外冒。

"不要慌,不要慌,要镇定!"

"哇!哇!哇!"三声啼哭,像旱野突降甘霖,一家人揪着的心也松了下来。

这个时候,护士走出产房说:"是个男孩,八斤,给起个名字吧。"一家人都盯着朱长生。朱长生表面上镇定,心里早高兴得忘乎所以,只听见护士说的"八斤"二字,从他嘴里憋出三字儿:朱八斤。话一出口,一家人跟丈二和尚似的看着他,他却跟没事儿一样往回走。家人忙问:"你哪儿去?"

"上厕所。"又只丢下三字儿。

护士愣了半天,云里雾里地退回产房,嘴里还嘟囔:"朱八斤,朱八斤,小孩怎么起这么个名儿?"朱八斤的爷爷往朱八斤他爹原来坐的地方一坐,噌地一下跳了起来——椅子湿漉漉的一大片。

后来为了圆过这场取名风波,朱八斤的爷爷又给他取了表字:舜禹。三皇五帝里头他占了俩。

按常理，朱长生作纺织厂厂长，家中老幼妻儿有着丰厚的油水，并不需要杞人忧天另寻他职，然而，像朱长生的父亲这样上了年纪的人，习惯不了锦衣玉食坐享其成的生活，反倒愿意自力更生，自寻其乐。

朱八斤的爷爷年轻时当过郎中，懂得中医，治个风寒中暑、感冒发烧是手到擒来的事情，跌打摔伤、接骨推拿也样样在行。

朱八斤的爷爷在纺织厂前门胡同开了间中药铺，取名八贤堂。

朱八斤的父母天天忙在厂里，朱八斤从两岁刚会跑就跟着他的爷爷。

朱八斤这名儿虽然听着俗气，但人生得却秀气，打小就生得白净，长得细弱，乍看时就像个长了病的小姑娘。平时街坊邻里来铺里抓药问方，见了朱八斤都咂咂嘴说："这姑娘长得水灵"。朱八斤就说："我是男孩。"信的，再咂咂嘴说这秀才真俊气。碰上不信的，朱八斤就把开裆裤一脱，人家再咂咂嘴说："这孩子真机灵"。

后来，街坊邻里都和他们爷儿俩混熟了就开起玩笑来，小孩叫朱八斤，他爹就应该叫朱九斤，然后再冲朱八斤的爷爷挑挑眉毛说："你老爷子就应该叫朱十斤吧？"

每到这个时候，朱八斤的爷爷就把朱八斤搂在怀里哈哈大笑，并用胡茬使劲扎朱八斤的脸。朱八斤被扎得生疼，就使劲挣脱。然后，像个小大人似的说："我爷爷不叫朱十斤。"人家问："那他叫啥？"朱八斤急得眼泪直吧嗒，就是说不出来，最后只得钻进药铺躲起来。

后来，朱八斤的爷爷对朱八斤说："人家再问你爷爷叫啥，你就说爷爷叫朱永贵。"

朱八斤就点点头。

八贤堂，朱永贵，朱八斤。

朱永贵性子温和，不和人计较得失，不与人争强比短，有股仙风道骨的大儒味道。所以，大伙玩笑似的称他朱十斤的时候，他也不驳。朱十斤这个名号就被大伙慢慢给叫开了。

要说朱八斤这鬼手到底有多鬼，还得先从朱八斤接触中草药说起。

朱八斤性子外向，屁股上像有转盘，在一个地方坐不了多长时间就猴跳般抓耳挠腮了。有时候跑到张三饭馆里抓两个包子，有时候在李四摊上摘一串糖葫芦，有时候溜进王麻子铺里摸个仨瓜俩枣。胡同里的人打心眼儿里喜欢这孩子，也就没人计较这仨瓜俩枣的给不给钱，就当白送哄朱八斤开心。

当然，更多的时候，朱八斤还是躲在八贤堂里，帮朱永贵磨草捣药配方子。

慢慢地朱永贵发现自己的孙子不一般。

这第一点，就是朱八斤竟然有近乎过目、过耳不忘的超强记忆力。比方说，朱永贵教朱八斤识别药草特性的时候，从各个药屉里见样抓点儿草药，摊在手上，对朱八斤说，这黄的是当归，圆的是榆钱，指头似的是牛黄，耳朵似的是灵芝，长条的是萝卜根，带须的才是人参。把手里的药材放回原处，又重新抓了一把，摊在手里，让朱八斤辨认有没有刚才的药材，有就说出名字来。

朱八斤眨眨眼把刚才认识的药材悉数认一遍，又说："长条的是萝卜根。"然后把它挑出来在朱永贵眼前一晃说，不是人参。

朱永贵乐了，又按照原来的程序，再教他识别其他的药材。奇了，竟然一味也没说错。全部都是一遍教过去，一遍能认得。仅用了半个下午，八贤堂里的药材朱八斤就认了一大半儿。

朱永贵着实吃了一惊。朱永贵铁定了认为朱八斤是老天爷赐给他的一块宝，这不明显的是让朱八斤继承自己的中医事业吗？朱永贵便在闲暇的时候教朱八斤识别中药，有时候手捏着个当归，有时候嘴里叼着棵黄连。刚一进胡同就能听见朱八斤稚气的童声，"当归活血，莲子心儿祛火，萝卜干通气儿……"

"哎，啥是通气儿啊？"

"就是放屁。"

爷俩就这么坐在老榕树底下，朱八斤懒在老头儿怀里背药性，老头儿则腾出一只手搂着朱八斤，另一只手拨弄摊在地上晒太阳的陈年草药。

阳光透过树叶，在地上撒了一地。

慢慢地，朱八斤在十一岁的时候就能说出千味中药的名儿来，还能叽里呱啦地说出每味药的外形、药性、适用病症，就是真见了田间地头上的野生野长的草药，也能立马认得。一个十来岁刚冒尖儿的顽童，能在如此深奥难懂、枯燥难学的中药领域有如此造诣，非得鬼人学不来。

朱八斤识得了草药，平时在八贤堂里也能算是朱永贵的帮手。

这边儿来了病人，朱永贵请病人就座，把病人胳膊往檀木茶几上一摊，食指中指并拢，往病人脉搏上一扣，像鹰爪子抓了小鸡似的号脉。号完脉，再翻腾翻腾病人眼皮，瞅瞅眼珠子；拨弄拨弄嘴皮子，瞧瞧舌苔；扯拉扯拉耳朵，捅捅耳洞。不用病人多说，朱永贵心里就有了数。拉过一张宣纸，执笔蘸墨写下药方，交给病人。意思是说，您自个儿柜台那边取药去吧。自己则起手端碗抿起茶来，然后大喊："下一位。"

病人两步跨到柜台前，把药方往朱八斤眼前一递。朱八斤二话不说就把药方退给病人说："我不识字儿，你念出来。"病人一愣听这声音，再看这身形，分明一个胎毛儿未脱的孩童，不由得犯起糊涂来，朝朱永贵看过去，那意思分明是说，这孩子能抓药？朱永贵送一口茶，一笑，一摆手，意思是说，尽管把药方读给他就是。病人照做，麻黄三两二钱，菟丝子三钱，牛黄四两，丹参一钱。这边一边读，朱八斤一边从各个药柜里抓药。碰上高的药柜，朱八斤够不到，就搬个马扎。更高的就得踩椅子爬梯子。那边病人还在泄洪般往下念，朱八斤就急得回头，冲病人喊慢点儿。

病人也急，赶巧是个小孩，也拿他没辙。

药齐了还得一两一钱地称，朱八斤没那耐性，称少了往上加，称多了，索性白送。

病人拿药走人，把从八贤堂抓的药按方煎好，服下。病轻，三五天见好，病重，个把月除根儿。之前对朱八斤的成见云散烟消，反倒对朱八斤啧啧称奇，"孩子这么小竟懂得中药，难得，难得。"

一来二往，日渐传开，八贤堂看病的人越来越多，朱八斤就整天在药柜前后上下忙活。

后来的一天，朱长生来看朱八斤，看着朱八斤的长进，朱长生打心眼儿里高兴。不由得又担忧起来，这么半大个孩子，不上学，不就成了面杖一根了？经过和朱永贵商量，决定送朱八斤进学堂。

朱八斤十一岁上了小学。十三岁毕了业，不是按部就班的升级毕业，而是被学校开除的。理由是太过顽劣。不过六十年代里学生不上学和当今大学生没工作一样，是极其普通的，朱八斤又回到八贤堂给病人抓药。

一天，病人把一张只写着三两榆钱的药方放到朱八斤手里，朱八斤只看了一眼，捏了一小把，没过药秤就用纸包了起来。他这次漫不经心、不负责的行为刚好让朱永贵看在眼里。朱永贵把茶碗往茶几上一磕，吹着胡子瞪着眼睛上来一把抢走正欲交给病人的药包。对朱永贵这种老中医而言，不过秤就给药是对病人的极不负责任，要是再缺上一两半钱的，无疑是在砸八贤堂的牌子。

"你这包药多少？"老头儿面无表情。

"三两？"

"多少？"老头子怒了。

"三两。"朱八斤义正词严地说。

老头儿二话没说，解开绑绳，把榆钱一股脑儿全倒进药盘，重新过称。一称，老头儿傻了眼，不多不少，刚刚好，老头儿纳闷儿了，难不成自己看花了眼？还是让这小子碰巧撞上了？老头儿把药包好，陪着笑先把病人送走了。

转过身来，朱永贵还跟个问号似的，云里雾里，朱永贵也不搭理朱八斤，静静地坐下，沉思许久。

突然，朱永贵把梧桐叶大小的巴掌往茶几上一拍，把茶碗里的茶水溅得有二尺高。老头儿脸上的沙皮褶子跟开花似的舒展开。少顷，又归复了平静，面无表情地对朱八斤说："你再给我抓三两榆钱，不，抓五两。"

朱八斤不知老头子葫芦里卖的什么药，抓出一把榆钱，在手中掂量掂量，又漏掉一些才把抓的榆钱摊在纸上。

老头儿一称，不多不少，刚刚好。

老头儿有些乐了，又说："抓八两当归。"

朱八斤连续抓了两把，掂量了两次，搁在药纸上。

老头儿一称，不多不少，刚刚好。

老头儿开始手舞足蹈了，又说："二钱枸杞。"

朱八斤小心翼翼地捏了几粒放在药纸上。

老头儿一称，刚好二钱。

老头儿兴奋得几乎跳起来，未几，又面露郁色，用惊诧而叹惋的口气说："鬼才啊！鬼才！简直难以置信，这一抓准的功夫我练了大半辈子也没练成，你一个半大不熟的少年不费吹灰之力竟可以无师自通，你真是个天才！怪才！鬼才！"

一回生，二回熟。来抓药的人多了，朱八斤一抓准的功夫也慢慢被病人发现，逐渐在民间传开。

自此，朱八斤鬼人鬼手的绝活才崭露头角。

朱八斤十八岁那年出去赶早集，来到一个卖油条的铺子里。

太阳刚刚跳出地平线，通红通红的，像秋天烘烂了的柿子挂在天上。时间尚早，油条刚出锅，油滋滋的，被朝阳一照像金条一样闪闪发光。朱八斤馋得直往肚子里流口水。朱八斤冲老板说，给我来二斤油条。老板给他装了满满一竹篮子。朱八斤掂着一竹篮子油条，伸手就摸了一根欲往嘴里送。油条刚出锅，还没凉透气，烫得朱八斤直喊烫，然后又迫不得已地丢回篮子。想吃不能吃，急得朱八斤龇牙咧嘴。

朱八斤想先等油条凉透气再吃，就提着个篮子站在旁边干等着。他这一等不要紧，等出事儿来了。

朱八斤越是站那儿不动，心里就越咒事儿。心里嘀咕着，哎，这油条斤两不对啊。由于天天泡在药铺里掂量药材，一次也就是抓那三两四钱的，没试过更大分量的，朱八斤不敢断定篮子里的油条不足斤两。可朱八斤又是个凡事就爱钻牛角尖儿的人，不弄清个三七二十一来心里绝对踏实不了。

朱八斤嘴上越嘀咕心里越不踏实，心里越不踏实嘴皮子上还越嘀咕。朱八斤离开脚下站出个坑的原地，来到旁边卖水果的摊子。

"哎！你这秤准不准？"

"准！标准市斤秤，称果子不缺斤少两。你来多少？"

朱八斤把油黄油黄的油条跟抱柴火似的掐起来摊在秤盘上说："给我称称这多少？"

卖果子的人为了证明自己的秤准，跟个受到冤枉的小孩似的情绪委屈得不得了。上砣，对标，提秤杆。由于动作幅度有点大，烧了半截的烟灰像从高楼上摔下来的花瓶掉在油条上开花粉碎。卖果子的人可不管那么多，随便一吹就把烟灰吹得干净无踪。

卖果子的人嘴角斜叼着烟，烟气向上，熏得他的双眼半眯着，像个调戏姑娘的小流氓。这种叼烟的动作，是老烟民的标志，不羁傲气却又朴实无华。

"一斤八两。"卖果子的人叼着烟说话，烟卷一颤一颤的，怕眼前的年轻人不信，还故意把秤杆子往朱八斤眼前挪了挪。朱八斤隔着水果摊像长颈鹿似的把脖子伸过去看，果然是一斤八两。

朱八斤端起称盘把油条倒进竹篮里，二话没说转身就走。果摊老板急得赶忙在后边喊："你不买果子啊？"话说得急，一张嘴像被狐狸戏耍了的乌鸦，半根烟卷活生生地摔在地上，果摊老板气急败坏地碾灭烟卷，又在地上狠踹了两脚。

沛城人都有股认死理儿的劲，该一是一，该二是二。就像天津人吃狗不理包子，该十八个褶的包子十七个褶就不行，沛城人吃油条也一样，该给二斤的，你给一斤八两就是坑人。

"哎，二斤的油条你给一斤八，你这不是坑人吗？"朱八斤毫不留情面的把狠话向油条老板扔了过去。

油条老板是个魁梧的汉子，脸黑，跟锅底一个颜色的眉毛在眼角处不听话地拐了弯；扁鼻子，底下躺着两根肥肠一样的唇。捞油条的滤勺像根筷子似的被他拿在手中，乍一看去，好似弃戟拿勺的黑脸张飞。

良言一句三冬暖，恶语伤人六月寒。黑张飞一听有人当街骂他坑人，心里自然不痛快，又害怕是什么地痞流氓专门来找茬，一边不慌不忙地给眼前的一位姑娘装油条，一边抬起眼皮往外瞧，只见得眼前少年白衣黑裤，纤瘦白皙，一张俊美精致的脸像古代的秀才书生，浑身透着一股少儒之气。

旁边买油条的姑娘也看朱八斤看傻了眼。

黑张飞见是个半大少年，之前的担心与疑虑全部转换成不屑与傲慢。他把滤勺往锅上敲一敲，残留在勺上的油在阳光映衬下像金砂一样撒进油锅里头，溅起圈圈涟漪。他本来想，不管油条是不是真的缺斤两，你有胆当街砸我的牌子，你就得负责到底。但是，转眼往周围一瞥，这满街的大眼小眼都跟灯泡似的盯着，专等着看戏起哄呢！这要真是自己看走眼缺斤少两，还不得让人家把脊梁骨戳成笛管子？黑张飞长相粗，心思细，说："你拿油条来，我再给你称。"说话的声音低像在咬耳朵，分量却足像闷棍。

朱八斤把油条递了上去。

刚才朱八斤吆喝黑张飞坑人的时候，就有多事的人开始装作没事一样在地上兜圈子，慢慢地，就兜到黑张飞油条铺前头了。黑张飞沉思那会儿，油条铺周围的人已经像蚂蚁寻着甜味似的，在他们周围围成了一个圈。这些多事的人，并不相识，好像来看公审大会一样，殊途同归地聚在了一起。有的已经开始相互递烟，寒暄问候。最终他们把注意力转到眼前的少年和黑脸汉子身上，做着好戏开场后的起哄与喝彩的准备。

朱八斤感觉事态发展的严重性已经超过了他预期的样子。

黑张飞把秤杆子一压，黑脸霎时变得紫红。

"多少？"见黑脸汉子压了称迟迟不说话，人群中率先有人发了难。

黑张飞脸上开始冒虚汗。

朱八斤当然知道黑脸汉子的处境，感觉事情闹得有点儿大。心想这次非砸了他的牌子不可，如果朱八斤让步，反倒会被人反讥他诬陷，如果这么僵持下去，周围的人不见彩头是绝对不会散的。这彩头便是黑张飞卷铺盖回家，从此在这市场上消失。朱八斤虽是来讨公道的，却不愿把黑脸汉子赶出这个市场，只是他也没辙，只得听着周围的人冲着黑张飞喝倒彩。

"哎！是不是缺斤两？"

"你怎么缺斤少两，那么不诚信。"

"你这油条是不是也有问题，油不是渣子油吧？"

"你这油条是不是能吃死人……"

黑张飞抬起眼看朱八斤，满眼的窘迫与乞求。显然的，他是想朱八斤让步。

见长相如此粗糙，身材如此魁梧的汉子竟然露出哀求的眼神，朱八斤少年的心里不是滋味，但是朱八斤却鬼使神差地把目光转向了别处。

朱八斤不接受黑脸汉子的哀求目光不要紧，他的目光转到之处，却看到了他意想不到的事情。

"哎，小兄弟这根油条是不是你刚才不小心漏掉的？"刚才在黑脸汉子处买油条的姑娘从人群外冲着朱八斤喊。对于围观的人来说，这一声像原野上的轰雷，对于黑张飞来说，这一声像是旱野上的甘霖。人们纷纷把头扭过去，像满园子的向日葵一样整齐。没等朱八斤回话，那姑娘已经蹦跳着到了称盘旁边，把油条轻轻放入其中。

黑脸汉子看着秤杆，脸上的阴霾瞬间散去，焕发出黝黑的红光。他往额上抹一把汗，"刚好，刚好，刚好二斤，不多也不少。"然后冲着朱八斤显出一份炫耀的神情说："小兄弟，你看你怎么那么不小心。不是我跟你吹，别看咱是卖油条的，咱祖上也是跟着汉高祖刘邦做过事的，就是咱家老人也是跟着部队做饭的，看见了没，这口锅，青铜雕花的，老祖宗从汉代传下来的，就连这锅底下的柴都是大运河上的松木柴。咱老祖宗，先汉的时候就给汉高祖炸油条。"

人群里越来越热闹，有人起哄，"那时候哪来的油条？"

黑张飞见牛皮吹大了，赶忙自我圆场说："对啊，那时候没油条。反正不管怎么说，我在这卖了十多年油条，不图功劳论苦劳，我不也是个老油条了吗？怎么会坑人呢？"人群爆发出一阵哄笑声。

朱八斤心思却不在黑汉子身上，因而丝毫没听见他说了什么，只隐约看到他那两根猪肥肠一般厚的嘴皮子在不停地吧嗒吧嗒，还有就是他的牙很白。

人群开始把议论矛头转向朱八斤。然而，他们认为不过是朱八斤的疏忽误会了黑脸汉子，并不带有陷害的意味，但是冤有头，债有主，既然挑出了事端，随便扔给你几句无伤大雅的怨言也是无关紧要的。

"看，小兄弟，你冤枉了这黑哥了吧？"

"以后做事先弄清楚，这黑脸的心可不黑，咱可别错怪了好人。"

朱八斤哪里听得进去这些慢语轻言，书上说窈窕淑女，君子好逑。老人们说，十八岁的姑娘一朵花。朱八斤早就被眼前这位帮人解围的姑娘迷得九魂出窍，哪里还能分得开心思去听黑哥吹牛，去听路人抱怨。

也不怪朱八斤没出息，这姑娘长得也确实秀气。长长的头发挽成一根大麻花瓣垂在腰际，乌黑的眼珠像两颗黑珍珠嵌在柳叶弯眉底下，樱桃小口，卧塌鼻，上身穿着那个年代特有的的确良布衫，加上一条白底黑碎花边的凉裙。就是搁现在，穿着这身打扮在大街上走一圈，没有冲她吹口哨的小流氓才怪。

朱八斤满脑子里一片空白，飘飘忽忽地在脑子里升起一面旗，上头写着四个字：一见钟情。

黑脸汉子还在和多事的人相互寒暄扯皮，天上地下，谈古论今，都是他炫耀的资本。他趾高气扬，一只手提着秤杆上的码绳，一只手叉着腰在人群里鹤立鸡群。

"来来来，你看这，刚好二斤。看看，二斤正好，你看我这称，多硬，看我这油条多油黄。"

"是是是。"

人们一边应和着，一边散开了。

黑脸汉子见人渐稀渐少，也没了兴致。转过身来对朱八斤说："哎，小兄弟，你的油条。"

朱八斤方才从梦中惊醒。

姑娘还没走。

朱八斤像个刚熟透的桃，脸腮通红，羞怯地向前走。等走到姑娘身边，两人隔着不过一尺距离，朱八斤却感觉中间有一块大磁铁，吸着他不自由地往姑娘身边一寸一寸地挪。

"你的油条。"黑脸汉子把称盘往朱八斤跟前一磕，就黑着脸走开了。

女孩上来帮着朱八斤往篮里装。说来奇怪，有时候笑容可能是消除男女距离的最温暖的武器。朱八斤不敢抬头看眼前的女孩，只是一把一把地往篮子里装油条。朱八斤的手修长，姑娘的手纤细，两双玉手篮里篮外。如果不看真人，还真分不清哪双手是朱八斤的，哪双手是姑娘的。朱八斤脸上泛着红晕，血流直涌，心里像两只蛤蟆在对着呱呱叫，脑子里痴痴做着美梦。

"啊！"女孩子突然尖叫。

之前散开了的人群像听到指令一般，如一片乌云骤然聚拢过来。

黑脸汉子也急忙走了过来，关切地问："你咋了？是不是这小子不老实？"话一出口，人群就像见到了裸奔的人一样，满眼的惊愕与戏谑，又好像在期待什么。

朱八斤如梦方醒，在众目睽睽之下像个舞台上被聚光灯曝光的演员，尴尬而茫然。

女孩开口说："不是不是，是我手上的银戒指刚才不小心掉进油锅里了，我奶奶传给我的。"

众人又往油锅里瞧。果然，一枚白亮白亮的戒指安静地躺在弧形锅底。任凭油面上咕嘟咕嘟欢快地吐着泡泡，那枚戒指却安闲自若不为所动。

黑脸汉子操起漏勺在锅里捞了一把，无奈漏勺洞太大，戒指随着锅里油的晃动左右摇摆了几下，又躺在锅中心睡起大觉来。

"这可怎么办？"人群又议论开了。

"等柴熄了，油凉了再捞呗。"

"不如把油全倒出来。"

"去拿把舀子,把戒指捞上来。"

"对,谁去拿?"

没人说话。人们只是大眼瞪小眼地在油锅周围围了好几层,外层的人又开始递烟寒暄,却没有一个人肯离开这个热闹场去拿把舀子。

朱八斤看着姑娘脸上的笑容完全被焦急所覆盖,一点也不好看。朱八斤心里头也难受。油锅里还在咕嘟咕嘟地往上吐着泡泡,油面上一层热气袅袅飘动。不知朱八斤是哪来的勇气,还是疯了,傻了,蒙了,憨了。说时急,那时快,如蜻蜓点水般以迅雷不及掩耳之势把手探进油锅又立马抽了回来,只在热闹的油泡之间荡开一圈的波纹。朱八斤把手缩回来使劲在空中不停地抡圆圈来散热。

看着的人惊呆了。

黑脸汉子惊呆了。

姑娘也惊呆了。

一阵寂静过后,人们又开始了他们的议论。

"你把手伸进油锅了?"

"你竟然把手伸进了油锅!"

"坏了,肯定熟了,你这不是鸡蛋碰石头——自不量力吗?"

"虽然刚才你误会了人,你也不能用这种方式逞能啊,啧啧。"

有人开了腔:"锅里的戒指没了。"

"不可能,怎么可能?"

"你少唬人,再唬人,小心塌房梁掉青瓦。"

人们纷纷议论着轮流到锅边看,戒指真没了。

朱八斤把胳膊伸直,在众人面前把手掌摊开——一枚白亮的银戒。再看朱八斤的手,不青不红,不紫不伤,没脱皮也没起泡,白皙油亮,修长纤巧。姑娘轻轻捏起朱八斤手中的银戒，笑了。

人群中爆发出一阵喝彩。

"哎，我认识他，他就是那八贤堂抓药一抓准的鬼手朱八斤。"

"哦，是吗？鬼手朱八斤！"

"厉害，真厉害，这是真功夫！"

"真是鬼手，太奇了！"

回去的路上朱八斤提着油条和姑娘一起往回走。朱八斤诡秘地说："刚才我可都看见了，那根油条是你从自己的篮里拿出来故意扔在地上的，你帮那个黑汉子解了围，你心真好。"

姑娘不说话，仍旧只是笑。这时，朱八斤听见黑汉子老远冲着他喊："早点儿回家。"朱八斤听了心里头热乎乎的，心想，这黑厮倒不与人记仇还嘱咐我早回家。

"知道了，知道了。"却是身旁的姑娘在冲黑汉子招手回应。

"你招什么手，你又不认识他。"

"那是俺爹。"

黑脸汉子那边，一个贼眉鼠眼的老头儿拿着一根竹签，在油锅锅底刮下一层层的黑灰，等到刮出黑红的铁皮来，老头儿失望又生气地说："什么狗屁青铜雕花汉锅，就是一破铁锅，我还以为遇见古董了呢！害我麻烦半天。吹牛！吹牛！呸！呸！呸！"

这回以后，朱八斤的鬼手又扬了名，八贤堂也跟着朱八斤的名声在县里名噪一时。

（三）

估摸朱八斤死的时候，也就五十来岁。五十多年的时间分配给一个人成事立名，算得上是吝啬的生命施舍。能够在如此忙的时间里做出一些功绩来，在沛城这块挑剔的土地上更是凤毛麟角。

有蜗行至今的老人们，闲来无事便会对怀里不谙世事的孙儿们唱说俗词：

纺织厂有个小老头，少时英俊逍遥游。

一双鬼手惊天下，神鬼难料也犯愁。

据斤称两似闲走，油锅捞戒强难囚。

功夫更在碗与筷，隐姓埋名断双手。

有怀古的老人就揽着小孩说："爷爷给你说朱八斤的故事。"小孩挣脱双手说："不听，讲狐狸和乌鸦的故事。"老人摇摇头，又爱怜地把小孩重新揽在怀里说，从前有一只狐狸和一只乌鸦……

沾朱八斤父亲的光，朱八斤在城里落了户口。因而，当二十岁左右的青壮小伙子在田间地头接受日晒风吹的时候，朱八斤却不用入生产公社，只需要每天煮煮药，配配方，这种深居简出的人也就特别白净清香，这点在朱八斤身上可以一览无余。平时，八贤堂里本来人就热闹，有病的来看病，没病的来看人。看谁？看朱八斤。更有甚者专门来领教朱八斤的功夫。朱八斤也仗着自己的手巧，琢磨出了另一手绝活——生鸡蛋剥壳不破膜。来人不信，就要朱八斤做个示范。朱八斤鬼，第一次拿自家的蛋，往后要有再来的，朱八斤就立下两个规矩：第一，鸡蛋自备。第二，鸡蛋用完蛋留下，壳清走。这样他也就没白忙活。那些见了朱八斤去壳留膜剥蛋的人吃了甜头，饱了眼福，就见人宣扬如何如何。别人好奇又生疑，就提着个鸡蛋去找乐。进八贤堂门槛，把鸡蛋往桌上一点，说："都说你朱八斤一双鬼手惊天下，我不信你能鬼到脱壳不伤膜的地步，你给我做个把式我瞧瞧。"朱八斤知道这都是牛毛敢比花针细的挑刺儿爷，都是图个乐子，开个眼界，并无恶意，就轻轻一笑，把鸡蛋拿在手里先掂量掂量说："一两八钱。"然后把鸡蛋撂倒在桌上，大拇指与食指一使劲把鸡蛋像陀螺一样转了起来。来人看得眼花。等鸡蛋转停了，朱八斤拿起鸡蛋说道："你可看好喽。"

"哎，咱可说好，成了蛋归我，壳归你，不成蛋你拿回去。"

"废话，不成的话这蛋不也得留这儿吗？破了的蛋我拿得走吗？你快点快点，我倒要看你这双手有多鬼。"

只见得朱八斤大小拇指各自顶住鸡蛋的两头，把个鸡蛋架在"六"字手中间。朱八斤天生一双绣花手，指头特别长，这样，蛋壳和中间并着弯下去的三根指头中间还能空出半寸的距离，这也为后续工作作了准备。朱八斤右手大拇指和小拇指顶住鸡蛋，左手用食指轻轻拨弄，鸡蛋就像个经筒一样骨碌碌转了起来。朱八斤渐渐加快了拨转的频率，鸡蛋也越转越快，越转越可爱。来人睁大了眼生怕看不出其中秘密。朱八斤嘴角微扬，目视前方。手上动作全凭感觉，突然，他青眉之间微微一紧，竟然有东西从蛋壳上散落下来。起初如粉如尘，簌簌坠下。朱八斤喜笑颜开，稍歪动手指，鸡蛋上便留下一条螺旋状的白痕，似一条细白蛇从蛋壳中央盘旋开去。等到整个鸡蛋都被细白蛇缠满了，桌面上也被粉尘精巧地堆砌出一座小丘。这个时候，好戏才刚刚开始，只见得壳上有如片屑般的薄层落下，如风飘玉屑，似雪散琼花。来人看得惊愕，朱八斤玩得兴奋。来人把眼睛瞪得跟核桃仁般大小，想从中看出个究竟来。才发现朱八斤右手无名指上套着枚发亮的白环，正是这白环把蛋壳刮成尘，砌成屑。

末了，朱八斤把仍旧粘连在蛋膜上的灰尘一吹吹个干净，又用细针把大小拇指按处仍保留的硬壳轻轻挑下，功成。朱八斤把脱了皮的生蛋轻轻浸在装了半碗凉水的碗中，端到来人面前看。

浸在水中的去壳生蛋像个扒光衣服的处子，娇羞，水灵，可爱，透过清水，膜内的蛋黄清晰可辨，熠熠生光。

来人惊叹："鬼人！鬼手！"转身就走。

朱八斤在身后追喊："壳，壳，壳清走。"

朱八斤手上的白环实际上是一枚银戒，被朱八斤在一侧打磨得光滑锋利，发落两断。如此锋利用来在薄壳上开口刮尘自然得心应手。

话说来，这枚银戒还是之前那位姑娘送的。说作定情之物，也无异意。朱八斤二十五岁之前，八贤堂的门槛几乎被媒婆踏断。朱八斤生平最厌七姑八婆快嘴长舌，也迫于朱长生的催促，同早已互生情愫的那位姑娘讨了枚银戒。两情相悦，终成眷属。

一九七九年，秋，朱八斤迎娶姑娘兰妹子。

（四）

朱八斤的转折却发生在这年冬天。

七九年的冬天，沛城遭遇百年难遇的大雪灾。大雪像一层厚厚的棉被，把沛城和周边乡村严严实实裹了起来。冰冻三天非一日之寒，雪积三丈非一时之功。大雪纷纷扬扬地下了五天，把地面抬了有一米高，扔块石头都见不着踪影。大雪这么一下，工厂停工，农田停产，学生停课，马路停运。第六天雪停了。大年初一，人们开门迎喜庆，却是一层厚厚的白灾堆积在门口，不免心生失望。城里乡下，偶尔可以听到像平原枪声一般的炮仗火竹声，然后又迅速被闷死在广袤的白色桎梏中。

这是人们过的最憋屈的一个春节。

这天早上，纺织厂胡同里的男女老少持一杆木锹早早地起来到胡同里铲雪。那个时候的人团结得可爱，都争着扫尽他人门前雪。不像后来，变成了各扫门前雪，再后来，就成了不扫门前雪。

朱八斤打开八贤堂的门和兰妹子各人一把木锨，呵着冻得通红的手加入了铲雪清道的队伍中去。虽然以朱八斤和兰妹子的单薄身板，搬砖提泥抱大锤是强求了些，可是像这种清道扫雪的轻活，两个人干起来还是绰绰有余。再加上两个人刚刚成婚，有的是精力，有的是朝气。小两口干得热火朝天，胡同里的街坊四邻也都停下手中的活，看着他们两个呵呵地笑。

等到了响午，胡同两侧已经堆起两排小山一样的雪丘，胡同的路面也基本清理了出来。大伙见干得差不多，相互拜年问候之后便收拾收拾工具各回各家，然后再把门紧闭起来。正月不出八，家里不会发。特别是小本买卖的生意人就更迷信这一套。因此，不到正月初八，绝对不会有店铺开门迎客。八贤堂是药店，本来就不图发财富贵，讲的是治病救人，救死扶伤，所以八贤堂仍然在大年三十敞开大门治病卖药。用朱永贵的话说这叫开门迎春风。

既是不成文的传统，没有什么大病顽疾大家伙也就不跨进八贤堂的门，因而八贤堂大年初一的整个上午没进一个生人。

下午时候，雪又下开了。起初还如沙如粉，慢慢地就大如鹅毛了，在原本清出来的路上又铺上了厚厚的一层白。朱八斤帮着朱永贵整理药材，兰妹子坐在炉火旁打盹，街上人家大门紧闭，空荡荡的，见不着一个人影。

下午时候雪越下越大，风呼呼地直往门里灌。兰妹子身子骨弱不耐寒起身去掩门。当最后一丝缝隙被轻轻合上时，噌地一声门被人撞开，还站在门后的兰妹子被这突如其来的状况惊得直往后退。

门框上硬邦邦地嵌了一个人。

朱八斤抬头一看，也着实大吃一惊。来人是个矮小精瘦的老头，一件藏绿色的军大衣披在他身上，大得有些过分，衣角几乎可以触到地面。大衣晃动间隐约露出一条灰白色的僧裤和一双破了洞的绿色军鞋。鞋底上沾着厚厚的雪，鞋面几乎湿透，与肩膀上堆起的雪丘衬显得相得益彰。

"看病吗？"朱八斤问他。

老人不说话，而是退到门外原地使劲踩脚并且往身上使劲拍打，身上沾着的雪衬着空中掉落的雪一同落在地上。老人往自己身上左瞅右瞧了好一阵子，认定不会踩脏弄污了药店里的地才踏进门来。

"哎哟，老兄弟瞧你这身行头，这么冷的天受得了吗？赶紧进来暖和暖和！"朱永贵接过朱八斤的话茬把老人让进屋来。

老人仍旧有所顾忌地往身上左看右看，生怕身上还有雪，脚底还有泥把屋里弄脏。

朱永贵让兰妹子让出一个凳子来，搬到火炉旁请老人坐下，自己则和老人隔着火炉相对而坐。老人刚坐下，朱八斤就看见从老人大衣里露出来的一个灰色的布包，再往上看布包被老人窝囊地搊成一个团抱在怀里。四九寒天，风雪交加估计把人冻得够呛，老人笑的时候，脸上的皮像枯树皮一样僵硬。朱八斤看在眼里，心生怜悯。

"老哥，我看你面生啊，不像本地人。"朱永贵说。

"我是苏南来的，南通人。"老人操着一口浓重的蛮音，朱八斤根本听不懂。也就朱永贵这种世面见得多的人，扯扯磨磨才能琢磨出意思来。

"哦，那这大过年的，咋不回家？"

"探亲。"老人低着头说。

"看这雪下的，老哥还穿着单鞋。兰妹子，你去里屋把我那双旧棉鞋拿来，给这老哥换上。"

兰妹子应声进里屋。

"那怎么行，怎么行。你看你这……咱素昧平生的，我就是来讨点儿生姜驱驱寒。怎么行？怎么行？"

"老哥哥，人都说在家靠父母，在外靠朋友，这大过年的怎么也得穿得暖暖和和的。朱永贵说。"

兰妹子一边掸着棉鞋上的灰一边走出来。朱永贵又让朱八斤抓一斤生姜。朱八斤正琢磨着这位不速之客和爷爷的对话，朱八斤听老人的南通方言就好像辨识梵文般一窍不通。刚刚听见朱永贵叫他，他才从迷惑中猛醒过来，"嗯"了一声抓姜去了。

老人这边已被朱永贵催促着换上了棉鞋，站起身走了走，刚好合适。朱永贵又拉老人坐下和他净说一些朱八斤听着叽里咕噜的胡话。

朱八斤这边边听边用手掂量着抓药。先抓大姜，再抓姜片，连续这么几回之后，朱八斤把姜包好交到老人手里说，生姜一斤。老人接到手上，拧了一下眉头对朱永贵说："是一斤？"

朱永贵哈哈一笑，将朱八斤一抓准的功夫如实相告，老人听后连连惊叹。朱永贵见老人开心又把朱八斤油锅取戒，生剥鸡蛋的事说给他听。老人听后不言不语，而是走到柜台前抓起朱八斤的手看起：修长细巧，白皙柔滑，骨节清晰。老人左右看了一会儿，长叹一声又回到炉火旁坐下。

朱八斤看到老人左手心处一颗鲜红的痣，又从叹息中窥探出莫名的无奈与落寞。

老人刚一坐下，那个灰色布包又从老人衣服里钻了出来并发出碗筷的撞击声。

"老哥，你这包里怎么还装着碗呐？"朱永贵好奇地问。

老人不好意思地捂了捂布包说："见笑见笑，这碗口一响，你可能认为我是乞讨着北上的，不怕兄弟笑话，我还真是从南通讨饭过来的。可是咱可舍不得使包里的瓷碗来盛汤装饭，这是咱的命根子，咱这一辈子的手艺可全靠这副碗筷呢！"

炉子中的火正烧到欢乐处，火焰像一条条蛇向上蹿。炉腔内被火焰映得通红通红，还不时从里发出噼里啪啦的劈柴烧裂的响声。朱永贵和老人同时把烤在炉口处的手往上挪了挪。

"老兄弟，我这副碗筷除非是在卖艺的时候否则从来不外现。今天，出门在外，我能遇见你们算我老头子烧高香，我就拿出来显摆显摆手艺人的宝，不过老兄弟，你能不能让这小兄弟剥个生蛋让我也开开眼？"

"朱八斤，朱八斤，你这个爷爷都开口了要你给他耍那个剥鸡蛋的本事，你还不快点儿？"

兰妹子机灵，跑进里屋，摸了一个鸡蛋没等朱八斤说话就放在了他的眼前，朱八斤也没多说，伴随着一阵呲呲声，朱八斤三下五除二就把鸡蛋剥了个精光，浸在水里透着亮。老人看得高兴。连连叫好，比看戏的票友来劲。

老人把布包打开，朱永贵顿时傻了眼。

江浙一带文蕴厚实，古画、古楼、古瓷、古书、古扇等古玩在民间很流行，其中古瓷尤其受欢迎。古瓷中被称作冠上明珠的当属明朝年间的青花和釉里红。眼前的两个瓷碗，一蓝一红细腻丝滑，透着莫名的寒光，表面如镀了一层透明的玻璃，玻璃内层的烤图清晰可见——蓝的碗烤着幽兰青草，红的碗烤着傲骨蜡梅。

一般来说，釉里红瓷底部火石红较之青花瓷更明显，正如眼前的二碗。

新中国成立前，朱永贵在苏州学医时，在师傅家里见过一样成色的青花，釉里红花瓶摆在上座桌上，足以显示主人家的高雅趣好。

朱永贵这回又见了宝。

"老哥，你这可是捧着个金饭碗在要饭，你可知这两只瓷碗的年代和价值？大了去了。"

"我当然知道,可是干一行得守一行的规矩,这碗是我们手技艺人的开山老祖顺传下来的宝贝,只能传承手艺拿来用,不能图财谋利拿来卖,碗是死物,只能拿来供着,人是活物,万事求个事在人为。"

朱永贵的脸唰地惨白。

朱永贵沉默片刻说:"老哥,你亲人姓甚名谁?老哥可找到亲人?"

"没有。"

"那我可就不留你了,老哥慢走。"朱永贵分明在下逐客令。

"是,我还得寻亲,就不打扰了,临行前,我向兄弟打听个事,这县城哪里最热闹?"

朱永贵怔了片刻说:"大风歌台,老哥出了胡同一直往东走,遇见路口向右拐进汉街,街南头便是。"

老人起身,跨上布包就往外走,走到门前,被朱永贵问住,"老哥贵姓?""姓王。"话留下人离开。门关上没一会儿,伴着风雪,老人又走回来,从军大衣里掏出一块钱搁在朱八斤眼前说:"药钱。"老人转身又准备走,朱八斤绕出柜台横在老人面前说:"大爷,外面雪这么大不如在堂里留一留吧。"老人看着朱八斤白净的脸上透出的诚恳,说:"不了。"老人绕过朱八斤连连摆着手退出了药堂。朱八斤虽听不懂老人的南方话,但从他摆着的手朱八斤知道留他不住,就不再强求。

老人刚出门不久,朱永贵就把头探了出去。风雪中老人顶风冒雪单影独行的背影像一棵沧桑的枯柳。朱永贵走回里屋,抱出一床棉被走到兰妹子跟前说:"兰妹子,你追上去把这棉被给他,跟他说,如果晚上没有去处,大风歌台下有用来防雪挡风不用花钱的下夜废房。"朱八斤一听抢着要替兰妹子送,被朱永贵黑着脸呵斥回去。

暮黑时分,朱永贵把八贤堂的门关好,由兰妹子和朱八斤陪着回纺织厂大院的家里吃年夜饭。春节团圆，不管是离家远的，离家近的，本地的，外地的，终归有个着落，春节就刚好为亲人团聚提供了一个有利的契机。即便外面的世界再大，家终归是航船的港湾，不论路上怎样的雨疾风骤雪纷飞，回家却是自古不变的目的，不论家中金屋三间抑或是茅舍两所，家始终是个美好而温暖的念想。

回去的路上，积雪如白色的海绵一踏一个坑，一踩一个脚印。天空中仍旧似三月柳絮般洋洋洒洒飘飞着雪花，雪花填进踩出来的脚印里，落在枝梢桠头，铺在大地上，把朱八斤祖孙三人回家的路映得白亮白亮。

居民大院门口有两个人站在风雪中，走近了看正是朱八斤的父母。见三人回来，朱长生夫妇赶忙蹚着厚厚的雪上前去搀扶朱永贵。祖孙三代，相敬有礼，朱永贵被晚辈们簇拥着走回家中。

吃罢年夜饭，朱八斤母亲和兰妹子忙着刷碗洗筷，朱长生溜进书房准备他新年伊始的政治报告，朱永贵则把朱八斤叫到卧房，看样子有要事嘱咐。

二人进屋，朱永贵拧着深深的眉头不说话，朱八斤见状问："爷爷什么事儿啊？"话音将毕却听得窗外"咔嚓"一声脆响。朱八斤一惊，跑到窗边，探头出去惊叹几声把头缩了回来，摇一摇落着雪花的头说："爷爷，您的那棵沙枣树，枝子被雪压断了。"朱永贵轻舒一口气说："快是时候了。"

朱八斤莫明其妙。

"孩子你可记得白天那老人？"

朱八斤摇摇头。

"可知道他为什么来咱家？"

朱八斤摇摇头。

"可记得老人有什么特别之处？"

朱八斤想了想说："我记得老人右手手心有一颗红痣。"

朱永贵说："中医虽不是什么绝活，也练不成什么神技，可中医是咱祖上传下来的香火,是救命济世之道。你父亲年轻时我本来想让他跟我学医,救死扶伤,可他半路上跑去闹了革命,我当初想让他学医济世的打算落了空。可现在又有了你,八斤啊,孩子啊,你可比你爹强百倍啊,你可得把咱家的中医香火续下去呀!"

朱永贵说着说着,竟然湿了眼眶。

"爷,您这是怎么了,怎么突然跟我说这些?我有些听不明白。"

"好好好,孩子我就实话跟你说。"

"我年轻时候在苏州学医,师父姓刘,世代行医,乐善好施。但凡疑难杂症到他手里不出三五天指定药到病除,人送雅号"回春手"。他家里有两樽青花、釉田质的花瓶,是当时的大地主王老财为了感激他救了王家八代单传香火的命送给他的。白天那个老人的两只碗和我师父家的花瓶,本来是一对儿。

"那年秋天,我随师父在草堂捣药,堂里进来一个老头,白发苍苍,胡子飘飘,仙风道骨。可仙人也有从云彩上掉下来的时候。老人蓬头垢面,衣衫破烂,胡子间还夹着丝丝血迹,拎着一个布包,一瘸一拐地往里屋走。师父见状,赶快让座并问他哪里不适。老头脾气倔,性子急,说:'你自己看不出来吗?'师父没说话只是撸起袖子来在老人瘸了的右腿上包扎。老人嘴里一边哼哼一边骂地主王老财,'丫个孙子的,玩不起就别拿着脸让人家抽,不打听打听,我妙手仙跑江湖几十年来,手上出过差错吗?输了还放狗咬人。孙子的,真够狠,打折我一条腿,看我不去告官,哎哟……哎哟……哎哟……哎哟……'

"师父在他瘸腿上按摩,劝慰说:'老兄忍着,这就给你接上。'老人闭嘴咬牙,咝咝倒吸凉气准备忍痛,师父这边却说:'好了,'那老头就说:'臭卖药的竟然有两下子。'师父敦厚没说什么。我听不过去,骂他狗咬吕洞宾,说师父是苏州城的'回春手'。

"那白发老头儿一听,往桌上码了三枚大洋,斜着眼说:'巧了,我是妙手仙，你是回春手，看来咱俩有缘。'话锋一转，又说，'不就是个卖药的吗，你也配称妙手？'师父不愿意生事，就安稳地说，'兄弟，你是江湖艺人，我是安居老医，我俩能同号齐名那是我的福分，不过咱们都是靠本事吃饭，我行医你卖艺，互不相犯，老兄不应该如此诋毁医术。'

"老人抱着布包往桌上一搁，打开来一看，正是那两只青花釉里红碗。老人说，'不如这样，我今天就和你赌一把。'老人用青花蓝碗罩住三枚大洋，釉里红碗也倒扣桌上，又从布袋里掏出一根竹筷摆在中间说，'很简单，如果你猜得出三块大洋在哪只碗下，你赢，错了，你输。'

"师父见这样浅显的小孩把戏说，'老兄这不是看不起我？'

"老人说：'你可别急，先说好条件。若我输，这两只碗送你，老弟应该看得出这两只碗的价钱。而且我妙手仙的美号从此作废，老弟一枝独秀。如若我赢，老弟你回春手的雅号自己废了，同时赔上那两只瓷瓶。'老人用手指了指师傅的那两樽瓷瓶。

"师父听他要夺他的瓷瓶，不情愿地说，'老哥何必如此决绝？'

"老人一听，嚣张地说，'单单是为了我们手技行当的地位不容任何贬低，还有那两樽瓷瓶，那两樽瓷瓶本是王老财予我的赌码，更是他从我手里抢去的赖皮账，我与他打赌，他输了却赖账，现在我才知道原来是送了人，想空手套白狼，套走我的瓷碗。如果我赢了，拿回瓷瓶不过是物归原主，老弟也不要怪。'

"师父是个正派人，从来不占人家便宜，这次却误收了赃礼，对老人揭示的真相也就无话可说。可是，我可知道师父对这两樽瓷瓶的痴迷与钟爱，别说是我这个徒弟了，连他自己的孙子小山都不让摸。师父却鬼使神差地说，'行。'

"我现在还奇怪，那天老人明明用蓝瓷碗罩住的大洋，而且在让师父作决定之前还让我和师父把碗掀开看了好几遍。师父说：'大洋在蓝碗下。'可是，当老人把筷子往桌上一敲，然后大喊开碗，碗一揭开，大洋却跑到了红碗下。

"师父无话可说,迟疑了一下竟然称赞老人果然是仙手。师父走到柜台前,一个趔趄没站稳,趴倒在柜台上,两樽瓷瓶掉在地上摔得粉碎。立在一旁的老人见了之后两只眼瞪得滴溜圆,动了动嘴角,最后只留下一句话,三块大洋看病钱。

"老人离开后就再也没有在苏州城出现。

"师父也大病一场,没一个月就谢世了。师父一死,我辞了药铺的活计北上。新中国成立之后,我曾经南下到过苏州找师父的家眷,却杳无音信。从那以后,苏州城我就再也没有回去过。从苏州回来路过南通,在南通汽车站的月台上围着一群无所事事的闲人,出于好奇我就围过去图个乐子。时隔二十年,我在一群围观叫好的人群中又见到了同样的两只青花釉里红瓷碗,同样的手技,只是手技艺人已不再是白发飘飘的妙手仙,而是换成了老气横秋、沉稳内敛的妙手圣。不置可否,妙手仙有了传人,而且听名号,业已超越了他师父。"

朱永贵给朱八斤讲完,长叹一口气,连续咳嗽几声。朱八斤想了想问:"这些事和今天的老头有什么关系?爷,你讲给我听又是什么意思?"朱永贵说:"南通城的妙手圣右手手心同样长着一颗红痣。也就是说,你今天见到的那个老人就是妙手圣。至于我把这些旧事讲给你听的原因,就是想让你了解咱家的老史。民间手艺,隔行隔山,爷爷把你带进中医这一行,就是想让你把咱中医继承下去,发扬光大。你天生悟性卓越,资质超群,民间手艺随便挑一种你都驾驭得了,可我只愿意你钻研中医。尤其是手技,我坚决不愿意你去接触,那东西只能当一种乐子,下九流的东西上不了大雅之堂。"

朱八斤点了点头。

朱永贵接着说:"虽说是些低贱手艺,可手技艺人都是百里挑一、万里挑一的人,一般短手、粗手、胖手、伤手、笨手、残手,像这样的,只能狗望食一样瞪眼观望。"朱永贵压低声音说:"只有你这样的鬼手才是首选。"朱八斤低下眼帘把自个儿的一双手看得发热。朱永贵又说："孩子啊，你得在我面前起个誓，表明坚决不会学手技。这不仅关乎爷爷我的中医有没有传人，还关乎到中医和手技的陈年旧怨啊。"

朱八斤二话没说，伸出两根手指头，像兔耳朵似的立在头上。朱八斤想了想，又问朱永贵："我不知道怎么说，爷爷，你给措个辞。"

朱永贵说："行，你就这么说——我朱八斤在爷爷面前立誓，以后坚决不……"

"啊——"

听到兰妹子的尖叫，朱八斤连忙往厨房冲了过去。见朱八斤过来，朱八斤母亲赶忙催促朱八斤说："赶紧送医院，赶紧送医院，看孩子烫得胳膊都是水泡，赶紧！赶紧！"

朱八斤背起兰妹子就往医院冲。

朱永贵木然地坐在里屋看着窗外纷扬的雪落在沙枣树上。

"咔嚓—"

落叶归根，入土为安。

当一具有血有肉的身体被活脱脱地烧成一抔土灰，世界又空出来一个生命的席位。至于这抔土灰，终将是要回归自然，长眠于地下。朱永贵立下的遗嘱，要把骨灰撒在这片深爱的土地上。

第二年的正月十五，朱永贵闭上眼之后就再也没能睁开。等到了这年一开春，朱长生选了一个大风的天气，把吊着朱永贵骨灰盒的风筝放飞。朱八斤手里牵着绳，看着天上的红色蜻蜓风筝，眼泪簌簌地下落。强劲的北风把红色蜻蜓吹得左右飘飞，风筝线被拽得紧绷着，把耳朵贴在线上，还能听得见嘤嘤嗡嗡的风声。等朱长生说，差不多了。朱八斤就拿出了一把小刀把绳割断。蜻蜓像活了一样，振颤振颤翅膀，向南边的天空飞去了，带着朱永贵的骨灰，渐渐没了踪影。

（五）

　　朱八斤再见妙手圣是在这年夏天，也正是这一次碰面，朱八斤被彻底地拉上了手技这行。

　　一九八〇年夏，和以往年份的夏天没什么区别，一样的高温，一样的闷热，只是这个夏天，对朱八斤来说掺进去些喜庆——朱八斤要当爹了。六月份，兰妹子临盆前一个月住进了县城医院待产，朱八斤也把八贤堂关了门，专门上医院和母亲轮流侍候着。

　　这天晌午，骄阳似火，燥热难耐。等到朱八斤母亲过来替班，朱八斤已是汗流浃背。朱八斤母亲接过朱八斤手里给儿媳扇着的蒲扇说，"出去透透气，看把你热的。"

　　朱八斤从医院出来，长舒一口闷气，像给憋了一晚上的尿刚放完水一样爽快。朱八斤在医院门口花两毛钱买了一根冰棍叼在嘴里，然后优哉游哉地逛起马路来。逛着逛着就逛进了汉街。朱八斤沿着汉街由北向南走，走到街南头，大风歌台矗立在目。"大风起兮云风扬，威加海内兮归故乡？安得猛士兮守四方？"大风歌台的地下一层是博物馆，馆内尽是汉朝文物，青铜铁器，汉式字画，汉衣汉车，应有尽有。即便是一只夜壶，不论年代，放进馆内就立刻升级为古董。地上是汉式汉味的楼宇轩阁，供人赏玩。汉街周围一带是沛城的心脏部位，逢年过节，大小假日，这一带都熙熙攘攘挤满了人，摊贩商家，购物顾客，娱乐游客，地痞流氓，过路行人，不管有事没事都得堵在这儿凑一把热闹。

　　朱八斤就爱热闹，爱看热闹，也爱凑热闹。朱八斤原地转了个圈，见大风歌台底下人里外围了好几层，还不时从人群里面传出惊呼，耐不住好奇心就走了过去。

朱八斤围着人群转了两圈，就是进不去，害得朱八斤只能踮着脚伸着头向里张望。人群里又不断爆发出欢呼，可朱八斤看不见里面到底是什么，急得他抓耳挠腮直咬牙。朱八斤顾不上那么多，蹲下身子，从别人两腿之间的空隙钻了进去。

朱八斤好容易站到了最前排，拍拍身上的土，定睛一看傻了眼，不是别人，正是去年冬天的那个老头——朱永贵嘴里说的妙手圣。

原来，老头在大风歌台停下来之后就一直没走，凭着神出鬼没的手技在大风歌台支了摊位，卖起手艺来。自从听了朱永贵死前的一番话后，朱八斤一直为朱永贵的死在心里鸣不平，对手技和手技艺人打心眼儿里厌恶，朱八斤甚至认为朱永贵的死和妙手圣的突然出现有着不可推卸的关系，因而对妙手圣从内心里感到不快。今天既然又碰到了妙手圣，朱八斤就打算羞辱他一把。

朱八斤定睛看，妙手圣的表演工具和一年前在八贤堂的一模一样：两只碗，一支筷，一面桌。除了这些工具外，在碗旁还堆着一堆零钱，大到五十，小到一毛。

此时，老人正气定神闲地坐在桌子旁，与老人对桌而坐的人，从背面看虎背熊腰，从正面看，胡子拉碴，满脸凶相，此人正是县城里出了名的地痞——大刘。

"那老头儿是干什么的？"朱八斤一边舔冰棍，一边问旁边人。

"去年冬天，这老头开始在这里摆摊，靠的是一双神出鬼没的手，只要是在他那两只碗底下的东西，都能让他变得出神入化。"

"怎么个出神入化？"

"好比现在他碗底下的核桃，你明明看的是红碗下面两个，蓝碗下面一个，他把碗这么一扣，再掀开，核桃就全部在红碗底下了，真神啦！"

"那他们现在干什么呢？"

"哈哈，这大刘活该。"旁边人用手捂着嘴轻声说，"大刘逞能以为自己能揭开这老头儿碗底下的道道儿，就拿钱当铺底儿和老头赌，这都坐了快两个钟头了。看见那一堆钱了吗？那就是大刘每输一次堆起来的，起初是一毛、两毛、五毛，后来就是一块、两块、五块，慢慢大刘输得越来越多，就越想赢回来，所以下得就越大，你看现在都押五十的了。我看下一回，他就该押一百的啦。活该，真活该，看不让他把从人家那里刮来的钱全吐出来。"

朱八斤现在才明白为什么会有这么热烈的欢呼声了，原来是平常受大刘气的人全都跑这儿来，把平时敢怒不敢言的情绪一股脑化成喝彩给发泄了出来，朱八斤往老人脸上看过去——比去年冬天多了一分亮堂。老人抬眼往周围看了看，刚好和朱八斤四目相对，老人冲他友善地点了点头，朱八斤不予理会把头转向一边。

"我看你还是回去吧！"老人对大刘说。朱八斤第一次听懂了老人蹩脚的南通话，又在嘴里学着说了一遍，呲吧呲吧，挺有味。

爱看热闹的人，单个儿是羊，成群变狼，但却都是没有头狼的狼群。平日里，如果见到凶神恶煞的大刘，人人都会避而远之，现如今，好容易见到大刘陷入困境，周围又围着这么多人，确实是个公审大刘的好机会。大伙儿开始起哄，趁着乱你一言我一语的，却没有敢在安静时说一句哪怕是无关紧要的话的。

"押啥押，打算继续逞能吗？"

"押！赶紧押！赶紧把黑钱都吐光了吧！"

"人家都说一物降一物，遭报应了吧，活该了吧！"

大刘往脸上抹一把汗，实在是不知如何是好。把抹完汗的手绢往桌子角上搁，却鬼使神差地扔在了地上。

大刘张着嘴说："最后一把，最后一把要是再猜不中，我马上走人。"

老人一脸自信的笑容假装疑惑地说："猜？不成，不成，这可不能猜，你要是猜，你这五十块钱还得留下。"

大刘急不可耐地说："你别废话，赶紧，赶紧！"

老人不紧不慢地把三个核桃捧在手里，晃了晃，然后摊在桌面上用蓝碗扣上，老人一手握住一个碗底，把两个碗又掀开给大刘看了一遍，三个核桃全在蓝碗底下。老人把两只碗又倒扣在桌面上问大刘："现在蓝碗底下几个核桃？"

"三个！"大刘斩钉截铁。

"确定？"

"等一会儿，等一会儿。"大刘开始犹豫。毕竟前面有过教训，同样是在光天化日之下板上钉钉的事实，都令大刘一次次失望而归。

"大家伙给他出个主意嘛！"见大刘犹豫不决，老人开始煽动周围的围观人为大刘出主意。

"一个！"

"两个！"

"三个！"

"八个！"

大伙儿好容易逮到起哄的机会，如泄洪般冲大刘嚷嚷。

"三个，就是三个。我就不信搁眼皮底下这仨核桃能长翅膀飞到红碗底下。蓝碗底下三个。"大刘被周围的叫嚣声吵得不知左右，最后义无反顾地把宝押在了蓝碗下面。

"开。"

老人把竹筷往两只碗中央一敲，然后掀开两只碗。大刘又输五十块钱。蓝碗下两个，红碗下一个。

"我就说是两个嘛！"人群中又是一阵欢呼与喧闹。

"不行，不行，咱再来一把，这回我押张更大的！"大刘被气得昏了头，掏出一张大团结"啪"的一声拍在桌面上。

"不来了，不来了。这些钱连着这一上午你输的钱，你都拿走，咱手艺人走江湖，本来就不图钱，为的是把上头传下来的活发扬下去，这些钱你都拿回去吧。"老人把一堆零钱往大刘跟前推过去。

"赢他，赢他，赢他，把这一百块钱赢过来。"

围观的人见老人要收手，集体为老人打气。大刘猛地站起身，周围也猛地安静下来。大刘从一堆钱里只拿回那一张刚拍在桌子上的大团结便转身离开。末了，留下一句话，"明天这个时候我还来。"

"老少爷们，兄弟姐妹，今天就到这儿了，有钱不在多少，给我老头子捧个钱场，有情不在深浅，给我老头子捧个人场。"妙手圣冲围观人群招礼收钱，见老头儿放了大刘一马，众人大失所望，纷纷散去。临走不忘在老人的桌面上留下些一毛两毛的零钱，算是过了一把羞辱大刘的瘾。妙手圣在人群里仔细搜寻朱八斤的身影，朱八斤早已人去影消了。

晚上，朱八斤在医院守夜。广播里天气预报说："今天晚上到明天，阴转雷阵雨。"

第二天晌午，天气像电烤箱一样闷热，大风歌台下妙手圣摇着把蒲扇和卖冰棍的老伯交谈着，旁边有几架台球桌，几个年轻人在凉棚下有模有样地挥杆。凉棚底下还坐着几个中年人，百无聊赖地在抽烟，边抽烟还边吹牛侃大山。朱八斤叼着一根冰棍躺在大风歌台对面的松树底下乘凉。一切都显得那么没精打采，风平浪静，好像一切又在等待什么，只等着能够激起千层浪的那块石头的出现。

"哎，看，快看，大刘又来了。"不知道谁开的头，话音一落，原本无所事事的人还没等大刘来到妙手圣桌子前就已经在桌子周围里里外外围了好几层。大刘和老人在桌子两端就座。老人先往四周扫了一眼，见到人群里的朱八斤，又是不经意地冲朱八斤点了点头。

和昨天一样的场面，一样的道具，一样的扣在蓝碗下的三个核桃。只是筹码加了，只是两只碗扣下去就再也没有掀开，只是结果不一样——妙手圣输了。

大刘把老人的摊儿砸了，只有围观的人，没有吱声的人，老人拼命护下了那两只碗。

轰隆一个炸雷，大雨倾盆而下，众人瞬间作鸟兽散。

（六）

世界瞬间被浓浓的乌云遮住，一场大雨就要来了，就要来了。乌云不断地积聚，不断地积聚，轰轰隆隆，轰轰隆隆，安静不下来了，安静不下来了。

老人怀里抱着那两只碗像只丧家犬一样颓废地坐在雨里，神情木然，呆呆地看着前方。水顺着他脸上如千沟万壑般的皱纹往下流，不清楚是泪还是汗。正当老人万念俱灭的时候，眼前飘来一朵乌云把他罩住。老人定睛一看，正是朱八斤。

朱八斤把老人从地上挽起来，扶到大风歌台底下的地下室去避雨。

虽说是六月伏天，燥热难耐，可朱八斤刚一迈进地下室，一股钻心的寒气夹着腥臭味扑面袭来，朱八斤不禁打了一个寒战。地下室东北角铺着一堆稻草，稻草上窝着一床被子，牡丹花的图案。朱八斤仔细一看，正是去年冬天朱永贵让兰妹子给老人送去的那一床。被子旁边是老人的那件破军大衣和一双棉鞋。棉鞋也正是去年冬天从八贤堂穿出来的那一双。稻草周围零乱地散落着一些沾着油污的塑料袋和一些泛着腐臭的果皮。

"你就一直住这儿？"

"嗯。"老人僵硬地点点头。

"还没找到亲戚吗？"

老人勉强地笑笑，不说话。

"其实，刚才……我感觉你好像忘了一个环节，你是在故意向大刘认输。"

老人两只眼睛突然放光重新活了过来，不可思议地盯着朱八斤一直看。老人让朱八斤坐在稻草铺上，对朱八斤说："孩子，我给你讲个故事。"

"嗯。"

老人在朱八斤旁边坐下，两只眼睛又黯淡了下去。

"新中国成立前在苏州城，有一个七岁的小叫花子，小叫花子没爹没娘，流浪街头。那时候叫花子根本讨不来仨瓜俩枣，运气不好，还得让人家打一顿。小叫花子就靠在街上饭店门口，捡人家吃剩的饭菜填饱肚子。那些饭馆见叫花子就往外轰，往远处赶。小叫花子就躲在饭店不远处，专等饭馆伙计往外提泔水桶，小叫花子就下手从泔水桶里捞吃的，可那哪是人吃的？

"苏州城里头最热闹的地方，当属苏州的观前大街，观前大街饭馆多，摊铺多，跑江湖的多，凑热闹的也多，所以小叫花子就经常往观前大街上跑。一来，可以捡到吃的；二来，运气好时兴许能碰上好心的大地主大贵人，讨到几个赏钱；三来，可以见世面，看到各种各样的民间手艺。那个时候，在苏州城跑江湖的民间艺人里头，名声最响，手艺最绝的当属手技艺人妙手仙。那老头一双妙手神出鬼没，能在众目睽睽之下偷天换日，诡异难料，凡所见的人无不拍案叫绝、啧啧称奇。只是手艺人下九流，在社会上地位低得很，妙手仙即使一双妙手惊天下，同样难逃生活困窘的厄运。

"小叫花子十岁那年，苏州城罕见大雪封城，三天三夜，人不出门鸟不落城，苏州城内一片荒凉，小叫花子两天没找到一点吃的，饿昏在大街上……

"小叫花子醒的时候，躺在一个草棚里，身下铺的是厚厚的草，身上盖的还是厚厚的草，一个白头发老头背对着小叫花子坐着，等白发老头转过身来，小叫花子一眼就认出老头儿就是妙手仙。老头儿递给小叫花子两个黑面窝头，这两个黑面窝头救了小叫花子的命，也给小叫花子带来一个干爷。

"从此以后，小叫花子就跟着妙手仙过日子。妙手仙出去卖手艺的时候，小叫花子就跟着从大伙儿那里收人情，大伙儿捧的人情勉强能维持爷儿俩的生活开销。闲着的时候，小叫花子就跟着妙手仙学手艺，慢慢地，凭着小叫花子的伶俐劲儿，还真有了那么点儿意思。

"小叫花子十三岁那年，生了一场大病，一直高烧不退，把妙手仙给急坏了。妙手仙一方面想给小叫花子找个好大夫，可另一方面妙手仙又请不起大夫。权衡左右，妙手仙就出去想法子弄钱去了。这一去就是一整天没回来，中午的时候，有一位老人路过草棚进来歇歇脚。见躺在草堆里蜷成团儿的小叫花子，就给他熬了一碗药让他喝下去，临走时还留下几包相同方子的药。小叫花子问老人，你是谁啊？等我干爷回来一定让他好好谢你，那人没说话，走了。

"后来向看见的人打问，才知道是苏州城的神医回春手。

"晚上时候，妙手仙急慌慌地从外面赶回来看小叫花子，小叫花子服下回春手的药之后就好多了，这个时候小叫花子已经能正常走路说话了。见小叫花子恢复得这么快，妙手仙在嘴里直念叨，'感谢老天爷，感谢老天爷。'小叫花子揉揉眼说：'干爷，感谢老天爷不如感谢苏州城回春手。'

"老头儿一听，不解地问：'为啥？'小叫花子把上午发生的事一五一十地告诉了老头儿。老头听过之后，像发了疯一样往自己头上捶，一边捶还一边念叨，'犯了大错，犯了大错。'小叫花子问是怎么回事，妙手仙就把白天如何被大地主王老财打折了腿，下午被回春手治好了腿，又如何用手技羞辱回春手，并逼回春手亲自摔碎了心爱的两只瓷瓶的事细细向小叫花子说了一遍。说完之后，妙手仙对小叫花子说：'孩子，咱走吧，苏州城咱是没脸再待下去了。'

"后来爷儿俩就到了南通，小叫花子也长成了大叫花子，大叫花子安了家，家境渐好，妙手仙也慢慢老去，可是心里却一直深埋着对苏州城回春神医的一份愧怍。离开苏州城的五年后，妙手仙又回去了一趟，得知神医回春手在自己离开后不久便撒手人寰后，妙手仙深悔不已。回到南通没一个月，妙手仙带着遗憾，不久也先去了。他是到另一个世界向回春手赎罪去了。临终前给干孙子一句话，'找到回春手神医的家眷，好好向人家谢罪。'

"经过多方打探，妙手仙的干孙终于在苏州城找到落魄到乞讨地步的回春手的家眷。为了能让干爷爷在九泉之下安息，他变卖家产，所得钱财全部赠予神医的家眷，并且亲耳听到了他们对妙手仙的原谅之辞。变卖了家产之后，妙手仙的干孙子又成了一个身无分文的叫花子。只是这个叫花子后来有了一个超越他爷爷的美号——妙手圣。"

外面又是轰的一个炸雷。

老人从故事中转回神来说："我带着我干爷的愧疚，从苏南北上，就是为了找到当年回春手的徒弟朱永贵，请求得到最后的原谅。小伙子，你能带我去见你爷爷吗？"

"太晚了，我爷爷正月十五已经过世了。"

老人一惊，愣在原地呆若木鸡，只说："这都是命。"

朱八斤心软，见老人这般模样，泪水迅速模糊了朱八斤的双眼，朱八斤绷着嘴，竭力不让眼泪掉下来。

眼前的老人突然像个孩子一样，扑倒在地上呜呜痛哭起来。老人跪向正北，老泪纵横，不停地朝正北方向磕头。

外面电闪雷鸣，大雨瓢泼而下。

朱八斤跪倒在老人面前说："我能拜你做师父吗？"

老人始料不及，如此突如其来的好事让老人破涕为笑。老人又哭着向北连磕三个响头。

"师父，师父，师父。"

外面又是一声响雷。

"朱八斤，你怎么跑这里来了，医院里出了大事啦。赶紧回去！赶紧回去！"被雨淋得满身湿透的邻居王嫂突然闯进来喊着。

"出啥大事了？"

"你媳妇早产加上难产，出事儿了。"

朱八斤顾不得向老人辞别冒着雨向医院冲去。

两天后，朱八斤亲手埋了自己的媳妇。兰妹子早产加上难产，保下了一个小男孩，却搭上了性命。

兰妹子葬礼过后，朱八斤直奔县城，大风歌台前依旧车水马龙，摩肩接踵却独不见妙手圣。朱八斤又到地下室里找，人果然在。老人满面愁容，身前横七竖八地摆着几个空酒瓶，见朱八斤来，欢喜得热泪盈眶，边抹眼泪边说："这几天没见着你以为你再也不来了。"

朱八斤说："怎么可能，你现在是我师父，既然答应了怎么能不来呢？"朱八斤想起兰妹子来就再也说不下去，噼里啪啦地往下掉眼泪。朱八斤转过头去不让老人看见，偷偷拭干眼泪，又问："师父为什么不出摊了？"

老人义正词严地说："规矩。"

"啥规矩？"

"我现在先教给你入咱们这一行的两条规矩：但凡手技人向对手低头认输，手技人永生不再卖艺；但凡手技被识破，手技人不再卖艺，并且要把这一身的本事交换给识破的人。这前一条是手技人坚持不懈，几十年如一日的卖艺动力，第二条则是手技几百年来一脉相传、星火不熄的源泉，那天你看破我故意输给大刘的时候，我就知道天意难违。其实这也是我在和你赌博，我就是想试探一下你能不能看出其中门道儿。过来，孩子，我教你其中要领。"

……

八贤堂门前的老榕树，枯萎了两次又再一次变得碧绿。八贤堂却整整两年没有开门卖药。

两年不是一个短时间，自从朱永贵过世之后，朱长生夫妇本以为朱八斤会秉承爷爷遗愿把药店认真经营下去，可朱八斤却天天跑得不见踪影。

朱长生见八贤堂不开张又不见儿子的踪影，就逮了个机会跟踪朱八斤。等到了大风歌台下，见朱八斤摁着两个瓷碗掀来掀去，旁边还坐着个矮老头指指点点，朱长生便问："朱八斤在做什么？为什么关了八贤堂跑到这里来？"

朱八斤见瞒不下去，就把这其中详细，如何如何向父亲做了说明。

朱长生骨子里头是个军人，重情重义，听了朱八斤的话，没说半个不字，也没说半个成字，只是叹了一口气就走了。往后，再也没过问过关于此事的始终。

嘴上不说，心里一百个一千个不愿意。倒是朱八斤的母亲，听说了儿子弃医从艺之后，火冒三丈。每天，朱八斤回家，朱八斤的母亲就跟在屁股后头对儿子唠叨个没完，说什么也要让朱八斤回头行医，那架势跟逼娼从良没什么两样。为了让朱八斤回头，朱八斤母亲试尽了各种方法。有时候是劈头盖脸一顿狠骂；有时候是语重心长、苦口婆心好说带劝；有时候是软硬结合，黑白兼施。

可朱八斤是下了决心，他这样说："宁死不回头，除非断了双手。"

朱八斤学艺的两年间发生了好多事情，八贤堂的门匾上掉了一块红漆，小鱼喊了第一声爸爸，大刘砍死了媳妇……

朱八斤学成开始卖艺之前的一个月，回乡下又立起了一块墓碑——恩师妙手圣之陵墓。

妙手圣客死异乡，无亲无故，走得清净没有牵挂。因为妙手圣孑然一身，所以并不需要举行什么葬礼。朱八斤立了一块碑——这人来过。

朱八斤回地下室收拾老人的遗物时，地下室里却有一个人比他早来一步，正抱着两只瓷碗在那里号啕大哭，朱八斤走近了一看，魂吓飞了一半。此人正是杀妻在逃的大刘。大刘听有人进来，急忙警惕地转身，凶神恶煞得像个门神一样盯着朱八斤。朱八斤灵机一动，说："你抱着我师父的东西哭啥？"

大刘一听这话，喷射着毒针一般的眼神像受热的胶棒瞬间软了下来，浑身一软，跪倒在朱八斤跟前，眼泪像洪水一样再次决了堤，大刘边哭边说："我对不住你师父啊！我对不住你啊！这半辈子没人把我当人看，没有人正眼瞧过我，你师父救了我的命，我毁了他的手艺，我对不住他啊！"

朱八斤咳嗽两声壮壮胆，小声地问："你和我师父之前怎么了？"大刘像没听见一样，还只是哭，越哭越委屈，越哭声音越大，像个受了伤的野兽。朱八斤想张口再问，大刘猛地站起身跑出了地下室，再也没有回来。

往后，直到朱八斤死，大刘也没有再在沛城露过面，有人说，他被枪毙了，有人说他跑了，跑去了哈尔滨，跑去了乌鲁木齐，跑去了海南岛……大刘再也没有出现，妙手圣到底如何帮助的大刘，没人知道。

朱八斤首演成功。消失了近两年的手技再次被演绎，且表演者是一个年纪轻轻的毛头小伙儿，这事在江湖上流传开了。纺织厂胡同里炸了锅。停业两年的八贤堂少掌柜，鬼人鬼手朱八斤不治病卖药却去街头卖艺，纺织厂胡同里的街坊邻居对此议论纷纷，就像是看着从小看大的孩子走上堕落歧途的父母一样。他们大概是习惯不了朱八斤从事那样的下九流的行当，或者怀念小时伶俐可爱的白净公子，最终一致把谴责的矛头指向了朱八斤，说他不务正业，说他游手好闲，说他街头混子。反正把对世俗评判的言辞怎么难听怎么套在朱八斤头上。然而，还有更多不知道朱八斤行医出身的人，他们却对朱八斤一双鬼手下的惊世手技连连称奇叫好。可是世间常理，好事不出门，坏事行千里。朱八斤弃医从艺这件事，以纺织厂胡同为圆心，被无事生非的人议了再议，说了再说，其实世间并无谣言，离奇的话传得多了也便成了谣言。

有时候，一句说从东村说起，诸如牛二踩死一只蚂蚁，被道听途说的人拾了去，滚雪球一般，传到西村便是牛二砍死一头大象。朱八斤被人评说得一无是处，从小看朱八斤长大的街坊四邻这回倒成了给朱八斤挖陷阱的人。朱长生夫妇被朱八斤连带着在人家口水底下过日子。朱长生还被上级领导从纺织厂厂长降级为一般员工，早已经年过六旬的朱长生，有军人的骨气，没有向儿子抱怨过半句。

县里人都知道了鬼人朱八斤，知道了大风歌台下摆摊卖艺的鬼人朱八斤。可人就是怪，越是"不正经"就越往前凑。他们还是会来朱八斤摊前和朱八斤赌，可是没有一个能赢得了，赌急了，便丢下几句无关紧要的话挖苦朱八斤以泄恨。

"明天上八贤堂抓副药去，卖手艺可不比卖药赚钱。"

"不务正业，什么玩意？什么鬼手，不就是一市井混混吗？"

"这几天腰老是疼，你给我看看是不是什么病？还有还有，我这几天右眼皮老跳，你凑合着给我看看呗。哎呀，你看看，你看看，我忘了，你是一卖艺的。"

可是，人临走之前还会往朱八斤桌上扔几个钱，算是对艺人的赏钱，可这钱里头已不是赞叹而满是鄙夷。

朱家在朱八斤手里败下去。

（七）

朱八斤在大风歌台前一坐就是二十年。

朱八斤三十岁那年，儿子小鱼患急病送了医院，朱八斤母亲进城去叫朱八斤，失足掉进沛城河里淹死了。

救活朱小鱼之后，朱八斤在母亲墓前哭得像个乞丐。

朱八斤在大风歌台前，每天除了卖手艺，脑子里一直惦念着妙手圣留给他的话，这话是保证手技艺人一脉相传的火种——留神有没有能道破桌上这副碗筷下机密的人。可是朱八斤一直等到五十多岁，等到头发开始斑白，皱纹开始突出，也没有等到一个独具慧眼的人。每天来的人围在这个桌子上图的就是一个乐呵，从来没有把手技当作一门民间传统艺术来看待，更没有人傻到像当初朱八斤一样的拜师学习。

一九九八年夏天的一个早晨，朱八斤被当地派出所拘留起来，没收了手技工具并且责令他禁止再在沛城摆摊卖艺，理由——朱八斤的手技涉嫌赌博。最后，派出所通情归还工具把朱八斤放回了家。

下午时候，朱八斤刚跨进家门，朱小鱼就笑呵呵地迎了上来说："爹，今天怎么这么早回来了？"朱八斤支吾着不说话。朱小鱼见朱八斤手里提着的两个瓷碗，嘴里嘟囔着说："派出所怎么把碗还给你了？朱八斤说，哦，我求的人家，人家……"话刚说半句，朱八斤眉头一皱，话锋一转，厉声喝问："你怎么知道我进了派出所？"

朱小鱼也是快三十的人了，到了现在见事情败露，却局促得像个孩子。朱小鱼经不起朱八斤追问，承认说："是我报的案，派出所里的民警是我同学。"话音未落，啪的一个大嘴巴扇得小鱼晕头转向，朱小鱼缓过气神，被这一巴掌扇得怒火直往脑门子上顶。朱小鱼上前抓住父亲的手就往屋里拉。拉到正屋，指着躺在床上的朱长生说："就只顾着你那下九流的破玩意儿，不顾家，不顾家人，就因为你那个狗屁手技害死了我妈，害死了我奶，现在我爷躺床上都成了这样了，你还不管，你也太自私了吧？"

朱八斤往床上看去，床上的朱长生满目混沌，已经看不清东西，鼻子里哧哧地喘着粗气，嘴角堆着白沫，身体不停地小幅度抽搐。朱八斤缓缓走到床边。

用袖角擦去父亲嘴角的白沫。朱长生已经神志不清，认不得也看不清任何人，却潜意识里把头歪向一旁，这个倔强的军人，老死也不求助于任何人。朱八斤满眼盈泪，朱小鱼则扭过头去默默地掉眼泪。

二〇〇〇年，刚好是妙手圣过世二十周年。朱八斤提着一瓶酒，怀里揣着那两只瓷碗回乡下上坟，从太阳升起到日斜西山，朱八斤一直就这么对着坟跪着。等到太阳的最后一抹余晖隐没到大地之下，朱八斤把两只瓷碗端正地摆在坟前，全部倒满酒。朱八斤端起一碗一饮而尽，又倒满，又喝了个底朝天。要是这个时候，兰妹子还活着，朱八斤还有个说话谈心的人。兰妹子走后的二十年里，朱八斤也没有再续。似乎命运诚心捉弄着他，是他自己选择了这条路，要他一辈子孤独。

朱八斤跪在坟前老泪纵横说："师父啊，二十年了，你又该当好汉了吧？师父啊，二十年前，你一撒手走了，留给我这两只碗让我守着，我守了它们整整二十年，可我把我爹、我娘、我媳妇都弄丢了，我送了黑发人又送白发人。他们都生我的气，气我当初没听我爷的话，他们都跑到我爷那里告我的状了。师父啊，我当初不该入这一行，我当初傻啊，不像现在的人，他们都知道我傻都不跟我学。师父啊，别怪我，手技废在我手上了，别怪我，这一碗酒算我向你请罪。"朱八斤端起另一碗，又一饮而尽。

朱八斤拎着两只碗，衬着苍茫的大地摔碎在妙手圣的墓碑上。

纺织厂里有几匹部队的军马，小鱼闲的时候就用铡刀把草铡碎了喂马。朱八斤上坟回来，小鱼正忙着给马添料。小鱼叫住朱八斤。"爸，马饲料不够了，我再去抱一些草来，你把剩下的草帮我铡碎。"说完就走出院子。等小鱼走远了，朱八斤愣愣地站着像一尊木桩一样盯着眼前铡刀。朱八斤的脑子里正翻滚着一辈子的风起云涌。那个时候的朱八斤脑子里想的全是一句话，我这辈子就毁在这双手上了。

朱八斤突然提开铡刀，把双手放在铡刀下，闭紧了双眼……

小鱼回来，看见父亲在地上死去活来地打滚，正纳闷发生了什么事，看见刀旁被砍下来的血淋淋的一双手，小鱼吓得瘫坐在地上。

破伤风感染。朱八斤死的时候连续下了一个星期的雨，弥留之际，朱八斤要小鱼把自己的骨灰撒了，小鱼嘴上应允。老人死后，小鱼却把老人的骨灰埋了。

小鱼的媳妇问为什么，小鱼说："父亲一生如履薄冰，风雨飘摇，骨灰还是埋在地下踏实。"

（八）

大风歌台前，朱八斤早没有了，甚至连能够挖掘出他曾经存在过的一星半点儿的证据，也不复存在。但是，朱八斤的故事，却一遍遍被人口口相传。

汉街里那些千百年来留下的古建筑，业已被肆意改造成游戏厅、网吧、KTV，青年男女进进出出，像是穿越过千年历史，在民间文化的大旗上撒下一层现代化的时代灰烬。

惨淡的民间艺术，卑微的民间艺人，被轰隆隆前进的时代车轮无情地碾轧成风一吹，飘起来，落到历史无人问津的角落。